字码头 ZI MATOU

「字码头」读库

替天行孝

◎徐铎 著

大连出版社
DALIAN PUBLISHING HOUSE

PUMA

徐　铎

字振声，山东莱阳人，1952年11月生于大连市金州区，1984年，毕业于辽宁大学历史系。迄今为止共发表历史专著、散文集、报告文学集以及长篇小说、中短篇小说多部，四百余万字，并多次获奖。现为中国作家协会会员，辽宁省作家协会理事，大连市作家协会副主席。2011年当选为大连市文学艺术界十大有影响的人物。同年出版的长篇小说《大码头》系中国作家协会重点扶持创作项目，获得大连市第十二届“金苹果优秀长篇小说奖”和华东六省文学原创一等奖。同年，中篇小说《记忆红薯》获得“辽宁省文学奖”。

徐铎先生也是当代文坛中工书法、善丹青的文人墨客。2012年当选为中国作家书画院艺委会委员。2014年出版的长篇小说《一九六〇年的爱情》，书中的彩色插图系他的原创作品。

留住阅读和写作的心

——“字码头”读库总序

滕贞甫

网络时代，很多人似乎慢慢丢掉了阅读的习惯，在市场力量的推动下，消费性的写作也成为了当下的文学主流。

大连是个现代化的海滨城市，在这里工作和生活着一批全国知名的文学作家。他们中间有恪守文学表现时代传统的50后、60后作家，也有表现人物成长和个人生活、侧面展现历史的近70后作家。“字码头”读库推出十二位作家的经典文学作品集，包括作家自选的中短篇小说集、散文集、随笔集。这些作品关注和表现的题材十分丰富，涵盖了历史、现实、农村、工厂、部队、知识阶层、都市时尚生活、现代女性和新人类。写作方面各具特点，有简捷明快、以故事情节引人入胜者，也有的以对人、事、物细腻的描绘和铺陈见长。如，孙惠芬对北方乡村农民及民工人物内心的丰富变化的细腻描绘，马晓丽对部队生活的深刻体验及对人物内心世界的深广、丰富的描述。陈昌平的小说让小人物走进历史，他书写普通人不同历史时期的卑微心理和悲凉人生，在貌似松弛的叙述中透出内在的凌厉无比的锋芒。

该读库作品的另外一个特点是既有故事情节，又能把这一故事讲述得娓娓动人，叙述得有技巧。津子围的小说宁静、平和、自由、开放，没有过多的笔墨渲染心理分析，而是在委婉地讲述着一个个故事，那些现代性的感受和先锋思考，在他的作品中深深地隐匿于个性的皮肉之下。

“字码头”读库中的散文和随笔也有着鲜明

的特点。邓刚、素素、宁明，他们的作品从不同的角度思考着“文革”、知青、改革、文化、历史、社会、人生问题，这些问题同时也是社会关注的焦点，他们力图通过他们的作品回应着历史、现实提出的问题，引领和解答着人们的思考。宁明的飞行散文有着重要的拓展与探索意义，不仅填补了国内散文创作领域书写飞行题材的空白，还为零距离状写蓝天体验提供了文本借鉴。

“字码头”读库与中国社会的发展进程相一致，从中我们找回了历史与记忆，找回了哲学的思考，她承载着当代文学的审美追求，展示着中国文坛梦的趋向与特征。她不仅是对文学资源的一种深度挖掘和发现，同时对当下中国文化的空间、文化的积淀、文化的推动，具有双向的拓展和深化作用。网络时代，我们更加相信，品质上佳的作品还会让人不自禁地想多读些书，让人静下心来投入写作，因为系统的阅读、精致的写作最终是让知识体系完整而不是碎片化。

最后寄语读者、作家：请留住你们阅读和写作的心。

（作者系中共大连市委宣传部常务副部长、大连市文联主席）

目录

TITIAN XINGXIAO

理直气壮就好

几天前，郭有理在母亲死后每五个七天祭日来这里献过鲜花。这里尽管生长着平坦整齐的绿地毯一样的草坪，可他忍不住还是想在这地方烧点儿香和纸。娘曾经说过多次，一定要用从前的天圆地方的钱模子打一打纸钱，在阴间，阎王小鬼不认人民币，大伙花的就是这种老钱。尽管郭有理在这儿大搞祭祀活动，但那些大街上的城管执法人员却把他当成了城市绿化或者是市政维修人员，这个秘密是从他自己的嘴里坦坦荡荡地说出来的。在这个城市美丽的街心公园，有一座象征这个城市的雕塑，那尊青铜铸成的拓荒牛的基座下面，埋葬着郭有理并非亲生的娘……

娘今年八十四岁了，她总是念叨，七十三，八十四，阎王不请自己去。在八十四岁这道人生的坎儿，娘好像给自己也算计好了去世的时辰。她属牛，用她自己的话说，属牛的，天生就是耕地拉车出力的命。好在中国人民身上流淌的都是种地农民的血，因为牛吃的是草，挤出来的是奶，牛就成了人们崇拜和喜爱的动物。在乡下，拉犁耕田的牛也越来越少了，因为实现四个现代化，铁牛替代了老黄牛。老黄牛们到了什么地方？一直走到了街心公园，走到了那尊青铜拓荒牛雕塑的跟前。郭有理恍然大悟，闹了半天，你们都跑到了这儿？怪不得呢，这儿有绿草地，有花坛，大理石砌成一个大圆圈，那么多的大小汽车绕着大圆圈转，远处矗立的高楼大厦，就像地里的庄稼一样多。大街上有那么多的人，人们的身上穿着花花绿绿的衣服，一点儿也不比那五颜六色的野花逊色。还有那些姑娘们，多得就像庄稼院里的鸡鸭鹅狗，她们长得一个比一个好看，叫起来像一群喜鹊，用娘的话说，是仙女下凡了。多少好看的光景，郭有理的眼神已经不够用了……就这儿了，娘啊，干部们让咱们进城当市民，活着的时候，你没当成市民，死了当市民也成啊。俺知道娘惦记着老家的那捧土，你总说，金窝银窝，不如自己家的土窝。不过，有个城里的土窝待着，娘也能心安理得。有些顶眼的，就是那头铜牛，看不出它是公牛还是母牛，模样也不善良，眼珠子里面有杀气，不像耕田种地的牛，有点儿像斗牛。娘老实了一辈子，不知娘喜欢不喜欢。

郭有理用铁锹小心地把表层的那块草皮铲了下来，放在一边。然后才挖坑。挖一个骨灰盒大小的坑并不费劲，一会儿工夫就挖好了。

所有的城里人都不会想到，光天化日，在众目睽睽之下，一个脑子缺了一根弦的人会在最美丽的街心公园雕塑下面埋葬死人的骨灰。所有看到郭有理的人都把他看成了市政设施的维修人员，或者是城市绿化工作者，而且向他投来的都是尊敬的目光。聚焦的目光产生了温度，郭有理的心里仿佛升起了太阳，暖洋洋的。

在郭有理的记忆里，老人去世了，下葬的时候，亲人们总要念叨着，娘啊，住进了新房子了，别害怕啊。那是在乡下，那是从前的荒山野岭的乱葬岗子。咱们这是在城里，也不用长明灯，一夜到天亮都是灯火辉煌。那公园灯亮着的时候，还有调儿悠扬的音乐，比喇叭匠吹的《哭长城》好听多了。娘啊，俺知道你心里会不熨贴的，你不知道，咱们老家那荒山野岭早就不让埋死人了。有人在咱们老家建起了陵园，一个墓穴要卖到上万块钱。说是阳间搞房地产，阴间也有房地产，而且阴间的房地产跟阳间的房地产一样疯狂，贵得吓死人，俺没有那么多的钱，买不起……他不想告诉娘，他那几个哥哥都不肯掏钱买墓地，娘知道了这事，她会伤心的。要知道，他们弟兄几个才是从娘身上掉下来的肉。俺是娘在道边捡来的，俺知道，生身的爹妈不要俺了，把俺给扔了。娘不捡俺，俺也就给野狗叼去吃了。娘啊，谁都看着俺傻，谁也都不把俺当成人看，只有你，你像俺的亲娘一样，一把屎一把尿地把俺给拉扯大了。这养育之恩，比天高，比海深，你就是俺的亲娘。是你说的，对爹娘，要尽孝道；对庄稼，要做到勤劳。一个不懂得孝道的人，他肯定不是一个好人；一个不会种庄稼的人，他也不是一个好农民。

从小到大，人人都说俺缺心眼。只有娘说俺可不缺心眼，说俺从小就会侍弄庄稼侍弄地。娘说俺缺的是坏心眼，人人都没了坏心眼，天下可就安宁了。这辈子，俺就会种地，种高粱，种玉米。娘说，古时候，讲的是士农工商，种地的农民排在老二；新社会，是工农兵学商，农民依然排在老二。农民有什么不好，人们吃的粮食、穿的衣服，没有农民，那些粮食和棉花能长出来吗？

娘啊，你说过，人过世了，要入土为安。小时候，俺问过你，人是从哪里来的？娘说，最早没有娘的时候，人是从土里生出来。有了娘以后，孩子们就是从娘的肚子里生出来的。娘啊，俺把你埋进了土里，这是娘说的，人从哪里来，再回到哪里去……

拍了拍手上的泥土，郭有理努力地想着，对于娘，还有什么遗漏，或者没有做到的地方……记得娘好像说过，她这辈子，能坐上飞机，飞到天空去转一转，死了也能闭上眼睛了。

母亲入土的第三天，郭有理鬼使神差地回到了老家。他是一时糊涂，一时清醒。在他的意识之中，娘似乎还活着，娘一个人在家里，他真的有些放心不下。走进家门，他要做的第一件事，就是拿起门后的扁担，把水缸挑满水。娘说过，不管家穷还是家富，是不是正儿八经地过日子的人家，进门要看水缸满不满，要看这户人家的媳妇勤快不勤快，进门就看锅灶上下干净不干净；要看一个人正派不正派，就要看他的头上的帽子和脚上的鞋子。郭有理脑子缺弦是不假，但是他从小到大，从头到脚，总是干净利索。别说走在这个城市的街心公园，没有人把他当成乡下人，就是走在北京的长安街上，也不会有人说他是一个乡巴佬二哥。

水缸挑满了水，家里的那口大缸曾经是娘的骄傲，老郭家的大缸是全村子最大的一口缸，能装六担水。从前这口缸是地主家的，土改时，分地主家的财产，娘别的没看上，她看中的就是这口大缸。俗话说，水就是财，挑上满满一大缸水，这是多少财啊！挑水的时候，在郭有理混沌朦胧的意识里，娘还活着。是啊，是活着，他要带着娘去飞机场坐一回飞机。活着的儿女们如果满足不了老人的愿望，那可是对娘的不孝啊……

掩上门，郭有理背着娘的大照片走了。不是他脑子缺弦，娘活着的时候，他们家从来就不锁门。娘说了，只要不把人当贼，贼就会当人。他们老辈子人就没锁过门……离开家，怎么去的飞机场，郭有理已经记不清了。

郭有理这个名字，邓智慧端详了半天，有点儿似曾相识的感觉。今天上午，市里转来了日本领事馆发来的传真件，说是邓智慧所在的莲花乡有一个农民，搭乘全日空过境飞机飞到了日本东京，让临海市方面派人去东京，把这个偷渡的人给领回来。传真件转到了莲花乡，乡党委的齐书记已经做出了批示，尽快处理此事，以免造成重大国际影响。

看着传真件上郭有理的照片，邓智慧一下子想起了他来，他与郭有理不是一个屯子的人，却在同一个小学校一起读过半年书。人的相貌很难改变，郭有理的相貌十分简单，目光平直，方鼻大口，厚厚的嘴唇紧紧地抿着，固执得有些夸张。虽然过去了那么多年，邓智慧还是一下子就从记忆里面找到了郭有理这个人……

想当年，邓智慧还是回乡知识青年的时候，有一年，他替代生产队长到县里参加了三级干部会。三级干部会，就是县里最高级别的会议。对于会议，三级干部没有多大的兴趣，但是，参加会议能吃大盘子，一天交一斤粮票，三毛钱，可以敞开肚皮吃，能吃多少就吃多少。那桌子上面四菜一汤，菜是炒黄菜（炒鸡蛋），肉是猪头肉，鱼是大头鱼，外加一个大肠头。头一天，到会的人们吃得天昏地暗，桌上的四个大盘子空空如也。到了第二天，三级干部们的食欲便不如第一天，盘中餐有了剩余。到了第三天，便有了浪费迹象。让邓智慧纳闷的是，开会的时候看不见郭有理的身影，到了饭口时，郭有理就出现在饭桌之上。参加三级干部会议的干部吃了三天的大盘子，渐渐地力不从心了。而只有郭有理上了饭桌，闷着头、慢条斯理地吃。主食一个大馒头，一大碗米饭。他吃过的饭桌上从来也没有剩菜，有多少吃多少，别人剩下的，他一个人包圆。邓智慧没说出郭有理的真实身份，一个缺心眼的人也难得吃一肚子好油水。再说，那桌上的剩饭剩菜扔了也是浪费。五天的干部会议结束了，大家才知道，这个食欲极强的人名叫郭有理，是莲花乡小莲泡村人。人家问他，你是谁呀？他说，俺是俺呀。你是个什么干部？社员们都说俺是苞米饼子干部。那你凭什么吃大盘子？俺走到招待所门口，是招待所的小姑娘说俺是会议代表，把俺请进来的。不吃白不吃，吃了也白吃。

那次三级干部会议的内容邓智慧没有记住，但是，他记住了郭有理那副理直气壮的表情。是啊，凭什么你们吃得，容不得俺吃。人家拍拍肚皮，大摇大摆地走了。县招待所所长让派出所所长给这个傻瓜关起来。派出所所长才不干呢，关起他来，把别的老犯们的伙食统统装进了他一个人的肚子里，饿出人命，我这个所长别干了。

这么多年过去了，时代发展了，人也进步了。这下可倒是前进了一大步，从乡下一下子飞到了日本国。此人到底怎样通过的机场安全检查，怎样登上了这架过境的国际航班？老百姓遇到什么事情都找政府，这下可是好了，连日本人也懂找咱们政府了。

文书小程走进了邓智慧的办公室，邓乡长，咱们什么时候到东京去领人？

领什么人？

那个偷渡的人哪。

噢……你想去日本？

如果没有别的人选，我想去。

那你就去吧。

我要去的话，出国的费用呢？

你自己去办理申领吧。

再过两天，莲花乡的槐花节就要开幕了，因为今年的气候反常，气温一直很低，早就应该开花的槐树一直像个难产的孕妇，憋着夹着，硬是不开花。有人建议用塑料花，也有人说可以用绢花替代。可是，这样一个重大节日，涉及的是政府形象问题，不能弄虚作假。刚刚才与山东方面联系好了，隔着一条海峡，人家的槐花已经含苞待放了。山东方面也答应了，同意从他们的槐树上摘一批槐花运送过来，以解槐花节无槐花之尴尬。只要开幕式上，到处能点缀着盛开的鲜花，国内外贵宾们手里能够有一枝槐花摇动，也算成功。记住，运输的过程中，一定要用保鲜膜。还有，少请那些跟中国人没有什么两样的日本人韩国人，要多请蓝眼睛黄头发大鼻子的欧洲人，让参加开幕式的各级领导有国际化的感觉。这也不难解决，外国语学院有的是来自欧美的学生，有吃的，有纪念品，还能参加中国人的节日，他们何乐而不为呀。

小程又走进了邓智慧的办公室。

你怎么还没去订去日本的飞机票？

小程嗫嚅着，乡财政的人说，没有预算，也没有这笔经费。

那你就打个预算去吧。

邓智慧心里有数，再有两年时间，他也就告老还乡了，文书小程，就是惦记借着领人的机会，到日本玩玩。这些年轻人的小尾巴一翘，他们想拉屎，还是想撒尿，他心里如同明镜一样。小程是县委程副书记的公子，读过大学，手里也有硕士、博士的证书，屈尊来到了莲花乡，其实就是把这儿当成一块跳板。老天爷刮风下雨不知道，谁的官大官小可要知道。小程文书这些年轻人，时常借着向有关部门报送信息的机会，把乡里的一些鲜为人知的事情向外泄露。郭有理的事情是由市里外事部门转来的，这样一个涉外事件，他也惦记着出国旅游。槐花节开幕式即将到来，这是重中之重，别的事情可以往后拖一拖。

晚上有个记者招待会，就是请各新闻媒体的记者们好好地宣传一下这次槐花节。邓智慧也是搞文字出身的，这么多年与记者们打交道，他也是得心应手。记者们属于小资，尽管对金钱也渴望，吃顿饭喝喝酒，再有几百块钱的车马费也就打发了。槐花节开幕在即，因为解决了槐花节无槐花的难题，也解决了与会人员国际化的问题，邓智慧的心情也舒朗多了。酒桌上的记者们都众星捧月，沿着邓智慧的思路说着酒话，酒话的一个议题就是关于傻瓜的称谓。当地人把这类人称为“彪”，这个“彪”字究竟正确不正确？记者都是有文化的人，不表现一下也显得自己太没有水平。有人也使用另一个“膘”字，因为这类人用脑子极少，只要有吃的，他们才膘肥体壮。记者们认为邓智慧的那个“彪”正确，原因很简单，人们也管这类人叫二虎，那“彪”字正好是三虎。不管是“彪”还是“膘”，其实这类人，甚至表现这类人的字眼都十分地强悍。人们新近时兴使用的那个飙车的“飙”字也可以用在这类人的头上。

讨论得正热闹，酒喝得也酣畅淋漓时，乡党委书记齐仲秋走到了记者前，来敬这些无冕皇帝们一杯酒。走到邓智慧身边时，他悄声地问，市里转来的日本领事馆那个函件，处理得怎么样了？

邓智慧说，其实是日本全日空的函件，现在哪里顾得上，等槐花节这台戏唱下来再说。

在乡村，按不成文的规矩，书记是一把手。齐仲秋总是说他抓大事，可他从来也没有放过鸡毛蒜皮的小事。他自己也经常自诩诸葛孔明，事无巨细，事必躬亲。

尽管没有盛开的槐花，槐花节依然搞得春意盎然。

迎来送往，形形色色的各路人等。不管是什么文化搭台经济唱戏，反正都是政府掏钱，你乐我乐大家乐，乐而忘忧。整整一个礼拜，邓智慧都沉浸在了节日的欢乐氛围之中。要不是日本方面接二连三地发来传真，他都把有人偷渡的事情忘记了。那张传真也就是一张纸，什么函件，顺手也就扔在了抽屉里。

闭幕式结束以后，小程拿着申请单走进了邓智慧的办公室。

有事？

财政那边说，特事特办，预算申请单上要乡长签字。

邓智慧看了看申请单，这是你个人出国的经费？

是。

你有没有想过你去日本要带回来的那个人，他的经费，你计算进去了吗？

小程哦了一声，那人的费用也要我们乡里付？

我们不付，那由谁来付？

小程想拿回申请单。

邓智慧说，放那儿吧，你回去计算一下那人在日本滞留这些天需要多少经费。

小程小心翼翼地退了出去。

邓智慧把申请单也扔进了抽屉，与那几张来自日本的传真件放在了一起。

派出所的人把郭有理的户籍情况也送到邓智慧的面

前，此人确实是咱们市莲花乡小莲泡村人。一个农民，偷渡日本，不知有无政治目的，可能是想到日本打工挣钱？

槐花节结束了，邓智慧可以静下心来，认真地处理郭有理这件事。随着年龄的增长，发生在眼前的事情可能容易忘记，但是，发生在从前的事情，却不那么容易忘记。在他的记忆里，小莲泡村有个名叫郭有理的人，他们还是小学的同学。他记得那是一九六一年，他们正读小学一年级。因为粮食不够吃的，为了填饱肚子，家里顿顿喝稀饭。上课的时候，郭有理憋着尿，为了遵守课堂纪律，他硬是憋着。后来，他实在憋不住了，把尿撒在了裤子里。老师看见了，挺心疼，让郭有理回家去换条干裤子再来上课。郭有理没有回家，走出教室后，他钻进了厕所，把尿湿的裤子翻过来，重新穿上，又回到了教室。老师看见他还穿着湿漉漉的裤子，我不是让你回家换条干裤子吗？郭有理理直气壮地说，是啊，我换过裤子了。老师哭笑不得，你这是自欺欺人，还是掩耳盗铃？郭有理说，裤子是俺的，俺不欺负别人，俺也没盗铃铛。俺娘说了，偷东西烂手爪子。

回想起这件往事，邓智慧也忍不住自己笑了起来。

只读了半年小学，因为智商不行，郭有理就辍学了。都说山不转水转，两座山碰不到一块儿，两个人肯定会见面的。邓智慧一直没有离开过莲花乡，从生产队长一直干到了乡长，他再也没有见到过郭有理。不过，人活在世上，就有名声。他经常听到乡亲们的口口相传，说郭有理是个种地的好手，脑子虽然缺根弦，但是种地需要的是勤恳。郭有理还有一个孝子的美名，乡里村里，都知道郭有理是个孝子。守着一个八十多岁的老娘，一直也没有哪个姑娘肯嫁给他，他一直打着光棍，直到把老娘养老送终，也无怨无悔。

市里的外事部门又把电话打到了邓智慧的办公室，没别的意思，赶快派人去日本领人。

邓智慧说，我们查过了，查无此人。

这怎么可能，人家也多次询问偷渡者，此人就是你们莲花乡小莲泡村人。

确实查无此人，我当了二十多年的乡长，莲花乡有没有这个人，我清楚，还是你们清楚？

我们怎么回复人家日本方面？

查无此人，你们怎样回复，那是你们的事。

郭有理住在日航大酒店里，他不知道楼有多高，他住得有多高，反正从窗户向外望去，就像坐在飞机上一样。外面的景色比临海市要好看多了，他把娘的大照片拿到了窗户跟前，让娘也看一看，活着不能出国，死了以后，坐了飞机，还到了日本国。娘说了，她这辈子，三门不出四户，没见过什么世面，死以后，把她的照片挂到一个眼亮的地方，让她好好地瞧瞧光景。瞧吧，娘，这可是日本鬼子国家的光景。瞧啊，这儿有多干净。

那天在机场，郭有理遇到了一个与娘一样年纪的老婆婆，她真的不简单，八十多岁了，居然还能满世界旅游。但她毕竟年龄大了，腿弯曲着，走路蹒跚。看见老婆婆，郭有理想起了自己的娘……他情不自禁地走上前去，他让老婆婆替他拿着娘的大照片，他背起了老婆婆，径直上了那辆机场大巴车，也径直走上了飞机。上飞机时，舷梯旁的那个日本空姐还直给他鞠躬，嘴里还甜甜地念叨着“骚嘎斯奶”之类的日语。飞机起飞之后，那个空姐给郭有理一份餐点。他没敢接，因为他的口袋比脸干净多了。老婆婆告诉他，这是免费的。他听不懂日语，但他看到每个人都有一份，都没有从口袋里往外掏钱，他这才接了过来，也吃了起来。看他吃得那个香啊，老婆婆把自己的那份餐点也让他吃了。

到了日本国入境的时候，全日空的人才发现，航班上多了一个人，这个人身上什么证件也没有，肯定是个偷渡分子。

那个老婆婆是伊藤家有辈分的人，听说背她上飞机的小伙子是偷渡的，她一再关照全日空的人，一定要善待他，他是一个善良的人，要让他住得好，让他吃得好。老婆婆有时候也来看望他，还给他买了一件真正的日本制造的 T 恤。

全日空的人让郭有理努力回忆自己的真实家庭住址，郭有理说，不用努力回忆，我也能说出我是临海市曲河县莲花乡小莲泡村的人。

可当地政府部门回复，查无此人。

郭有理生气了，谁说的？俺回去找他们。

对不起，你可不能离开这里。

不离开就不离开。住在日航酒店的这些天，郭有理已经习惯了日餐。多么精美，多么细腻，光说那些盛食物的小碟子，方的圆的扁的，要多好看就多好看。娘说了，留得青山在，不怕没柴烧，人是铁，饭是钢，一顿不吃饿得慌。不管到了什么地方，不管到了什么时候，即便遇到了天大的事情，千万不能饿肚子。

全日空的人想起来了，偷渡的人都有一个去处，也就是偷渡分子要投奔的地方或投奔的人，要不然，到了日本的中国人，他两眼一抹黑。这日本国可不是中国，没政府可找。

你到了日本，打算与谁联系？

俺不知道跟谁联系。

是谁来联系你呢？

也没谁联系俺。这么多天了，俺要回家了。俺娘要烧五七了，五七三周年，儿女要周全。俺的那几个哥哥，都害怕俺嫂子，好像嫂子才是他们的亲娘。俺要不在跟前，他们才不管娘烧几七。所以，俺要回家了。

你回家可以，可是我们的损失怎么办？

俺一分钱也没有，实在不行，俺可以打工，打工挣钱还你们。

你要到什么地方打工？

俺不知道。

日本人也看出来了，此人有点儿莫名其妙的，神经不正常。

小程再也没有走进邓智慧的办公室，在走廊里遇到过一两次，邓智慧像什么事情也没有，小程心里十分不自在。去日本的事，一点儿下文也没有。机关的人都说，邓乡长深不可测，他有点儿领教了。他私下里计算过了，那个偷渡日本的人至少要三十万，才能补偿人家的损失。

三十天过去了，日本方面再也忍耐不住了，怪不得中国人死不认账不肯往回领人，这个人一天三顿饭，食欲都是那么旺盛，能吃而且能睡，所以，他们主动要求把那个偷渡的人遣送回去。愿意送就送吧，还是那个航班，还是那架飞机。郭有理背着他娘的大照片回到了中国，穿着日本T恤，他挺高兴的，因为没有耽误给娘烧五七。公安局派人到机场接的人，给郭有理定一个什么罪名？脑子少根弦，心里只有一个心眼的人还定什么罪名。人家又没给国家造成什么经济损失，也没有造成什么国际影响，日本能留下他，中国还少了累赘。

公安局外事处打来了电话，对于遣返的郭有理，是羁押，还是释放?

邓智慧说，连日本人都容他不起，难道你们想养着他?

放下电话，邓智慧闪过一个念头，应该去见一见这个当年的同窗和同乡。这件事，说起来就像一个笑话。

这件事情尘埃落定，齐书记暗暗地佩服邓乡长。如果按他的批示，派人去日本往国内领人，按惯例，至少要拿出三十万元包赔给人家。真的是高人高招，日本方面挺不住了，你们自己送回来的，自己认倒霉吧。在一次办公会上，齐仲秋特地说起了这件事，不仅你们要向邓乡长学习，我也要向他学习。处事要有定力，要沉着镇静，不能听风就是雨。如果为了一个脑子有病的人，花了财政三十万的经费，你说我们冤不冤，到头来，“彪”的不是郭有理，我们才是真正地“彪”啊。

事件自行了结，邓智慧挺开心的。机关的助理文书们也在私下赞许他邓乡长，姜还是老的辣，这下看出来了。就说查无此人，犯什么错吗?什么毛病也没有。邓智慧也挺得意，前些天，他还与妻子开玩笑，要从工作岗位上退下来了，冷不丁儿地不再忙碌了，也不起草转发文件了，会不会有失落感?妻子比他还幽默，那还不好办吗，我有事，就给你写个报告，比方说，我要到市场去买棵白菜，就给你打个请示报告，拟购买白菜一棵，当否？请批示。你就写上，拟同意。退休以后咱们自娱自乐，照样能体验到当干部的感觉。

这两天，因为拆迁动迁还有占地的事，上访的农民闯乡政府闹事的情况发生过几例，齐仲秋和邓智慧真有些焦头烂额。市里要全域城市化，就是要把农村变成城市。要维持稳定，要保证正常的办公环境。邓智慧才不与到政府上访的群众直接对话，他要找的是开发商们，你们伙同政府，发动了第三次土地革命，把分给农民的土地又从农民的手里夺回来了，你们把种庄稼的土地盖了大楼，你们发大财，农民吃不上饭，农民们找政府，我政府就要找你们。要是安抚不了群众，再发生上访事件，你们就不要干了。在上级领导将我撤职之前，我把你们先干倒。真的，要是有地种，咱们乡里的人能偷渡到日本去？

接下来的那几天，乡政府大楼前果然平静祥和了许多，聚集在大广场上的人不是晨练的，就是玩耍放风筝的。老百姓要求也不高，有白菜炖豆腐和大米饭吃，有房子住，再有个大秧歌扭就满足了。

那天早晨上班，在走廊上，邓智慧与小程相遇了。这个小秘书有些挺难为情的，他却像没事一样，先朝程秘书点了一下头，然后想起了一件事。前两天，我安排在大楼墙体上悬挂标语的事情办得怎么样了？小程说，已经布置完了，今天就有人来悬挂标语。

临近中午时分，走出办公室的邓智慧迎面碰上了一个似曾相识的人，他肯定不是乡政府机关的人，邓智慧一下子没能想起他来，只是有些似曾相识。一乡之长天天相逢相识的人也太多了，人家冲他点了头，他也不由自主地冲他也点下头。那人背着一个大相框，问他，到顶楼上怎么走？坐电梯就完了。我是说到大楼的平台上面。顶楼左侧有个旋转小楼梯，可以直通到平台上面。

第二天临近中午的时候，政府大楼前面的广场上放风筝的人发现，乡政府大楼上面，高高地悬挂着一个相框，相框里镶着一幅黑白大照片。照片上的人是谁？大家都十分地好奇，仰着脖子一齐看。照片上的人不是什么伟人名人，就是一个老太太的遗像。人人都莫名其妙，不知道照片上的老太太是谁。一大早，那么多的机关工作人员在大楼前面做广播体操，就没有一个人发现高高的大楼上面挂着一幅照片。

通过监控录像的画面，乡派出所的人发现，照片是郭有理挂到大楼上面去的。而且在画面中能看到，指点郭有理上到大楼平台上的，就是乡长邓智慧。看了这段画面，邓智慧说，我还以为他背的是宣传标语呢，这只苍蝇吃得……幸好挂的是他娘的照片，他要挂上一个别的什么人物的照片，我这辈子可就栽到这个“彪子”的手里去了。

民警没费事，就在市里的街心公园找到了郭有理。

把他带到乡里，询问起他到政府大楼悬挂照片的动机时，郭有理说，俺娘说了，她这辈子没见过世面，死了以后，要把她的照片挂到一个眼亮的地方，她喜欢瞧光景。俺看着没有比乡政府大楼再眼亮的地方，于是，俺就把俺娘的照片挂到了大楼上面。

你知道不知道你违反了治安管理条例？

治安条例是什么东西？

治安条例就是地方行政的法律。

俺不知道，俺娘说了，有毒的不吃，犯法的不做。挂个照片，又不是反动标语，真就犯法了？再说，大楼大门上不是挂着“为人民服务”吗？俺娘也是人民，活着的时候也没人为她服务过。她死了，让她瞧瞧光景不行啊？

小民警问所长，要不要行政拘留这个郭有理？

所长说，拘留他干吗？没事找事，他不就是挂他娘的照片了吗？

郭有理火了，你他娘的。

敢顶撞所长，小警察唰地拿出了手铐子。

所长阻止了小警察的举动，你看不出来他脑子不正常？他“彪”你也“彪”吗？

郭有理火气更大了，你们才“彪”呢。

邓智慧在一旁笑了，他没说错，我们才“彪”呢。

幸福的后半生

吴幸福今天刚好五十岁，为给自己过生日，他走进了这座城市里一家名菜馆。他没点大餐，也没喝大酒，他只是要了一碗长寿面。这长寿面做得真是有水平，碗里只有一根面，从头到尾，也不知有多长，反正他一口吸进嘴里，就没舍得咬断它，慢慢地一点儿一点儿地往嘴里吸，往嗓子里咽，往肚子里吞，品着汤汁，回味着麦香。据说做长寿面在和面的时候，就是朝着一个方向揉，所以面条才能这样筋道。大约一刻钟时间，吴幸福终于吸完了面条，把碗底的汤汁咂吮得干干净净。一定是加了葱姜水打的卤，而且使用的花椒也是四川的花椒，麻劲十足。咂吧咂吧嘴，这才恋恋不舍地、回味无穷地站起身离开。

吴幸福这辈子做人的原则就是善待自己，一个连自己都不热爱的人怎么可能去爱别人，更不要说爱生活，爱社会。爹妈虽然不在人世了，老婆也离他而去了，但他没有悲观，没有厌世，过年过节除外，一年当中他最注重的日子，就是他的生日。所以，每年到了他生日这天，他都会走进这家凡夫俗子敬而远之的餐馆，为自己要上一碗长寿面。

吴幸福没有上山下乡，中学毕业后，他进了工厂，成了那个时代人人向往的宠儿。那个年代，进了工厂的年轻人都期待着能分配一个好技术工种当学徒。车钳铆电焊，是最最让人心仪的工种，而吴幸福没费吹灰之力，就分到了车工车间当了学徒。三天没到黑，吴幸福受不了啦，天天站在车床前，要弓着身子，眼睛要像鳖瞅蛋似的紧紧地盯着旋转的车刀。几十斤重的铸件要装上卸下，他就在车床前伸了一个懒腰。就是这个懒腰，他挨了师傅一脚。师傅训斥道："站要有站相，坐要有坐相，干车工，更要有相，你这是出洋相。放在从前，你出这洋相，你得土豆子搬家，给我滚蛋。"

正好我还不想干呢，借着这个引子，吴幸福干脆告别了车工这个人人羡慕的工种。吴幸福摊上了个好爹，爹虽然不是老革命，但却是解放战争扛过枪、抗美援朝跨过江的。爹出面找到了他的老上级，老上级"支左"时当过军管会干部，他出面说话，把他战友的儿子吴幸福从车工车间调到了电工班。

电工班倒是清闲，电工班要是忙碌，那可是工厂最大的忌讳。吴幸福让电火打过，他最害怕看不见摸不着的电。电工虽然清闲，他还是不愿意干。工人出身的厂长火了："这不愿意干，那不愿意干，那你去看大门好了。"

看大门就看大门，吴幸福真的去了工厂的门岗，当起了值班员。最忙碌的事情就是收发报纸信件，还有车辆出大门时，一定要收取出门票。闲着的时候，吴幸福就看报，喝茶。在那年月，国营大厂的工人不愁找不到对象。到了谈婚论嫁的年龄，吴幸福靠着全民所有制职工的招牌，还有响当当的革命军人家庭出身和他自诩的工厂保卫科的身份，娶到了一个脸庞秀美、身段窈窕的大姑娘。大姑娘名叫柳如茵，是个资本家的孙女。能嫁给他，似乎更看重的是吴幸福的家庭出身。那时候，看大门的，干车钳铆电焊的，挣的都是二级工工资，三十八块六，大家过的都是一样的日子，你滋润，我也丰盈。

十年光景弹指一挥间，不知不觉，有了个体户，有了万元户。国营职工渐渐地不吃香了，甚至有的小厂已经没有活儿干，工人开不出工资了。又过了些时日，国营大厂也发不出工资了，有的车间已经停产了。工人开始放长假，也有的工人办停薪留职了。好在工厂大门总要有人看守，尽管工资从百分之百到百分之九十百分之八十一直到百分之五十，吴幸福没觉得有什么不好，随大流随惯了，别人过得下去，我更过得下去。吴幸福有如此底气，因为他有一个好爹。

在大集体企业工作的柳如茵下岗了，闲不住的她跟别人做起了海鲜生意。因为没有本钱，她只能从那些赶小海的女人手里收些蛤蜊到自由市场卖。好在城里人都喜欢吃这一口，花钱不多，又能尝鲜，再加上柳如茵的面相姣好，又有气质，所以，她的蛤蜊从来也没有卖不出去隔潮的时候。手里渐渐积攒起了本钱，柳如茵开始做鱼虾生意，后来又做起了海参鲍鱼生意。原本柳如茵就瞧不起吴幸福，他们婚嫁的那个时代还属于嫁鸡随鸡，嫁狗随狗，讲的是白头到老。如果工厂不是渐渐地解体，也许吴幸福与柳如茵的婚姻还能维持。自从柳如茵从小贩做到了海鲜生意人一直到经纪人，她经常要把北方的鲍鱼苗运到南方福建沿海去育苗，经常几个月不回家一趟。也许因为他们俩没有孩子，他们的婚姻纽带也不那么牢固。吴幸福知道妻子瞧不起他，她总是嗔怪他，吃饭吧唧嘴，睡觉打呼噜，而且经常在梦里咬牙放屁。他们两口子关了灯要做夫妻那件事情，总要费上一番周折。有时候，心急火燎的吴幸福有点儿强暴的意味。因为少了意境和情趣，他们两口子的夫妻生活也渐渐地淡漠了，十天半月不做一次也不去想。所以，柳如茵提出了离婚，他也没设置什么障碍和难题，痛痛快快地答应了。吴幸福的父母也愿意他们俩离开，原因很简单，就是因为柳如茵没能给吴家生个孩子。柳如茵净身出户，她除了穿的衣服，什么也没有带走，临出门的时候，她还给吴幸福留下了一千块钱。什么意思，也许她觉得有些欠吴幸福的，她没有尽到一个做妻子的责任；也许她也感谢吴幸福，在离婚这件事上没跟她讲条件，制造麻烦。

吴幸福也没有逃脱下岗的命运，但他并没有多么在意下岗。当时他面临一种选择，那就是两万元买断工龄，工厂也就不再管他了。两万块，在那时是多么大的一笔款项。吴幸福也没多想，他就把自己卖给了这两万块钱。当他兴冲冲地拿着两万块钱回到家里，妈担心地说："这钱，可是死水湾里的'鱼'，抓一条，也就少一条。"

爹却不以为然："把心放到肚子里好了，工厂从今往后不管他，但是，国家不会不管。"

妈的话，吴幸福没记住；爹的话，他倒是记住了。

爹妈还叮嘱他："有合适的，再找一个，早点儿成个家吧，男人离不开女人。"

与柳如茵离了婚之后，吴幸福也看过了几个女人。因为有柳如茵的影子，这几个女人他都没能看上眼。那年头，桑拿房里有小姐，卡拉 OK 包房也有小姐，年轻又漂亮，这个社会和时代已经不存在性饥渴的问题了，于是，对于重新择偶的问题，吴幸福再也不多费心神。

好景不长，属于吴幸福的幸福生活没能过上两年，他的爹妈相继去世了。他悲伤了一阵子，也有好长时间没有走进让他快活的场所。爹妈去世，意味着支撑他的靠山坍塌了。爹妈两份厚厚的退休金从他们谢世时起，也就意味着消逝而不存在了。他的买断工龄的两万块钱真的就像妈说的那样，是死水湾里的“鱼”，已经让他捉得没剩下几条了。好在爹妈留下的积蓄，也能支撑他一阵子。没有再去过幸福生活，吴幸福静下心认真地思考了以后的生活。说句真心话，在爹妈去世之前，他真的没有因为过日子费过心神。老婆离婚，爹妈谢世，剩下他一个人，他再不管自己，没有人管他。睁开眼睛要吃要喝，还要穿衣，电费水费垃圾费，还有冬天的采暖费，什么都要花钱。爹妈留下的积蓄也是死水湾里的“鱼”，捉一条，也少一条。

从前，吴幸福总是到大商店里去买日用品，当有了节省意识之后，他也不再到大商店去了。他们家一楼住户把住房租了出去，变成了一家小商铺，里面的货物要便宜许多，吴幸福走进了这家小商铺。迎上来的是一位三十出头的小女子，娇滴滴的，像是城乡结合部长大的，操着土不土洋不洋的口音：“大哥头回来，俺们家的东西物美价廉。”

吴幸福买了些东西，估摸着也就三四十块钱左右。他掏出了一张五十块钱的钞票，小女子正要算账，吴幸福摆了摆手，大方了一回，示意她不用找了。

“哎呀妈呀，大哥做事真是爽，真是讲究。瞧大哥这面相，生得庄重，长得威严，赶到好时代，必定是个当官当将的材料。”

这小女子姓陶，除了卖货，她也卖身。小店的狭小里间用两张电脑桌搭起的一张床，晚上，小两口儿挤在上面睡觉。白天就成了“大炕”。吴幸福第二次走进小店时，照旧买东西不用找零儿，小陶感动了，她也慷慨了一回：“真的大哥，不能老是占你的便宜，咱们月大月小赶，我也帮不了你别的，我知道你离婚了，二茬子光棍更难熬，你要是不嫌乎俺，你就……”

小店的门也没关，里间只是挂了门帘，多日没沾女人这湾水的吴幸福也顾不了许多，小陶仰在那张床上，裤子半褪到屁股下面，这是提防着有人突然进来，能来得及提上裤子装好人。吴幸福的心突突跳了起来，喘气也急促了起来，做贼通奸就是这种感觉。他也模仿着小陶的样子，不能宽衣解带，只能裸露出满足欲望所必需的部位，两个人一蹴而就。那种紧张，那种忙乱，那种急切，那种想在极短的时间内完成一桩泄欲过程，他与她似乎冒着天下之大不韪，做完了这件说是美好也好，说是龌龊也罢的男欢女爱之事。没有人进来，也没有人知道，两人会意一笑，赶忙整理好了衣服，真的就是提上裤子都是好人。虽然时间很是短暂，但吴幸福的感觉美妙极了。他婚后与妻子做爱多次，从来也没有获取如此美妙之感。事情过后，心跳好久也没能平息，脸皮火辣辣的，说明人还是要脸面的。

吴幸福面对的现实问题，第一位的似乎并不是性，而是他的生存。革命导师曾经有过语录，人只有在解决了衣食住行之后，方能从事上层建筑领域的活动。他的经济来源已经断绝了，爹妈留下的积蓄成了死水湾的“鱼”，已经让他捉得没剩下几条了，他必须要解决自己的生存问题。吴幸福找到社区，那位支部书记倒是坦诚，他说：“这年头，你五大三粗一个男子汉没有活儿干，没有钱花，说破天我都不相信。你到桑拿浴里去瞧一瞧，看看那些个搓澡的师傅们，哪天不挣个一二百的，哪月不是三四千的挣。”“那可是南蛮子和农民工干的活。”“是，当地人没有搓澡的，当地人愿意装民国二大爷，苦的累的脏的活没有人干。要我说，都是惯的，饿他三天，看他干不干。”“你说谁惯的？”“我说是社会惯的，是社会主义惯的，是政府惯的，怎么我说错了吗？”

吴幸福觉得这个社区书记简直就是个土匪式的领导，和他说不到一块儿。于是，他来到了街道。街道书记倒是询问了他一些情况，比方说有些什么技能，会做点儿什么，或者说有什么特长。除了吃喝拉撒睡，他有什么技能？谁想到会有下岗这一天，谁想到会有买断工龄这一天。改革是让老百越来越好，而不是越来越糟。现在可好，快吃不上饭了。

街道书记想安排吴幸福再就业：“这不会，那也不行，扫卫生行吧，协助管理交通行吧。”

吴幸福还是摇头。街道书记也失去了耐性：“这也不行，那也不干，我告诉你，养懒汉，吃大锅饭的时代一去不复返了。”“你们不管我，总会有人管的。”

吴幸福没有气馁，他去了区里，区里有信访办，有专人接待了他。他上访不为别的，就是解决吃饭问题。他下岗了，没有工作，没有来钱的路，再这样下去，他要饿死了。

接待他的人说：“不可能的，你到火化场去瞧一瞧，有老死的，有生病死的，也有因意外事故而死的，可就是没有饿死的。如今可以再就业，你虽然下岗了，可你应该再找一份工作。”

吴幸福下意识地摇了摇头。“为什么不能再就业，难道你有病？”接访人员这一问，倒给吴幸福提了个醒，他的眼睛有些湿润，把头转向了一边：“好生生的人，谁愿意说自己有病。因为身体原因，我孩子也没敢要，害怕遗传。老婆也跟我离了婚，我肚子里的苦水跟谁说去……我父亲活着的时候，他一再嘱咐我，咱们是军人家庭，有困难能自己解决就自己解决，不要给组织上添麻烦。如果不是万不得已，谁愿意当上访人员。”

接访人员挺感动的，他们与社区沟通，能不能给吴幸福办个低保。社区领导不同意，为吴幸福这样的人办理低保，不就是天方夜谭吗？低保应该给予那些真正丧失了劳动能力、真正身患重病的那些残疾人，那些低收入人群，吴幸福凭什么要往这群人里面混。

遭到了社区的拒绝，吴幸福越过了区里，直接到了市政府的信访接待室上访。他说得理直气壮："凭什么我就不能吃低保，凭什么我们革命军人家庭出身的子女要低人一等……"

来到信访办，吴幸福真是大开眼界，世界之大，无奇不有，什么强行拆迁出了人命的，什么公安错抓、法院错判的，什么大夫做手术把人给割死在手术台上的。说到归齐，吴幸福是最不靠谱的。那个副主任说："你回去吧，回去等信吧。"

回到家里的吴幸福没等上三天，第二天傍晚时分，社区就来人了，通知他，他的低保办下来了。从下个月起，他每个月有四百五十元的低保金。吴幸福一点儿也没高兴，四百五十块，只能保证城市里的最低生活水平。说句心里话，从小到大，直到现在，他还真没过过这样的日子。也不能怨天尤人了，有这平白无故从天上掉下来的钱花，至少心里能踏实许多。

与那个姓陶的有过两次偷情勾当，他一直惦记着能同这个比自己年轻许多的小女子能有一回同床共枕，能贴骨贴肉地翻云覆雨，他也将自己的这个念头传递给了小陶。当天晚上，关门之后，善解人意的小陶也就轻手轻脚地上了四楼，进了他的家门。两人也用不着多说什么，心照不宣地按着程序，完成了男人和女人的那件事情。说句实话，他确实有些力不从心了，毕竟年过半百了，人家尚未攀登到欲望的顶峰时，他已经从半山坡上滚落了。

小陶一边系着纽扣，一边打量着屋子：“你吃着低保，住着这样的房子，国家对你真不赖呀。”“八十年代的老房子，就是得房率高，显得面积大一些。”“你一个人住着这么大面积的房子……如果街道知道了你住着豪宅还吃低保，肯定不会答应的。”“房子是我爹妈留下的。”“可他们都不在了，是你住在这里。要我说，你把房子给卖了，另外租一套小房子。现在的房价这么贵，肯定能卖个好价钱。你用这笔钱还可以做点儿别的事情。”

小陶走了以后，吴幸福细细地回味刚刚说过的话，他的脑子真画了个魂儿，这个小女子说的不无道理。他吃低保的事本来就有人有想法，有人也问过房子的事，他说父母住的部队军产房，搪塞过去了。他住的房子，九十八平，三室一厨一卫，虽说是八十年代的房子，好地角，又毗邻着市里的重点高中，属于学区房，虽说是老楼房，但价钱一点儿也不比新楼房差。

吴幸福很快就通过中介把房子卖了，卖了一百多万，他一点儿也没有声张，把钱存到了银行里，买了理财产品。一百万，他想都没敢想，一夜间他就成了百万富翁。惊喜之余，他也胆怯，毕竟做了一件不体面的事。他不应该把爹妈留下的房子卖了，因为放在从前，卖房子卖地，要背上败家的骂名。他在意的不在这儿，他在意的是这件事要做得悄无声息，不显山露水，知道的人越少越好。在远离老房子的贫民区，吴幸福租下了一套简易的房子。

有一天，吴幸福遇到了从前的工友，他们也是冬泳队的队友，一年到头下海游泳，他们为的就是不生病，不花医疗费。还有几个女工友，她们扭大秧歌，开始纯粹是健身，可后来，有的商铺开业请她们去扭大秧歌，一场开业庆典，她们也有个五六十块钱的收入。吴幸福的健身理念与工友们不同，他认为，人的一生当中心跳多少下是一定的，老鳖为什么长寿？就是因为它活动速率缓慢，心跳缓慢，于是，它就长寿。不管别人把冬泳把大秧歌吹嘘得多么神奇，都无法动摇他的信念。由此而引申到他的身体，他的身体虽然不是那么筋骨强健，体魄雄伟，不属于肌肉男，但他身体却无大病。当年工厂检查身体时，他血压有点儿高，牙有点儿龋齿。无论别人怎样动员他，他都不为所动，他有他的信念，他就采用这种静的养生原则。

吴幸福几十年养成了一个好的习惯，那就是看报纸。从看大门那时候起，他天天坚持的一件事，就是要看报纸。他看报不像别人，仅仅是浏览。他是细细地阅读，甚至连报缝的广告，他也要看。一天，报纸上刊登了有关慢性病的消息。按规定，高血压、龋齿病都属于慢性病的范畴。国家给每种慢性病患者每年一千八百元的医疗保证金，如果他这两种病能被医生认定，他每年就能得到三千六百元的医保金。因为懒惰，他很少刷牙，所以，他的龋齿也越来越严重。因为怕痛，他也不敢到牙科就诊，龋齿病没能定上慢性病。至于高血压，他知道，只要连续熬夜，只要喝大酒，就会出现血压增高的症状。吴幸福天天晚上到路灯下面去看打扑克的，也天天喝大酒。几天下来，血压果然居高不下。做 B 超的时候，图像居然显示左心室肥大，并且有并发症的迹象。他如愿获得了慢性病的待遇。只是慢病的钱必须要花在药店，如今的药店里简直就是个小超市，生活用品应有尽有，慢病医保成了他生活费的一部分来源。

吴幸福吃着低保，享受着慢性病医保，到了年节，社区工作人员还往家里送米送面送油送肉，有时候还送钱。如果遇到慈善机构搞活动，还有一份不薄的收获。吴幸福不嗜烟酒，他喜欢美食，也喜欢美女。虽然一生没有阅尽人间春色，但他遇到的两个女人，一个柳如茵，一个姓陶的小女子，虽然不是国色天香，但可以说是挺有姿色的。很长时间没有与小陶见面了，他被一种情绪所怂恿，来到了他从前居住的地方，走进了那个他熟悉得不能再熟悉的小商店。店面依旧，卖货的人也依旧。走进门时，一个比他年纪还大的老头儿正朝外走，两个人打了一个照面。店里的小陶正用手梳理着她的头发。看见吴幸福，她一点儿也没尴尬。吴幸福心里明白，刚刚走出去的那位，同曾经的自己一样，刚刚完成了短暂而又急促的一个过程。人家小陶没有义务为他守身如玉，她就是吃这碗饭的，她服务的对象就是周边居住的退休老头儿们。老头儿手里的那几个零花钱都填进了小陶这个窟窿，不过，他们愿意，乐呵呵地来了，乐呵呵地走了。小陶挺矜持的，一直没有主动约他走到里间去。来时的那股冲动似乎平息了下去，一点儿激情也没有了。这么一把年纪了，还会有妒忌的情绪？那股被湮灭的情绪也很难再调动起来。两个人都挺难堪的，僵持了一会儿，吴幸福买了些日用品。他照旧付给她五十块钱，她要给他找零，他说："不用找了。"小陶说："那就谢谢了。"看得出来，小陶似乎有些歉疚之感。其实，他一点儿也没有怪罪她的意思，相反，他对这个小陶心怀感激。在他空空荡荡茫茫然的日子，她弥补他的不仅仅是欲望的需求，他从她那儿获取的是另一种抚慰。别人无法理解，他自己也说不清楚。

从小陶的小商店离开之后，吴幸福下定了决心，他不会再来了，也不再沾女人的边了。一家老菜馆开张了，吴幸福每个星期来一次，每次来，他总是要一个菜。这次要的是锅塌肉片，下次便要滑熘鱼片，再下次就要樱桃肉，他也不喝酒，就着一块馒头，慢慢地品尝着菜的滋味。吃到七八分饱时，他便不再进食，而是小心翼翼地把剩下的菜装进菜盒里，带回家里，可以再品尝一次。因为生活习惯良好，他能把自己的生活安排得很得体。

这么多年，他也曾与他的前妻柳如茵打过几次照面。每一次偶然相遇，柳如茵似乎都有进步，生意做得更加红火，钱也挣得更多。柳如茵离婚以后没有选择独身，她又相继嫁给了两个男人，一个是官员，另外一个也是做生意的。不过，一定请你相信，不管二婚还是三婚，再婚的人很难幸福。柳如茵就属于很难幸福的再婚者。如今柳如茵的婚姻状况也是不冷不热不离不弃，有什么可以认真？有什么可以计较？听说吴幸福一直独身，这让柳如茵想得挺多的。也许他是因为曾经有了她，一切以她为楷模，为标准，所以，他很难再做出婚姻的抉择；也许他还一直怀念着她，所以，他的心里也装不进别人。想到此时，柳如茵还挺伤感的。相比之下，她如今的婚姻不幸福，不能不说是一种报应。一件东西，失去了的时候，才会想起它的价值。柳如茵如今想起的，都是吴幸福从前的那些好处那些优点。

吴幸福不这么想，婚姻就是缘分，他与柳如茵缘分尽了，也就应该分开了。他没有觉得失去什么，他所以没有再婚，并不是因为他一直想念着前妻柳如茵，而是他不愿意担责任。与柳如茵离婚时，他甚至庆幸，他与她没有太多的财产，更要庆幸的是，他与她没有孩子。他一直没想明白，他与她为什么会没有孩子。柳如茵不会瞒着他而采取什么措施，他们每一次夫妻生活之后，她总是蹲到厕所里面，即使没有尿水，她也要排泄干净，她把他排泄在她体内的精华当作了污秽之物排泄得直到干干净净为止。她真不是故意的，多少年之后，说起他们没能有个孩子，她追悔莫及，那时候年轻，她什么也不懂。如果有个孩子，该有多好啊。

吴幸福居住的地方很少有人造访，今天来的这位不速之客让吴幸福吃了一惊。谁？他生命当中的第二位女人小陶。今天什么日子？过冬，是二十四节气的冬至。按习俗，老百姓都要在过冬这天包饺子，或者包包子。小陶给吴幸福带来了热气腾腾的饺子，饭盒是用毛巾包的，饺子就像刚出锅的一样热乎。吴幸福很敏感，他坚持让小陶说她有什么事情？小陶说：“吃了饺子再说。”他也固执起来：“你不先说，我就不吃。”小陶只好说了，她来他这儿，就是想让他申请经济适用房。可他，从前是有房子的，怎么能申请呢？小陶替他算过了，时间已经过了五年了，他可以以低保户的身份，再申请购买经济适用房。吴幸福感叹道：“我一个老头儿，不能动的时候，就进敬老院，还要什么经适房。”“你呀，光想着自己眼睛看到的那点儿事情，思路就不能再展开一点儿，为什么就没想想我？再说，不够档次的敬老院就像集中营一样。”“我无儿无女呀，我不去不行啊。”“我们两口子可以做你的儿女呀，我那口子做你的干儿子，我当你的干闺女，我们家的孩子就是你的孙子。将来，我们给你养老送终。”

这一番话说得吴幸福动了心思，真的，不知不觉当中，他真的成了老人了。谁敢担保自己没有不能动弹的那一天？真的伸腿闭眼，谁给自己收尸？小陶不是个好女人，但她心眼儿不坏。

经适房很快就申请了下来，他有一个原则，不能用自己的钱买。小陶鼓动吴幸福：“你去贷款，这贷款我们来偿还。”“那可得签个协议。”“该签就签，亲是亲，财是财。”

办的贷款，不久也批下来了。房子也没有做什么装修，只是刮了大白，铺了一个复合地板，简洁而大方。房子面积不大，两居室，外带一个小厨房，一个小储藏间，他住一间，小陶夫妻住一间，他们的孩子就住小储藏间改成的小书屋里。一家人其乐融融。

不久，又传来了好消息，凡是低保购房贷款的，政府给予百分之八十的补贴利息，也就等于贷的款只付百分之二十的利息，几乎等于无息。这个消息让小陶一家足以乐上一阵子了。

这几年，吴幸福再也没有为低保为医保东奔西走，他活得比上不足，比下还有余。够过就行了，人哪，求个好生，更求个好死。今年过春节前，一个慈善机构为他送来了一千元钱。

这些年，经常接受救助，他也有些麻木。不过，这么多的钱，他不能不问，这是哪个部门送的？来人告诉他，这是一位致力于慈善事业的人士的赠送。到底是谁，人家不让说出姓名。是，做慈善是不图名利的。他只能感叹，世上还是好人多啊！

这个好人不是别人，正是吴幸福的前妻柳如茵。她设立了一个救助基金会，春节前，要为一千家困难的低保户发放救济金。选择困难户名单的时候，柳如茵一眼就看见了吴幸福的名字，她就在他的名字上面做了一个标记。从今年起，年年腊月里，吴幸福都能收到一千元钱的救济金。

六十岁生日那天，吴幸福还是独自一人走进了那家老菜馆。五十岁，年过半百；六十岁，一个花甲。像五十岁生日那天一样，吴幸福要了一碗长寿面，碗里盛的还是从头到尾一根面条，只不过这一回，碗里多了一只鸡蛋。他喊来了服务员，问起这一只鸡蛋有什么讲究。服务员告诉吴幸福，这只鸡蛋代表的是老寿星的定心珠，就这讲究。听到这话，很长时间因为害怕胆固醇高而不吃鸡蛋的吴幸福把这只老寿星的定心珠一口气吞咽了下去。都说如今的鸡吃的都是合成的饲料，鸡肉不好吃，鸡蛋有二噁英，可他吃出了他小时候吃鸡蛋的味道……

记忆红薯

得知大姐生病的消息时，她已经不行了。我赶到大姐面前时，她只有呼出来的气，没有吸进去的气。她脸上的皱纹平整地展开了，攀附在她身上的寄生虫也悄悄地离开了，甚至于癌细胞也静静地死去了……似乎不应该这样，总该有个过程。因为在此之前，从未听说过大姐身体有什么问题。大姐患的是肺癌，已经是晚期，一个十分漫长的过程，她竟然瞒过了所有的亲人。当我俯在大姐病床前的时候，她说话都十分困难了。她要说的话都写在了纸上，一张折叠得方方正正的纸，塞到了我的手上。然后，她用母亲看孩子般的目光在我的身上停留了好一会儿，才安然地闭上了她的那双曾经非常美丽的眼睛。我再也无法克制自己，跪倒在大姐的床头……我没有母亲的记忆，我一岁时，母亲就生病离我而去。记忆里面，大姐就是母亲，对我有着母亲一样的恩情。这许多年，自己一直在忙碌，人过中年，自己忘记了大姐已经是个年过花甲的老人，我没有对她尽过孝心，她就这样撒手而去，我悔恨极了，痛极了……

按我们高家屯的规矩，过世的老人要停放在堂屋，享受人间子孙最后的香火。因为这里远离城市，这些传统的习俗依然保持着。大姐的身下铺着谷草，灵前放着一盏长明灯。我没有放声痛哭，只是默默地流眼泪。夜深人静，所有的守灵亲人都困倦得睡去时，我没有一点儿睡意。想起了大姐塞给我的那张纸，那上面写着的，应该是大姐最后的遗愿……

根儿：

我走了以后，不要火化，我要跟高满仓合骨。

大姐

这年头，不想火化已经是不可能的了。我跟村干部说起大姐的这个遗愿时，他们也觉得为难，因为全县火化普及率已是百分之百，已经没有哪位即将过世的老人还会有这样的想法；即使有这样的想法，可以答应她，她过世后，哪里知道自己是火化还是土葬。大姐毕竟当过多年的村支部书记，村干部还是有些想不通，如今火化已经成了惯例，轮到她自己，怎么会冒出这样的念头。

出殡的前一天晚上，我没有合眼，我把村里姓高的老老小小统统想了一遍，也没有想起这个名叫高满仓的人。大姐想土葬的遗愿没能实现也无法实现，但是，火化以后，她的骨灰可以与这个高满仓合骨。但是这个人是谁？大姐是这方圆百里有名的老闺女，乡下人把一辈子没有出嫁保持纯净身子的姑娘叫老闺女。我敢用自己的生命为大姐担保，她的一生，是纯洁的一生。但是，这个突然冒出来的高满仓，让我的思绪紊乱了。

大姐出殡的那天，一个想不到的人物出现了，他走路腿打哆嗦，嘴里流着口水，腰塌着，背驼着。不是别人介绍，我怎么也不敢相信他就是当年高家屯第一任党支部书记朱大有。那衰老干涩的哭声，那浑浊的凝重的已经流也流不动的眼泪，不由得让人又回到了那个已经告别的岁月……

料理大姐后事时，只顾了悲伤忙碌，忘记了询问一下朱大有，他肯定会知道高满仓是何许人也。大姐的后事料理停当，我把大姐的骨灰放在了书房里。烧第一个七天的祭日，我的那些姐姐们想借着这个全家人团聚的日子，把大姐的遗产处理了。她们都以为，大姐临终前留给我的那张纸就是遗书，就等着我把大姐的遗愿告诉大家。我告诉她们，大姐的遗骨由我处理，大姐留下的财产，让她们姐妹们分去吧，我什么也不要。

我们姐弟七个，我是唯一的男性，排行也最末。现在家家户户日子过得也不那么艰难，大家对于财产的占有欲似乎也不存在虎视眈眈的贪婪。六姐提议，把大姐的这三间瓦房给七根留着吧，他是个文人，退休时可以回乡住一住，写点儿田园诗什么的。

我说，如果你们都不缺房子住，还是把房子卖了，把钱分一分。

三姐说，房子也不值几个钱，还是留下吧，留下个念想儿，你也能经常回来看看姐姐们。卖了房子，你回来连个住的地方也没有。

五姐说，我听说，人走了，好多年以后，她的魂儿还会回到她生前住的地方转转。所以，房子留着吧，咱们权当大姐她活着。

我要回去了，姐姐们还是像当年那样，只要我离开高家屯，她们就会把家里最好的东西让我带上。如今，老家的那些土特产也不稀奇了。女性毕竟是女性，她们骨子里都与生俱来饱含着母性，好在眼下是收获季节，她们从地里刨出花生、刨出地瓜让我带着。

看到那鲜灵的地瓜，我抓起一只，用袖子揩去上面的泥土，然后大口地嚼了起来……我们高家屯这片土地，长玉米不行，种高粱也低产，这黏里带沙性的褐色土地，太适合种地瓜了。中国人对地瓜并不陌生，有的地方叫红薯，有的地方叫白薯，也有叫红苕或者叫甘薯的，不管怎么叫，我们高家屯地里长出的地瓜最面最甜，形状也最美丽。不管你信不信，我告诉你，五十年前，我吃过一百年前的地瓜。并不是要告诉你高家屯栽种地瓜有传统，有历史，我想说的是那股子内在的作用和味道……

知道朱大有还活着，我想，大姐留给我的难题应该解开了。朱大有不会不知道高满仓是谁，既然他住在县城里，我可以回去找他。没有想到的是，等我找到朱大有时，他已经住进了医院的重症监护病房。也许他参加了大姐的葬礼，悲伤过度，毕竟是八十八岁的老人，有个什么缘由就会倒下。与我对话的这个年轻一点儿的老女人是……

她说，我是老朱的老伴儿。

朱大有没有孩子，他似乎一辈子也未曾婚娶。娶这个老伴，大约也是近年来的事情。听说我是作家，还是高家屯的故乡人，也听说我的来意，老女人说，在此之前，老朱就是一阵清醒，一阵糊涂，这一回，恐怕很难再清醒了。不过，老朱这些年写了些材料，他文化水平低，他写的那些东西我看过了，我是看不明白，但是，或许对你有用。材料放在家里，改天吧，我把它带到医院里来，你再来取。

我对朱大有是有记忆的，我小时候晚上闹人的时候，啼哭个不停时，姐姐们就会说，朱大有来了！我会马上把嘴给闭上，一声也不吭。朱大有比狼，比老虎，甚至比鬼神都厉害。不仅仅是我自己，全村的孩子们，别说孩子，就算是大人们，说起朱大有的时候，夹着屁也不敢肆意地放。

懂事以后我探究过，人们怕朱大有，这到底因为什么？

没有准确的答案，有人说，朱大有打死了高小鬼，从此高家屯就没有了地主。也有人说，朱大有是支部书记，是高家屯的土皇帝，管生管死。那时的朱大有，总是喜欢背着双手，手里总是握着一条鞭子，他喜欢低着头，眼睛瞧着地面。有胆大的女人说，朱书记瞅地面，是怕有遗漏在地里的地瓜，也有女人说，朱大有低头，他是跟自己的屌在算账。活该，谁叫他不娶老婆。怕归怕，人们在背后还是叫他“猪大油”，一叫“猪大油”，思想里面就会充满了香喷喷的滑腻气味。据说，人们在大田里干活的时候，朱大有像土层缝隙里的蚰蜒一样出现在农民们的背后，谁要偷懒，几声鞭子脆响，刀子一样的鞭梢抽裂了衣裳，抽绽了皮肉。相传，朱大有对付人民公社女社员们也有一套方法。女社员下地，干的都是蹲着的活，比方说拔草，比方说间苗。人干活的手头快慢不一样，总有落在后面的女社员。这时，朱大有就会出现在她的后面，用鞭杆子捅捅她的屁股，让她褪下裤子。这时，他就会甩几下鞭子，那鞭子响声比得上炸雷，也只有朱大有能甩得出这样的鞭子，女社员管这鞭子叫“绝后鞭”，于是，谁也不敢回头瞧。以后，下地干活时渐渐地出现了愿意落在后面的女社员。怪不得朱大有不结婚娶媳妇，全村丑俊妇女都属于他，用得着婚娶吗？

重症病房里的朱大有还是奄奄一息的状态，我从他的老伴儿那里拿到了他写下的材料。朱大有的文化水平确实不高，字写得拙劣，像一些伪书法家别出心裁的创作。还有一些图画，也许是不认识字或者无法表达意思，图画得像高玉宝当年写《高玉宝》一稿时的情景。

我说，材料很珍贵，我只想通过这些材料找到点儿线索，看完了，我会还……

朱大有老伴儿摆摆手，他说过了，只要他写的东西对组织上有点儿价值，或者对哪个人能有点儿帮助，他就心满意足了。什么了不起的人物，组织上稀要他写的那破烂玩意儿。你拿去吧，难得能遇到你这样一个文化人。

我在高小鬼家已经当了好几年的伙计，这户地主家有不少的规矩。一是他们家一年四季稀饭里面要切上地瓜块，这样可以冒充些干粮；二是，他们家的人晚上睡觉不许穿内衣和裤头，怕的是炕席磨坏了内衣裤头；三是天落黑就吹灯，怕点灯熬油，也好早睡早起。

高家大院两进两出，一色的青砖黑瓦，比高家屯所有的房子整整高出三尺，气派，庄严，富贵。从外面看，不知生活在这大院里面的人怎样荣华富贵。外人都不知道，他们高家人从小到老，没有不干活的。高小鬼老爹八十岁那年，还用高粱秸皮编粮囤子围。他说了，不干，高家能置下两千多亩地吗？

高家屯的地几乎都属于高小鬼家，自己种八百亩，余下的租给屯子里的人种，年年秋收后要给他家交租子。方圆几十里，高小鬼家是最大的地主。中国有句老话说得好，人财不能两旺。高小鬼家这么富有，但他们家的人丁不那么兴旺，几代单传独子，到了高小鬼这一辈儿，只生养了一个闺女。闺女小名叫高地瓜，说她从小爱吃地瓜，脸皮儿像地瓜那般红润水灵。高地瓜十八了，四乡八邻上门提亲说媒的人不少，高小鬼跟他老婆都没动心，他们一心一意要找个上门女婿，一个女婿半拉儿。高家大院这么大的家业财产，落到外姓人手里心有不甘哪。

我那时在高家大院里当把头，把头相当于工地上的工头，或者是工厂里的车间主任。伙计们鼓动我，高地瓜人长得不丑，高小鬼家有房子有地，他那抠屁眼吮指头的吝啬鬼，家里的金银财宝也少不了。就当个上门女婿，得人得地得财富，我本人也无需勤劳致富了。

我那时也不能说没这等念头，好事美事谁不想，可谁也不知道，我那时已经是共产党了。我身上还有任务，那就是要在暗中监视高小鬼，看看他把地契藏在什么地方，把金银财宝藏在什么地方；还有，他当没当过日本人的汉奸，跟国民党有没有联系，跟土匪胡子有没有沟通。还要掌握这些来年高小鬼欺男霸女、欺压百姓的罪证。不管怎么说，我是劳苦出身，我是共产党，我与高家大院分别属于两个你死我活的阶级。

那时候，与我联系的人叫关英中，表面上他是个给人看病的郎中，其实他是这一带地下党组织的负责人。他是个读过书的人，读过书的人也都懂得一点儿医学。

高小鬼家的人与我们穷苦人是有距离的，他们不接近我们，我们想接近人家也不容易。两进两出的院落，上院住的是高家人，我们伙计们住在下院，跟牲口们、猪们、鸡鸭鹅狗们住在一起。想起来也怪有趣的，当一个人在你的心目当中是个坏人的时候，你不仅会觉得他的长相阴险奸诈，你似乎能够看见他肚子里的那股坏水儿，还有他派生出的一举手一投足，都是那么让人生厌，招人恨。

那年开春犁地播种时，因为农活忙，伙计们不回去吃饭，有人会把午饭送到地头上来。等到中午时，高地瓜提着篮子到地头上来了。开春刚刚犁地，翻开的土地仰面朝天袒露着新鲜的黑褐色，散发着一股泥土的香气。那天，日光高照，天空极为透彻。高地瓜穿着一身鲜红的对襟小袄，一条大辫子从脑后垂到腚锤下。伙计们都停下手里的活瞧着越走越近的高地瓜，太阳下面没有光景看，高地瓜给大伙眼睛里送了一幅图画。正瞧得眼珠子快要掉出来的时候，想不到的事情发生了，那头名叫“老花棍子”的公牛挣脱了绳索，撒开蹄子，带着一阵风，一阵尘土，奔向了高地瓜。高地瓜手里的篮子飞了，她倒在了公牛的面前，公牛那两只大犄角像刺刀一样戳向高地瓜，那件红布小袄像是被刀割开了。高地瓜一阵喊叫声撕开了我的胸膛，我想都没想，冲了上去，这时鞭子已经失去功能，我扳着牛的两只角，借着牛劲，把它掼倒到一旁。我也倒在了地上，正好压在了高地瓜的身上。我想爬起来，也想把身子底下的高地瓜拉起来。没有想到，她的双臂紧紧地缠住了我的脖子，她的两条腿也死死地盘住了我的身体。我像被蛇缠住了，也像给水蛭死死地吸住了，我真的不知该怎样解脱。红布小袄破了，就像地瓜皮破了，露出了里面白色的瓤儿，我的胸贴着这又面又软的“瓜瓤”。她浑身打着哆嗦，是惊吓的。我拍着她的背，学着我娘常念叨的那句安抚受到惊吓孩子的话，揪揪毛，吓不着，揪揪耳，吓不点儿。

事情过后，我要教训那头惹祸的公牛。伙计们都说，算了吧，我们都眼馋死了。没有“老花棍子”，你能搂着地主家千金小姐的身子，你能贴着十八岁大闺女的皮肉，你偷着乐去吧。

我那一贯粗糙的皮肤似乎有些爽滑，那是平时发黏的汗臭沾了未出嫁大闺女的气息。皮肉的接触是短暂的，残留的气息却纠缠我，久久不能忘怀，我甚至期盼着再发生那惊心动魄的一幕，我再充当一次救人的英雄。我一连几天没有舍得擦洗身子，生怕失去了这股子气息。

牛也是通人性的，“老花棍子”怎么知道我们伙计们是男的，高地瓜是个大闺女？开春时节，也是“老花棍子”发情的季节，背上套着犁杖，套着绳索，周围全是清一色的男人，它也没有发作的机会。那天巧了，一大片庄稼地，只有高地瓜一个女人，真是巧了，那天她偏偏穿着红袄。牛也知道穿红戴绿的是女人。于是，它冲着她就去了……决斗的时候，让女人走开；开春种地的时节，也要让女人走开。

一连几天，再也没能看见高地瓜的身影，听说那天被公牛顶撞了以后，回到家就生病了，也许是吓病的。

事情发生后，高小鬼找我商量，能不能把惹是生非的“老花棍子”的卵子给骟了。

“老花棍子”是闯了祸，可它毕竟是牲口，跟人不一样，不懂得羞臊。但它也只有在春天的时候发情，而人却一年到头发情。牛毕竟更多的时间不发情，骟了卵子倒是再也不会惹祸了，但是，骟了卵子以后，它的精气神儿可再也没有了，耕地拉车可再也没有那股劲头了。人也有犯糊涂做错事的时候，何况它是一头牛。“老花棍子”真的是头好牛，拉犁能抵得上两头牛。除了开春发情季节，平时它驯服得像太监。有了这次教训以后，家里再没有人手，也不让高地瓜到地里送饭就是了。

高小鬼也觉得我说的有道理，不再追究“老花棍子”的错误。

既然是合骨，这个高满仓也一定是个死去的人，他应该埋葬在高家屯。这一次，我没有惊动任何人，回到了高家屯。我没有进村，而是绕过了高家屯，来到了屯子北面的那座小山坡上。我生于斯，长于斯，对这里的山山水水十分熟悉。从前山坡上的小路被茂密的野草遮掩了。这里只是偶尔有人走过，草棵子里有野兔子，灌木丛有野鸡。自从有高家屯的那天起，北山坡就是埋死人的地方，我的父亲和母亲也埋葬在这里。没费多少周折，我就找到了父亲和母亲合葬的坟墓。年年清明和祭日，姐姐们都要给去世的人上坟，他们的坟头没滋生荆棘和蒿草，一块刻着两个人名字的石碑出现在我的眼前。我的父亲叫高满财，我的母亲叫刘秋收。在我还未满周岁时，母亲就生病去世了。听别人说，我的母亲是村里长得最好看的媳妇。有人开玩笑说，父亲生怕母亲这块好地闲着，他一天不落地耕地播种，一点儿也不留间隙，生怕有人偷偷地捅上一棍子。父亲的脖子总是缩着，村里人叫他“高鳖头”，这个绰号似乎包含着许多含义，有老实的意味，也有无能的意味，传统的含义是容忍的意味。容忍什么呢？容忍男人最不应该容忍的，自己的老婆可以把马嘴伸到牛的食槽子里。

我母亲是个好女人，她一心一意为父亲生儿育女，她一连生了六个女儿，似乎对不起父亲。直到生下我来，她才长长地呼出了一口气。怀我的时候，她已经生病了。我来到人世以后，母亲的肚子依然高高耸起，就像一座永恒的山峰。那一年，有许多人患上这种疾病，据说病因就是吃不饱而导致的。吃不饱饭的人应该越来越消瘦，弄不明白的是，为什么母亲会越来越丰满，皮肤也越来越细腻越晶莹剔透，而且粉里透红，随便往身体的哪个部位一按，就会显现圆圆的酒窝。

女人民公社社员死了，到镇上的木匠铺里买来了棺材，没有想到，棺材已经盛不下母亲的遗体。从古到今，做棺材都是一个尺寸，买不到更大规格的棺材。

天下无难事，朱大有四下里瞅了瞅，他的眼睛盯住了那口躺箱。从前，躺箱这种家具是北方人闺女出嫁时的必备陪嫁品。日子过得富足的，躺箱里面装衣物；生活窘迫的，躺箱就是装玉米高粱的好用具。这阵躺箱派上了用场，把躺箱的盖子掀掉，就是装殓母亲最好的棺材。当年，母亲的陪嫁品，今日成了自己的棺材。合身合体，就像是量身打造的一样。

那时，全家人都在啼哭，我也一个劲地哭号。大家都很悲伤，我却是因为要吃的。大姐高大妞把我抱在了怀里，我的头拼命往她的怀里钻。我碰到了瘦骨嶙峋的胸脯，有两只死面小馒头状的乳房。终于找到了，含住了那颗像个绿豆粒样的乳头，接下来就是拼命地咂吮。大姐的胸颤动着，她的全身似乎都抽搐着。那只小小的乳房没有分泌出一点儿奶水，她也不可能分泌出任何奶水。气急败坏的我用已经冒出乳齿尖的坚硬的牙床狠狠地咬了那颗乳头一口。大姐打了一个哆嗦。我以为她会把我扔下，可她把我死死地抱在了怀里，我的嘴角有了一缕液体，吸进嘴里，那是一股咸咸的滋味，是大姐滴下来的眼泪……

那一年，是一九六〇年。那一年，大姐十六岁。我记得这座小山坡，也记得这条小路。那时候，就很少有人到山坡上来，因为这里是埋死人的地方，除了祭日，没有人愿意到这儿来。饥饿的年代，地里的山上的野菜挖光了，也没有人愿意到北山坡上来挖野菜。人们都认为，北山坡上的野草和野菜长得如此茁壮，一定与地下埋的死人有关。山坡上，野菜与野草生长得这么好，也早就有人想在这里开出一片荒地种地瓜。有人这样想，也就有人这样做了。于是，手脚勤快的人开了一块荒地，种上了地瓜。到了秋天，从地下挖地瓜的时候，从一棵地瓜根下挖出了一只大大的坛子，坛子里面塞满了一只大地瓜，有多大？有三十多斤重，这样一只充满了鬼与魂无限想象空间的大地瓜，没有人敢吃下，那只坛子是装死人骨头的坛子，骨头演化成的磷肥才能喂养出如此硕大的地瓜。这只大地瓜的结局还是吃进了人的肚子里，那年月，没有人家养猪，喂给猪吃是不可能的，绝对不可能有人舍得扔掉这样的大地瓜。

我清清楚楚地记着，那天，父亲从十几里地的海边回来了。他的手里提着一个篮子，篮子里面装着一些花花绿绿的东西。父亲叮嘱大姐，把这东西拿回家里，然后炖一炖，让我们分着吃。不要忘了，也要给父亲留下一碗，父亲有事，要晚一些时候回家，让我们吃过以后，就睡下吧。

就在大姐背着我提着篮子往家走的时候，遇见了那个在生产队里放牛的彪牛。他瞧见了大姐手里提的篮子，叫住了大姐。这东西是哪儿来的？

大姐告诉他，这是我爹赶海赶来的，是我们全家人的晚饭。

彪牛说，这么点儿东西，也不够你们家人吃的。掺点儿别的调料会更好吃的。

掺什么东西？我也是第一次看见这玩意儿，从来也没有吃过。

掺石蒜，山坡上，石头缝隙里都长着这东西，别看是野菜，味道却跟葱和蒜差不多。

彪牛带着我们来到了北山坡上，他们用手抠呀挖的，一会儿工夫就挖了有半筐多。这一片埋葬死人的小山坡，生长着各种各样的野菜，马齿菜，西天谷，扁豆芽，曲麻菜，婆婆丁，羊奶根，狗奶根……名字好听着呢。

差不多了，全是石蒜，太辣了。你回家以后，一定要从园子里拔些小白菜苗放进里面，千万千万不要忘了。

彪牛跟大姐忙碌的时候，我就哭啊闹的，彪牛小心地掏出了一小块花生饼，塞进了我的嘴里。大姐也不管我愿意不愿意，她用手指把花生饼从我的嘴里硬是抠了出去。七根太小了，这东西卡住了喉咙，他可就憋死了。

彪牛嘿嘿地笑了，看起来，侍候孩子还真得是女人，这事我就不懂。

那天晚上，我和姐姐们吃了一顿味道鲜美的菜肴。那时的高家屯没有通电，点油灯怕费油。天落黑时，我们吃过了饭，早早就睡下了。躺到炕上不活动了，体能不消耗了，可以晚一些时候才感觉到饿。

不知过了多久，我的父亲才回到家里。我们家没有亲戚，父亲也没有朋友，邻居们也瞧不起他。他没有别的地方可去，唯一可去的地方就是妈妈的坟墓。他走到家门口，想推开门。大姐从屋里把门打开了，她一直在等待着父亲。

父亲愣然了，他的两只眼睛瞪得像发情的公牛的眼睛，他没能说出话来。但我能觉察得到，他想说，啊，你们怎么还活着……

一根光滑的炕沿，一摆溜儿枕着几个孩子的脑袋，我们睡得十分香甜，饿肚子本该睡不着觉……这到底是怎么回事？

大姐从锅里端出了那碗留给父亲的饭。父亲捧着饭碗，眼泪吧嗒吧嗒地掉进了碗里，他不停地抽搐，抽搐得越来越厉害。他只能把碗放下，然后用手抽自己的嘴巴，一下比一下打得重，一边打一边骂自己，我他妈的哪是个人呀，我不配给你们当爹。大妞啊，往后，爹再也不敢有那样的心思了，真的……

多少年以后，我才知道，那一天，我们全家人经历了一场与死神擦肩而过的游戏。父亲交给大姐的篮子里装的是廷巴鼓子鱼的鱼子，属于毒性挺大的东西。看着孩子们吃不饱肚子，饿得一个一个抻着细细的小脖颈儿，瞪着两只可怜巴巴的小眼睛，他的心碎了……他原本打算，等我们吃完了毒饭，他回来给我们收尸，然后他再吃下去，跟我们一起死。活生生地受罪，真的不如一死了之。他在母亲的坟墓前哭了很久，他对不起母亲，也对不起我们，他回家来，是要为他的儿女们收尸的。

但是我们没有死，我们真的十分幸运。多少年以后，我查证过，我父亲从海里赶来的花花绿绿的东西，是河豚子，是有毒性的，能把人毒死。就是因为那些石蒜，就是因为那些小白菜苗，似乎有神明暗中相助，让我们姐弟，让我们全家免于一死。那天晚上，父亲的哭声惊动了村里人，许多人都来到了我们家，知道了事情的真相，大伙儿都数落父亲的不是，都为大姐感叹，多好的闺女！你还舍得让她们去死，犯浑吧。

我们家的这件事成了一个故事，在全村流传，在全镇流传，也在全县流传。从此方圆百里的山坡上石头缝里的石蒜都给人们抠光了。那年头，大伙儿都吃野菜，如果哪种野菜有毒素，吃石蒜等于吃下了解毒的药。

其实这件事里最重要的一个人物，就是彪牛，大姐没把他说出来。真的，没有彪牛的指导，接下来不会有石蒜，不会有小白菜苗。在我成年的时候，我也做过查证，石蒜与小白菜的确有解毒的功效。

事情发生以后，大姐背着我到北山坡上等彪牛，大姐是想向他道谢，感谢他对我们全家的救命之恩。

赶着牛走过来的彪牛却不以为然，只是嘿嘿地傻笑，还送给了大姐一小块花生饼。大姐把花生饼含在嘴里，让它一点点溶解，然后嘴对嘴地把溶解的汁送进我的嘴里。那白色的汁液如同乳汁，这对于我的生长发育等同于母亲的哺乳。大姐的唇，大姐的舌，柔软而温热。少女竭力挤出的母爱，深深地沁入了我的胃肠心肺骨骼和灵魂。

大姐为什么不愿意向父亲、向村里人提及彪牛呢?原来他的出身不好，是个地主子弟。换上任何一个人，做出那样的举动，肯定会得到大伙儿的赞誉。彪牛也不在意做了什么，以及大伙儿对于他的赞许和评价。村里人都拿彪牛当牛看待，似乎早就把他做人的尊严给剥夺了，他只有与牛共舞的权利。生产队里大大小小老老少少男男女女二十多头牛就像他的亲人一样。我们跟彪牛说话，牛们也围拢过来，用舌头、用犄角跟我们亲热。

至于大姐什么时候与彪牛走得近了，我不得而知。但我能揣测出来，也许是母亲生病以后，因为母亲患的是肝病，生下我没有多久就无法为我哺乳了。我为什么能够活下来？是有了生产队的这群牛当中的母牛，而且是哺乳期的母牛。大姐手里拿着一只钵子，也许就是在这北山坡上，她找到了彪牛。彪牛把钵子接了过去，走到了那头哺乳期的母牛跟前，捏着它的奶头，挤出了洁白的乳汁。彪牛叮咛着大姐，一定要往奶里多兑些水，牛奶不比人奶，稀释以后，孩子吃了才不会上火，不会拉肚子。

河豚鱼子故事流传开来后，大姐对于彪牛的认识变了。表面上，彪牛傻乎乎的，只通牛性而不懂人情事理，其实，彪牛不仅善良，也很内秀。他不透一点儿声色，就解救了我们全家人性命，事后也不张扬，也没有要求酬谢和报恩。我不明白，大姐为什么没有说出事情的真相。盛传在民间的故事中盛赞的主人公是大姐。说她看着父亲赶到的河豚鱼子挺少的，为了够全家人吃的，所以才有了掺和进一些野菜或者小白菜苗的情节。自始至终，彪牛都稳如泰山般地平静，属于真正的无名英雄。大姐得到了很多赞誉，机灵，勤快，懂事，会操持家务。

高地瓜受到那次惊吓以后，真的生病了。到家里给她瞧病的医生就是关英中，他给她号脉，给她开药方，亲自到镇上为她抓药。因为我们伙计没有机会走进上院，不知高地瓜生的什么病，病情怎么样了。

有一天，我在村外遇见了关英中。我问他，高地瓜到底生的是什么病？

关英中笑了，什么病？情窦初开的病。

我被他说糊涂了。

他追问我，你可是共产党，你那天到底对高地瓜做了什么？

那天，高地瓜的身子紧紧地贴着我，她的胳膊和腿死死地缠着我，她的头拼命往我的怀里拱，她是吓坏了，大概魂儿也吓掉了。我就用手摩擦着她的后脊梁，轻轻地拍打着她的背……

你没紧紧地抱着她？

那一瞬间，我真的什么也记不清了。

记着，女性对于那份情感的渴求要甚于男性，除非她一直封闭着，一直愚昧着。一旦这层简单的窗户纸给捅破了，你也就把黄花大姑娘的处女膜给捣破了。女性对于原始本能的渴望也要甚于男性，很简单，比方说男女两性做爱时，发出幸福呻吟快活喊叫的一方，肯定是女人。因为女人有高于男人的快感，所以，老天爷把分娩的痛苦也留给了女人们。

咱没有文化，咱也没有经历，关英中的话听起来朦朦胧胧，似懂非懂。平时他给我们讲的都是一些穷人怎样打倒富人的革命理论，冷不丁儿地说起男人女人，心头有点儿麻酥酥的。从那以后，关英中消失了，再也没有在这一带出现。

繁忙的秋收过后，玉米高粱装进了囤子里。北风下来了，天气也很快降了温。我们伙计也闲了下来，等着拿了工钱就回老家。我们几个正在唠嗑时，高小鬼突然把我叫进了上院，吩咐我立马套车，送高地瓜到县城的医院去。

地瓜她生了什么病？

高小鬼气急败坏地说，你跟我最贴心，也不瞒你了。你说咱这院里，连鸡鸭鹅狗都是母的，地瓜她跟谁搞大了肚子？眼下，都快要生了。产婆请来了，人家说难产，孩子生不下来，只有到县城，去晚了命也难保。

那年月，乡村道路状况也不好，大车轱辘也是钢箍木头轮子，一路颠簸，好人都能颠散了骨头架子，何况是一个正要生孩子的女人。跑在半路上，高地瓜不再大声地喊叫了，接下来，我听到了一声婴儿的啼哭。高地瓜的身子底下流了一摊鲜红的血，血泊里躺着一个刚刚来到人世的孩子。她断断续续地说，朱把头，把我的孩子带回家去，我爹一旦不认这个孩子，求求你，你把他给养大成人……

高地瓜死在了半路上，那时，我就忘了问她，本来好生生的，怎么就怀孕生孩子了呢？

高地瓜的担心不无根据，我把这个孩子抱回高家大院，高小鬼不肯接受这个孩子，非让我再把孩子扔到野地里去。好歹这是一条人命，好歹是你闺女的亲生骨肉，你闺女舍了大命才换来的小命，就忍心扔掉他？我那时也铁了心，一旦高家不要这个孩子，我也要养育这个孩子。还是高小鬼的父亲高老爷子出面了，他颤颤巍巍地说，不管怎么说，孩子也是咱家地瓜身上掉下来的肉，孩子骨子里也有咱高家的血脉，留下吧，你们不养，我养他，孩子有什么罪呀。

就这样，孩子谋得了一条生路。没有奶水，不管是圈里的牛呀羊啊，只要有下了崽儿的雌性，就从它身上挤下些奶水来喂孩子。孩子的命也真硬，他吃着母牲畜的奶竟然长大了。也许身上全是牲畜的基因，他刚刚能蹒跚走路时，就愿意往牛圈里钻，困了与牛一块儿睡觉，饿了就咂牛的奶水。他像牛一样壮实，也像牛一样勤劳。五六岁时，他就能赶着牛群到山坡上吃草，七八岁时，他就能赶着老牛拉车了。家里人和村里人都叫他彪牛，除了身体壮实以外，也有少个心眼的意味。只要村里人看见彪牛赶着牛走过来，就招呼他，彪牛，让你的牛帮我们家犁犁地吧，彪牛就把最有力气的牛套上犁杖；有人求他帮忙把地里的庄稼拉到场院上，彪牛也二话不说。所以，村里人都说，彪牛可真的不是高小鬼家的种，他跟咱们穷苦农民心心相印，他的血统、他的身世肯定与劳苦农民有关。

至于彪牛的来龙去脉，高小鬼一度想往我身上栽赃。理由是，高地瓜遭遇到公牛袭击的时候，我曾经伏在她的身体上面，而且抱得如同一个人，高地瓜身上穿的那件红布小袄也破碎了，露出了白生生的奶子、肚皮还有说不出的部位。而且更为重要的是，高地瓜从地里回家以后，她就病倒了。开始时认为是给吓病的，吃了医生开的药，越来越发觉，高地瓜得的近乎思春病。会不会是那个诊病号脉的医生乘虚而入？给高地瓜瞧病的时候，都有家人在跟前盯着，不可能有那样的事情发生。而且我也不相信，关英中是我们组织的负责人，党性原则也绝不允许我们这样做。彪牛的身世，是一个解不开的谜。

暴风骤雨般的土改运动时，高家屯的农民一顿棒子炖肉，就把高家大院里的男女老少统统消灭了，而只留下了彪牛。所有人都不约而同地认为，彪牛不应该属于剥削阶级。分他们家牛的时候，彪牛哭了，哭得像死了父亲和母亲一样。要知道，高小鬼一家给穷棒子打死的时候，彪牛没有掉一滴眼泪。把牛牵回家的贫下中农们乐颠颠的，把好草好料喂给牛吃，牛却瞧也不瞧，它们似乎有组织地一起绝起食来。一连三天，牛身上的膘都掉了，可牛就是不肯吃草。再这样下去，牛就会活生生地饿死，没有别的办法，人们想起了彪牛，只要他来到牛的跟前，那牛就摇头晃脑地咀嚼起草料来。这户人家说，彪牛呀，这牛还是你替我放着喂着吧，我给你工钱。那户人家也这样说。彪牛说，我什么也不要，只要你们不让我与牛们分开就行。

从一九四五年土改，一直到全国解放，从互助组，到合作社，再到一九五八年人民公社，彪牛一直跟牛们在一起。“大跃进”那年，全县搞群英会，让各行各业的高手好汉到县上去开大会。高家屯有什么？大伙说，能把牛喂养得膘肥体壮而且俯首帖耳，全县也只有彪牛一个人，于是，彪牛就成了群英会的代表。在大会上，县长见彪牛年纪最小，就跟他拉起了家常。结果，闹出了一个带有政治问题的笑话。

你这样年轻，能把牛喂养得这么有水平，你是从哪儿学来的？

我从小的时候，我们家就有一群牛，我就跟它们生活在一起，它们渴了饿了累了，连它们心里想的什么，我全都知道。

你们家有一群牛？你们家是什么成分？

地主呀！高家屯只有我们一家是地主。

县长把社长的娘用嘴操了一顿，社长骂我娘也骂了我爹，骂吧，我爹娘早就死了，我也不生气。不光是我，全村人算上，有时候真的就把彪牛的家庭出身给忘记了。平心而论，彪牛也够劳动英模的标准，他一年到头一天到晚，从不离开牛们半步，吃在一起住在一起。对待小牛，他像对待孩子；对待公牛，他像对待兄弟；对待母牛，他像对待姐妹；对老牛，他像对待长辈一样。一个人有没有正气，从他的脸面上就能看得出来。彪牛生得五大三粗，方方正正的大脸盘，嘴方鼻直，流溢着一股正气。人与牲畜也有相通之处，猪马牛羊面相和善，虎豹豺狼凶狠残恶，偷窃粮食的老鼠，也是一副的贼相。

我与牛没有什么缘分，但我吹过牛 × ，而且把牛 × 吹大了。那是在人民公社成立那年，山后屯的赵书记在公社大会上说，他们一亩地能长出三千斤玉米。谁都知道他这是在吹牛 × ，但是，那年头就兴吹牛 × ，而且是一本正经地吹，别人都在吹，上级吹，上上级也吹，反正吹牛 × 也不犯法。我说我们高家屯生产队一亩地能打出五千斤玉米。赵书记一愣，他马上站了起来说，刚才我说的是山地，我们山后屯的好地一亩能打六千斤玉米。我再不会给他留机会，我说我们的好地能打一万斤粮食。所有人都镇住了。吹归吹，我心里有数，我们高家屯传统的强项不是种玉米，而是种地瓜。遇到好年景，一亩好地真的能产出一万斤地瓜。粮食所指泛泛，地瓜也算粮食范畴。但是，人嘴不是竖长的，说话要负责任，那一年，我们高家屯缴公粮就按亩产一万斤计算。

从一九六〇年的冬天一直到一九六一年的春天，这一漫长的冬春之际地球似乎是运行进入了黑道。地瓜成了高家屯人的主要口粮。地瓜蔓子、地瓜叶子，连胡萝卜缨子都折合成了数量，分给了贫下中农。我还给大伙说，地瓜蔓子里面有牛奶，不信你掐断一根瞧一瞧，那里真的会冒出白色的液体。还有，地瓜叶子从来也不生虫子，把地瓜叶子当饭吃，可以不生病，更不会得癌症。

有一天，村里的二流子高二混子到大队部里来了。一进门，他就给我跪下了。

这是干什么？共产党可不兴这个。

朱书记啊，借点儿粮食给我吧，家里一点儿吃的也没有了，老婆哭，孩子叫，我却束手无策，哪配当丈夫和爹呀。

活该，谁让你和你老婆天天晚上玩造人的游戏，没完没了地生孩子。

这回再也不会了，我老婆饿得经血都断流了，我也饿得屌抬不起头来了，别说隔山打炮，就连懒汉推车也推不下去了。再这样下去男人不能播种，女人不会生育，这天和地、阴和阳不就没有体统了吗？要不，干脆都扎起脖子饿死算了。

贫协主席高五爷走上前来，把高二混子从地上拖了起来。二混子，你回去吧，我跟朱书记再想想办法，你放心，不会让你们饿死的。

还有什么办法好想的，能想到的已经想尽了。

你没听说，山后屯已经杀耕牛了。

杀牛？这怎么能行，杀了牛，开春种地谁拉犁？什么都能杀，就是不能杀牛。

只要人活着，到了万不得已的时候，可以杀两头年老得不能干活的牛。

庄稼人都知道，杀老牛是伤天理的。不行，不行，万万不行。

人饿急了眼，可就由不得你了。

我记着那个日子，应该是一九六〇年的最后一天，第二天就是一九六一年的元旦。遇到年节，更容易刺激人们吃的欲望。

高家屯的那个场院，夏天晚上大伙儿在这儿乘凉，到了秋天，这儿是一年当中最忙碌的地方。今儿，村里人聚集到这儿，说是要杀两头老牛，给村里人分点牛肉好过阳历年。大伙儿都喜气洋洋的，手里拿着家什，来到了场院上。

大姐背着我，手里拿着一个盆，也来到了场院上。村里的人都竖着一根根精细的脖颈儿，眼睛溜圆，喉结上下蠕动着，不停地吞咽着唾液。

两头最衰老的牛牵到场院上来了，那些留在棚里的牛们哞哞地叫着，号着。

几个好出风头的男人不信守天理，擦拭着已经磨得风快的宰猪刀，高二混子早就挽起了袖子，他说，都说宰老牛伤天理，我看哪，饿死人更伤天理。今儿，我就伤一回天理吧。

老牛的眼睛已经闭上了，就等着屠宰手把手里的刀子落下来。

高二混子把刀子高高地举过了头顶。

就在这时，只听得一声呼喊，不要杀牛！彪牛冲到了屠宰现场，把高二混子推到了一旁，然后用两只手紧紧地抱住了老牛的头。

彪牛，你他妈的真的彪了，滚一边去，别耽搁了大伙儿吃牛肉。

彪牛抱着牛头不肯放手。

几个男人冲了上来，把彪牛推开了。他们骂骂咧咧地，你这个地主狗崽子，不给你扣顶帽子就算对你开恩了，你还敢坏大伙儿的好事。

彪牛就像没听见一样，他冲上前来，从后腰里抽出了赶牛的鞭子，照着高二混子他们就是一顿猛抽。彪牛并不是真打，他只是将鞭子抽得噼啪作响，并没抽打在他们的皮肉上。高二混子他们眼珠子冒出血来了，他们把彪牛按住，用捆牛的绳子把彪牛捆了起来。

彪牛说，你们把我宰了吧，别杀牛。

嘿，别看你是地主子弟，杀你也要偿命。我们不杀你，我们要把你给骟了，就像骟放骚公牛的卵子那样，看你还敢不敢撒野。

接着，大伙儿七手八脚地把彪牛的卵子缠了起来，再用洗衣棒槌一下一下捶打着彪牛的卵子。彪牛发出了一声接一声的号叫。我伏在大姐的后背上，感觉她的脊梁一阵一阵发抖，冷汗也从脊梁沟流了下来。大姐想从人群当中走出去，她想制止这些人的行为。邻居大婶拉了大姐一把。她小声地说，闺女，这场面，你可不要出面，这也不是你闺女家能管得了的事。

大姐的脸颊微微有些绯红，都说卵子是男人的命根子，任由高二混子他们胡来，彪牛可就毁了。她没有能力阻止眼前这残忍的一幕，她挤出人丛，背着我飞快地跑到了大队部，找到朱大有。

朱大叔，快，快去救救彪牛吧，他们要把他给毁了。

社员们要杀牛，朱大有本想装聋作哑，可听高大妞一说，他也急了，带着我们一起朝场院跑去，大姐背着我跟在他的身后。等我们赶到场院的时候，我们都被眼前的那个场景给震惊了……那个老牛前腿跪倒了，跪倒在高二混子面前，它把头伸到了那只紧握着刀子的手跟前，主动让高二混子把刀子插进它头顶两只犄角中间的那个致命部位……老牛的眼睛里面流淌出了浑浊的老泪，滴在场院的沙土上。它只有一只犄角，另一只早就折断了，就像一段枯树根。人们都屏住了呼吸，只有彪牛低低地在哭泣……忘不了，他小时候，是个夏季歇伏的日子，他在北山坡上放牛。吃过午饭，彪牛觉得困倦了，他就躺在草棵子里面睡着了。这时，有一匹饥饿的狼正顺着草丛，向彪牛悄悄地靠近。就在狼距离彪牛只有一步之遥，正要扑上前，一口叼住彪牛的时候，那头刚刚生过小牛犊的母牛冲了上来，低着头，用犄角刺向了饿狼。饿狼只好暂时放弃孩子，与母牛周旋起来。母牛发怒了，它一头接着一头，用犄角不停地刺向饿狼。有一次，狼就要给刺中了，它却狡猾地躲开了，而母牛的犄角却重重地撞在一块石头上面。一只牛角折断了，鲜红的血喷射了出来，染红了一大片绿地。那匹饿狼不知是被母牛吓跑了，还是让母牛的精神给感动了，反正它走开了，一步一回头地走开了……今天在场院上，母牛又拯救了彪牛。

高二混子那只执刀的手也微微有些发抖，最终刀子还是扎了下来，刺中了牛角中间的死穴。老母牛的头垂了下来，它的眼睛睁着，大约它能看得见人们怎样剥它的皮，肢解它的躯体，剔除它的骨骼。沾着血水的肉分到了各家各户的手中，不久前的欢笑声消逝了，也没有人说笑话。把肉分到了手，大伙儿悄声地走开了。肯定有人不想吃这牛肉了，但是，人们已经饥饿到了极点，没有人舍得放弃。

彪牛回到牛棚，牛们团团围绕在他的跟前，用舌头舔着他身上的伤口。他的卵子给捶破了皮，大姐背着我，天天到牛棚这儿来瞧瞧彪牛，也许是怕他想不开，想走一条绝路。还有那么多的牛活着，它们也需要彪牛的关照。彪牛不会死，他的卵子红肿了起来，走起路来，只能把两腿分开。

大姐很早就知道，卵子是男人的命根子，彪牛的卵子如果不医治，会动摇他的命根子。大姐背着我跑到了镇上，找到了一个挺有名的老医生。听了大姐的叙述，他说，彪牛患了“绣球风”。这病说大也大，说小也小，治起来倒也不费劲，只要能够坚持，能够找到竹子叶，不出十天，病就会痊愈。

竹子叶？

是，是竹子叶。就用竹子叶烧水洗，可惜，咱北方不生长竹子，哪里来的竹子叶，总不能专门跑到有竹子的地方去找竹子叶吧。

北方是没有竹子，自然找不到竹子叶。大姐她想啊想，到底想起来了，镇上供销社里出卖的大竹子扫帚上面，有许多竹子叶。于是，大姐就吩咐我的几个小姐姐，让她们趁售货员们不注意的时候，就偷偷地从大扫帚上面捋些竹叶下来。一来二去，就揪了许多竹子叶，交到了大姐的手里。大姐用给妈熬药的药罐子把竹子叶熬成了深褐色的水，装进暖水瓶里。天色黯然时，大姐背着我来到了牛棚。

从来也没有人走近牛棚，大姐的到来让彪牛吃了一惊。

大姐要为彪牛洗卵子，彪牛惊愕了，他半天没说出话来。大姐是那样的不以为然，似乎她就是一个情窦未开不谙人事的懵懂小姑娘。彪牛像牛一样驯服，他似乎无法抗拒，任由大姐的摆布。大姐的手干瘦细长，掬起一小捧温热的药水，让药水顺着尖尖的手指流到了红艳艳的创伤上面。水滴化作了细细的涓流，沿着肌肤的纹理，向皮肉的深层渗透，漫延。他与她都屏住呼吸，牛棚里一点儿声音也没有，水滴声响，心跳的声响，甚至于脉搏的声响都能听得清晰极了。大姐的眼睛紧紧地盯着伤口，她不敢去触动那伤口的创伤面，她想把创伤上面的血水和脓水洗掉，同时洗去病菌，慰藉那颗不该受到伤害的心……彪牛的脸紧紧地贴着地面上的麦秸草，思绪的河流穿过了险峻的山涧，无数个浪头撞向了突兀的巨大山石，然后一个个撞得粉身碎骨，迸溅起如同碎玉般的洁白花朵。一股急流穿出了山涧，冲向了河床，它渐渐地流得平缓了，无数个水珠汇集到了一起，那是一股巨大的洪流，融进了万丈的深渊，也拓展了河道。它的流速越来越缓慢，它来到了入海口，它即将要与另外一个巨大无比的水体进行交融……开始的时候，他觉得她的手就像牛的舌头，可是，她的手细腻得如同水流中的那股温热，让人想起母亲子宫的孕床，那里面容不得一粒沙子，甚至于不容许存在一丝的污垢。纯洁的眼睛应该看得清楚那深渊底层的结构，蓦然的心动都会惊扰那位神圣处子的睡梦。他压抑着自己的心跳，接受着一股近乎于母性的爱抚和爱怜……

彪牛的伤口渐渐地好起来了，大姐把剩余的竹子叶交给了他，让他每天坚持清洗。大姐能够操持整个家庭的生活事务，她也很善于把握尺度。她已经把她应该做的做到了恰到好处，也许再向前迈进一步，接下来发生了就可能是摔跟头，更重的会掉进一个泥潭，或者更可怕的沼泽。她把一个男人即将失落的命根子找了回来，她也算是报了彪牛的恩。

高大妞的举动瞒过了高家屯所有的人，她不可能瞒得过我。因为大队部在从前高家大院的上院，而牛棚则在大院的下院。我也没有对任何人说起，因为我想保护一个心地善良的姑娘，而且这个姑娘也是我认定的高家屯人性和德性最好的一个姑娘。我万万没想到，我发现了一个少女的另一面，她对于彪牛的善举。也许这是一个秘密，彪牛暗地里爱着高大妞；高大妞也对彪牛怀有好感。他可以呵斥打骂村里任何一个女人，但是，对于高大妞，我从来都是高看一眼。在我的心目当中，高大妞不同寻常。只要度过了挨饿年，只要高大妞她们家没饿死一个人，我就提拔高大妞当大队的团支部书记。将来，我让她当我的接班人。

眼下，人们的肚子已经饿得贴到了后脊梁骨上面了，我愁得夜夜难以入睡。怎么可能不发愁，今天宰头牛，明天再杀牛，后天杀什么？总不能杀人吧。不出半个月，生产队的牛就会让庄稼人吃光。吃光了牛，还吃什么？

寒冬季节跟春夏时节不同，天寒地冻的，到哪儿去找野菜，到哪儿去剥树皮，到哪儿去逃荒要饭。冬天夜短，全家人早早依偎到了炕头上，身上搭着一床被，肚子里面咕噜噜地响。睡不着，就听老人讲故事。很多老人都会讲同一个故事——很多年前，到了寒冬腊月，老天爷就会可怜天下的穷苦人，下一场雪，其实那场雪就是白面，让穷人也能包饺子蒸馒头过个好年。有一年，又到了年底，老天爷在下白面之前，突然萌发这样一个念头，他要亲自到人间去看一看，看一看受到了恩惠的穷苦百姓思想深处有没有产生什么变化。于是，老天爷就化装成了一个要饭花子，拄着讨饭棍子，挎着要饭筐来到了人间。走到一户人家的门前，他看见了一个年轻的媳妇正在给婴儿换尿布，他问这个媳妇，有没有吃的，给一口吧，打发打发要饭的可怜人吧。这个媳妇头也不抬，没有。说着，媳妇把换下来的尿布扔到了门外。老天爷低头一瞧，一股火由心中烧起，那块尿布就是一张白面烙成的饼。一气之下，老天爷回到了天上，他再也不肯向人间下白面了……听完了这个故事，大家都很气愤，这个媳妇住在哪儿，她姓什么？她心性不好，连累了天下多少人的好事。

由这个故事，我联想到一个主意，能不能制造一发精神原子弹，天天晚上，让一个会讲故事的人，给广大社员讲故事，来一次精神会餐，也许真的会通达提振或者弥补一点儿缺失的什么。

在支委会上，高五爷说，制造精神原子弹不如研究出一种药来，注射一支，可以一个月不吃饭，甚至一年不吃，那多解决问题。

妇联主席“赵泼妇”说，朱书记的建议很好，咱们请公社专门上党课的李教员来给咱们讲讲。咱们到底为什么会挨饿？是因为搞抗美援朝，欠下了苏修的债。他们违背了国际主义精神，我们当年打一发子弹要我们还五斤小米，打一发炮弹，要我们还二十斤黄花鱼。让大伙儿想一想，把这么多吃的东西运送给人家，我们能不挨饿吗？

高五爷说，要我说，讲这故事，咱们不如请咱们村在供销社当大师傅的郭二肥给咱们讲故事，他肚子里装的全是吃的故事。能给大伙儿讲得满嘴都是肉香味。

“赵泼妇”不同意，讲吃的故事，越讲肚子越饿。真的要讲故事，咱就给大伙讲爱情故事，类似梁山伯与祝英台，天仙配。

高会计也发言了，他刚从县党校回来，学了不少的理论。他说，现在广大贫下中农要的是形而上，而不是形而下。

什么形而上形而下的？新理论也给我们讲一讲。

简言之，用人打比方，形而上就是裤腰带以上的部位；形而下就是裤腰带以下的部位。

那是要形而下，咱们要形而上。

本想集思广益，支委们的智商尚不及我。我只好自己再苦思冥想。我也深切地体会到了什么叫挖空心思，什么叫绞尽脑汁，什么叫黔驴技穷。不要笑话我滥用成语，成语对我而言那是有文化的标志。今天突然灵感的火花一闪现，我想起了两年前的一件事。有人挖了十三陵，说是挖出了无数的金银财宝。十三陵那是皇帝陵园，咱们这儿要是能挖出一个大地主的坟墓、挖出一个大元宝来，也够高家屯人吃上一阵子。谁也不知道，我走遍了每一个山包，看过了每一座大坟墓，甚至试着挖掘了几个似乎埋藏有财物的坟墓，结果除了一些殉葬的铜钱，就是一个个骷髅头。饿也能饿出智慧来，我想计算高小鬼家当年的收入情况。两千余亩地，租给农民那一千二百亩，一年可以收到一百多万斤的粮食。自家种的八百亩地支付整个家庭的支出，也有结余。可是，土改抄家时，高小鬼家里家外没有金银财宝，也没有绫罗绸缎，他说了，他们家这两千多亩地，都是一年一年，一辈一辈，从嘴里，从身上穿的节省的钱置下的。别的地主是靠剥削，家里才有金银财宝。高小鬼家则挺难说……

父亲要把大姐嫁到黑龙江去，说是嫁，说得真实一点儿，就是父亲把大姐给卖了。大姐值多少钱？二百斤高粱。一个远房亲戚给串通的，黑龙江那哥儿俩一个人扛着一只麻袋千里迢迢地朝着高家屯方向赶来了。

大姐虚岁才十七岁，怎么能出嫁呢？

父亲说了，想当年，我们的祖母就是十七岁出嫁的，我们的外祖母也是十七岁嫁人的，我母亲也是十七岁嫁给了我父亲。早成家早生孩子早得济，十七岁，正是一朵鲜花绚丽绽开的时节。

大姐说，爹，我出嫁了，去了黑龙江，你和弟弟妹妹们怎么办？咱们家怎么办呢？

父亲说，你留在家里又能怎么办？没有吃的，你也要跟全家一起饿死。二妞三妞她们都小，她们如果也十七八了，我也把她们嫁到有玉米高粱或者有地瓜吃的地方去。

一连几日，干涩的地瓜蔓和地瓜叶搅拌着谷糠的饭食划破了我们的食道，刮净了肠胃里最后的油脂，拥挤在排泄的出口。粗糙的植物纤维划破了食道，刺破了肠道。排泄物失去了黏性，失去了臭味，连大肠杆菌的数量也急剧下降。这些天天也一直阴着，贴着地面刮着小北风，枯树上尚有几片没有坠落的叶子，摇摇晃晃地挣扎着。高家屯没有了鸡鸣狗叫的声音，从家家户户窗户里传出来的是孩子的啼哭声，丈夫与老婆吵架的叫骂声。

昨天夜里，下了一场小雪，天地间就像一张病人的面孔，苍白而虚弱。大姐背着我来到了北山坡上，她是要向永远睡在这里的母亲告别，因为她要远走高飞了，像只候鸟，这个季节本来应该飞到水草丰美的南方去，而她却要飞到寒冷的北方。她要用自己的身子给全家人换回二百斤高粱或者是玉米。山包就像一具尸体，上面盖着一块巨大的盖尸布，分辨不出哪一座土包是母亲的坟墓。北风吹起了地上的雪，像刀子一样直往肉里钻，刀尖似乎要把皮肉刺破了一样痛。大姐背着我慢慢地走下了山坡，她害怕滑倒，摔坏了背上的我。她的心情挺平静的，农村的姑娘出嫁要比城里的姑娘早，能给全家人换回一点儿吃的，她也能接受。只要有了这二百斤高粱，全家人也许就能度过这个冬季。到了开春时节，日子就会好过一些。那时候，阳气上升，春暖花开，大地回春，找吃的东西比寒冷的冬天容易得多。她的脚步很沉重，雪地上留下了她的一串脚印。我能感觉得到，大姐往高家大院的方向走，我知道她要去找什么人，她想再见彪牛一面，与他道个别。

半路上，大姐和我遇上了朱大有。

这么冷的天，不老老实实待在家里，背着你弟弟到处跑，你嫌消化得慢了？

大姐的眼泪流了下来。

这是怎么啦？是不是又要断顿了？

大姐说，朱书记，我要嫁人……

嫁人？嫁谁呀？

我要嫁到黑龙江去了，这两天就要出门子了。

你爹他糊涂了吗？你才多大呀，你出了门子，你们全家怎么办？就你爹那个熊样，他怎么拉扯着你的弟弟妹妹们生活下去？

朱书记，我嫁人就是为了全家人能够生活下去，这也是没有办法的办法了，也怪不得我爹。

不行，你不能嫁人。我们支委已经研究过了，等过了年，就培养你当大队的团支部书记。解放这些年，咱们高家屯好不容易才发现你这样一棵接班人的好苗子。下一步，还要培养你入党，进领导班子。高大妞，你是新社会的年轻人，要有理想，要有追求，不能听从别人的摆布，接受命运的安排。

朱书记，你能给我们家解决吃的？

我决不会眼睁睁地看着我的社员同志们因为没有吃的而活活饿死。

大姐背着我回到家里的时候，父亲他正在翻箱倒柜找什么东西。他找出一件粉红色的丝绸对襟小袄，让大姐穿上试一试。

想当年，你妈她结婚那天穿的就是这件衣裳。三天回门以后，她就舍不得再穿，就放到了箱子底下。大妞啊，等你出门子那天，你就穿你妈的这件衣裳吧。

大姐把我放到了炕上，她说，爹，我遇到了朱书记……

遇到朱书记，怎么你把出嫁的事对他说了？

爹，还是别让我出门子了，我不认识他，也不认识那地方，黑龙江有好几千里，冬天能到零下三十多度，说是吐口唾沫没等掉到地上就冻成了冰坨。

可我，已经答应了人家……

我不是没答应吗，你把责任往我的身上推，就说我不愿意，谁也不敢强迫我。

照你说的，朱大有真能给咱们解决吃的难题？

听他说话的口气，他能够做得到。

父亲长长地叹了口气，大妞啊，你以为当爹的愿意把你给嫁到黑龙江去吗？其实，这与把你卖了有什么两样？真的，只要咱们能活下去，咱们臭是一窝，烂是一块，全家人一起过日子。

大姐的心情也好了许多，她拿出了一些鸡毛菜和牛毛菜，这些菜都是海里礁石上面生长的，是夏天里人们熬凉粉吃的东西。夏天那会儿，家里没舍得吃，到了节骨眼上，大姐把鸡毛菜和牛毛菜熬成了粉，菜里饱含着淀粉，全家人算是吃了一顿代食品。

姐姐们吃过饭睡下了，大姐搂着我，跟我说起了悄悄话……根儿呀，等你到了娶媳妇的时候，大姐就成了老太婆了。根儿娶了媳妇，就会把大姐给忘了。人为什么会长大，为什么要娶媳妇，要结婚出嫁，还要天天吃饭，少一顿不吃都饿得慌。人哪，要像老黑熊那样就好了，到了冬天，就钻进树洞里面睡大觉，不吃也不喝，一直睡到第二年的春天……

大姐的手轻轻地拍着我的脊梁，根儿，根儿，小命根儿，长大了，娶媳妇儿……

大姐的乳房成了我睡眠的催化剂，我喜欢含着大姐的乳头入睡。大姐也喜欢我咂吮她的乳头。虽然吃不饱饭，而且几乎顿顿要吃瓜菜代，大姐身体的各个部位都很消瘦，大姐全身上下唯一丰满的地方，就是她胸前那两只小而坚挺的乳房。只要我面颊贴近那优美的弧形，它们便犹如微风骤起的波浪，永远也无法探寻到底层的弹性，无比柔软地收缩着延伸着。女人的母性是与生俱来的，当大姐的思想飞越出了关注我的范畴，我就会用力地咬她的那只粉嫩的乳头。这时，她就会拍打我的屁股，然后用一句母亲骂儿子的亲昵诅咒，小鳖羔子，咬得我生疼，看我不打烂你的屁股。大姐打我，骂我都会让我产生一种十分愉悦的痛快，我喜欢这样，甚至故意大声地喊叫。

彪牛早就是成年人了，有关他娶媳妇的事，高家屯的闺女们没有愿意嫁给他的。不是他的人品不好，也不是他的长相有问题，关键就是家庭出身，明睁眼露的事，彪牛家是地主，他是地主子弟。跟他结了婚，就成了地主婆，生下孩子也继续当地主子弟。除此而外，彪牛也有点儿缺心眼儿，他的智商也许与他负责喂养的牛们差不了多少。彪牛的脑子里也只长着一根筋不会转弯。他肚子里却不止生着一根肠子，至少也有一根花花肠子。有关彪牛的婚事，也有风言风语之说，彪牛与牛群当中的一头小母牛有不正当的男女关系。有人曾经亲眼看见，他伏在母牛背上有节奏地动作。

对于彪牛成家立业的事，我也不是没想过。就凭着彪牛对待集体财产这种精神，就凭着他的这种劳动态度，如果出身好，他就是理所应当的劳动模范。偏偏是家庭出身害苦了他，距离彪牛太近，太熟悉，人们就会觉得他太不值得接近。如果外村里有那歪瓜裂枣或者家庭出身不好的姑娘，给他撮合撮合，也不是不可能的。

有一天，我有意无意地问彪牛，想没想过娶媳妇结婚成家。

他说，他已经有了心上人了。

这人是谁呀？

他直言不讳地说，是高大妞。

我听了不觉一怔，高大妞家是穷了一点儿，可高大妞可是高家屯数一数二的好闺女。她，能看得上彪牛这样的地主子弟？不是开国际玩笑，他开的是宇宙玩笑。

有一天，我亲眼看见高大妞用竹子叶水给彪牛洗卵子的时候，我的心头猛然一震，天与地似乎倾覆了一样。癞蛤蟆真的吃到了天鹅肉？！我吓得怦怦心跳，紧紧咬住了牙关，缩着身体，恨不得钻进桌子底下。好一会儿，我的心跳才渐渐地平静了下来。我安慰着自己，这不是真的，也许就是一个纯洁姑娘对于一个不幸的人做出的善良举动。这个世界有许多纯情的事物，彪牛得到的太少，或许他应该得到这样的补偿。

我想起了那天在雪地里遇见的大妞，这时我才幡然醒悟，也许那天，不是半路遇到我，她是到牛棚里来向彪牛告别的。这个世界，什么事情都有可能发生。

看见彪牛，我把高大妞要嫁到黑龙江的事告诉了他。我一直暗暗地察看着他的表情。彪牛的表情像牲畜，他的肌肤总是暴露在光天化日之下，黝深的黑褐色，很难分辨他的喜怒哀乐。

为什么呢？

没有吃的，屯子里的家家户户也都断顿了。再这样发展下去，免不了又要杀牛……

彪牛的头低下了，不知在想什么。

年关要到了，屯子里有不少人家的烟囱已经成了尸体呼吸道，像一个张开的嘴朝着天空。“赵泼妇”从公社带回了一个消息，县里发下了一批为数不多的救济粮，准备下发到贫困生产队，让贫困人家也能过个好年。朱书记，你是不是快点儿到公社去，找找高书记，把咱们高家屯的情况汇报一下，让公社也能给咱们一点儿救济粮，好歹也让社员们把年过去。

因为我把牛 × 吹大了，公粮缴得最多，公社一直认定高家屯大队不是贫困队。

高五爷说，去吧，张张嘴也有三分利。再说，你解放前就是地下党，有革命资历，把情况说得严重一点儿，就说我们也有饿死的人，像“高鳖头”的老婆，不是饿死的是怎么死的？

我们几个支委开了个简单的小会，把可能发生的最坏的情况预计了一下。可能会有饿死的人，可能会有外出讨饭的，可能会发生像高大妞家的情况，卖人换粮活命。最能应急的，就是杀牛。只要公社不分给我们救济粮，我们唯一能自救的办法，就是杀牛。只要自己能够寻找到一条生路，我们就放开这个管制的体系。什么投机倒把，什么逃荒要饭，什么卖闺女换高粱。

公社高书记不同意分救济粮给我们高家屯，原因很简单，你们高家屯自古就是富庶之地，解放前的旧社会虽说受苦受穷，可从来都没有饿死的人冻死的人。现在是总路线大跃进人民公社，难道你连个地主都不如吗？觍着脸跑到我这儿要救济粮，亏你还是建国前的老党员。

我知道，一九五八年群英会，因为彪牛家庭出身的政治事件，高书记让县委书记一顿臭骂，他心里一直记着这件事，时不时就跟我过不去。他不拐弯抹角给我小鞋穿，干脆就用大鼻子哼我，小人真是得罪不起啊……

走在崎岖的山路上，我心里空空荡荡的，一天没吃一口东西，我的双腿发软，一个踉跄就摔倒在山路上。望着天空中的阴云，四下里死气沉沉，旷野中空无一人一物。一个人想要离开这个世界并不难，只要我稍微地闭上眼睛，我的肉体就会被冻僵，我的灵魂就会飘摇到九天。可是，高家屯一千八百多双大眼睛小眼睛都在看着我，有一条看不见的锁链牢牢地拴着我，我无法挣脱开来。

场院上空空荡荡，没有人再来听“蒸量法”，没有人相信吃蛔虫会增加营养。更没有人采用“多次咀嚼法”来增加胃肠的饱满感觉。无论发生了什么，我也不想放下手里的鞭子，像往常一样，倒背着双手，手掌握着那杆抽打牲口和人的鞭子。

那天晚上，我衣服也没脱，仰面朝天地躺在冰凉的炕上，眼睛直直地盯着天花板。以前，夜深人静时，能听得到墙脚里沙沙的老鼠脚步声。如今，沙沙的声响没有了，隐隐约约，我好像听到了比老鼠脚步更细微的声音。人在饥饿时，瞳孔会放射出幽暗的蓝光，视觉会异样地敏锐。我看见了，看见了一只从墙缝里爬出来的臭虫。也许天气寒冷，也许它跟我一样，也是一个挨饿的臭虫。它爬到了我的跟前，我用手指捏住了它，臭虫也没有挣扎。它的肚子空空如也，它也有几个星期没有吃到血水了，它的生命力也算顽强的，它应该同我一起活下去。于是，我松开了手指，让它慢慢地爬回它的住处。

有人敲我的门，手很轻，我以为又是哪个女人给我送糖衣炮弹来了。我不想开门，可敲门声一直持续着。我断定，敲门者不是女性，而是一个从来也没有敲过门的人。我拉开了门，借着暗淡的月光，是彪牛站在门口。

你？找我有事？

彪牛走进了屋子，他的眼睛四下里打量了一番。能看得出来，他的内心在激烈地斗争着，犹如一股咆哮如雷的洪水猛烈地撞击着他的心扉。

彪牛啊，有什么事情，你就说吧。说出来，我给你做主。

彪牛有些痴呆地站在那儿，他等待着自己的心潮平静下来。

我觉得彪牛的心里一定装着惊天动地的大事，要不然，他不会有这般表情。

彪牛给我跪下了。

起来，有事说事，你这是做什么？

我有罪呀！

你有什么罪？

朱大叔，我想说出来，可我又不敢说，一直憋到现在，我不说，我也憋不住了……

到底是什么事？

我要说出来，你能不能不告诉别人，这不是我说的？

你不把事情说出来，我怎么好答应你。

彪牛又沉默了。

彪牛啊，咱们俩低头不见抬头见，难道你还有什么信不过大叔的地方吗？

为了让彪牛镇静下来，我给他舀来了一瓢凉水。他接过小瓢，咕咚咕咚地喝了下去，他的额头上沁出了一层汗珠。他也不说话，从门外取过一把锄头，朝着墙壁刨了几下，墙壁表层的泥土被刨了下来，露出了里面砌的土坯。只见彪牛长长呼出了一口气，他停下手，让我和他一起凑近了墙壁。借着灯光，我也看出了蹊跷，墙壁里砌的不是一般的土坯，这土坯是黑褐色的，好像不是土坯。撬下一块再细看，真的不是土坯，它很重，很有韧性，也有硬度，用牙齿咬也咬不动。

彪牛似乎认证了什么，他喃喃着，是真的，是真的……

这到底是什么东西？到底是怎么回事？

我小的时候，我的太姥爷给我讲了一个故事。他说，咱们高家大院是一百多年前建造的。一百多年前，建造高家大院的那一年，年头也好，正赶上了地里的地瓜大丰收，红皮的大地瓜堆得像座小山包一样高。这么多的地瓜，不能贱卖了，更不能糟蹋了。高家地主会过日子，而且日子过得精细，是多少辈子的传统。于是，当年的当家人就组织家里人和伙计们用大锅煮地瓜，用煮熟的地瓜脱成地瓜坯，然后放在太阳下面暴晒，晒干了以后，就成了地瓜坯。建造高家大院，就用地瓜坯砌成了墙壁。为什么要这样做？就是为了防备灾荒年。一百多年过去了，没有遇到过大的灾荒年，于是，也就一直没有人动这砌在墙壁里面的地瓜坯。再后来，知道墙壁里面秘密的人越来越少了，太姥爷怕他死了以后，地瓜坯的秘密一直隐藏在墙壁里面，于是，他就悄悄地告诉了我。他让我不要告诉别人，遇到一般的灾荒年也不要说出来。直到实在没有吃的时候，万不得已的时候，再刨开墙壁，取出地瓜坯，救饥饿的人一命，他会记住你一辈子……

我给噎住了，什么话也说不出来。

庄稼人，靠天吃饭，什么样的年景都遇得到。庄稼人过日子，要牢牢记住一个信条，那就是年年防灾，日日防贼。

我好不容易才说出话来，彪牛啊，你可是为咱们高家屯人做了一件大好事呀，让我说什么好，让我怎么……

朱大叔，我是信得过你，我才说出来的。求你，千万千万不要说起我，求你……

多少年来，我把彪牛想得简单了。他也懂得保护自己。果真有一天，吃饱了肚子的人们反目为仇之时，他又会成为千古的罪人。

我什么都不知道，是你朱大叔发现了墙壁里面的秘密。

我答应你，不过，我至死也不会忘记，有朝一日，我会为你立起一块功德碑，让吃过地瓜坯的人，度过灾荒年的人永远铭心刻骨地记着你……

彪牛摇了摇头，我什么都不要，只要你不要放大妞离开高家屯，只要社员们不再杀我的牛，这我就心满意足了。

我说过，我五十年前吃过一百年前的地瓜，至今我仍然记着那股挥之不去的味道，那是一股陈旧腐朽的味道。如今算起来应该有一个半世纪的历史，地瓜坯属于出土文物，它一直没有腐烂，也不可能腐烂。它也没有遭到虫子的蛀蚀，我敢说任何蛀虫也钻不进那般坚韧的结构。如果哪位天才的军事家用这种物质打造一座堡垒，我想，它可以抵御核武器的攻击。

当年，夜幕降临时，高家屯人一个个都成了地下工作者。他们像幽灵一样，踮着脚尖走路，比夜行的老鼠脚步声还轻。大妞跟他们一样，悄悄地从大队部分得了几块地瓜坯，见所未见、闻所未闻的地瓜坯。大家都大气不敢出，生怕有人会突然闯进门来，从我们手里把地瓜坯夺走。孩子们也不敢大声说话，生怕触犯了什么规矩，然后就给剥夺了吃地瓜坯的权利。屯子里平时那些不孝敬爹妈的人也一改常态，把煮好的地瓜坯先举案齐眉奉送到爹妈的跟前。更为难得的是，大家都吃到了地瓜坯，地瓜坯也就死在了肚子里，相逢相遇，从来也没有谁说起地瓜坯。别说外村人，就是自己屯子里的人，亲戚邻里也不说起。生怕有人传出了风声，地瓜坯成了公共财产。

那个寒冷的季节，那段饥寒交迫的日子，家家户户的窗户亮起了灯光，烟囱也冒出了袅袅炊烟。无论男女老幼，大家都在遵循着一个规范，男人不吃喝嫖赌，女性要恪守妇道，大人要有大人的样子，孩子也要有孩子的样。坐有坐相，站有站相。骂街的泼妇消停了，爬墙头拈花惹草的二流子也规矩了，打爹骂娘的不孝儿女也懂得了孝道，懂了三从四德。地瓜坯似乎就是老天爷撒向人间的白面，谁都害怕再有不轨的行为，地瓜坯会变成一块石头。所以，谁也不想当那个人人诅咒的用白面烙饼当尿布而不肯施舍的小媳妇。

坚硬而又坚韧的地瓜坯帮助高家屯人度过了这一段饥饿寒冷的时节，春风吹拂着这片善于生长地瓜的土地，春天的阳气也从地下向上散发，勃勃生机也重新回到了这里。高家屯人仿佛历经了一场洗礼，从饥饿的死神身边回到了自己的家里，似乎也更加珍惜这一段经历。清晨，太阳尚未从大山的背后爬上来的时候，生产队的钟声就敲响了，男社员女社员扛着锄头，带着犁杖和各种各样家什来到了大队部门前，听生产队长分派每个人的工作。每个人也都认真地做好属于自己的分内活计，不偷懒也不耍滑，更没有人偷东西。新的一年春天来临之后，我发觉最大的变化就是朱大有放下了手里的鞭子，他不再低着头走路，也不再总板着脸，脸上露出了可掬的笑容。太阳掉进大山怀抱时，收工的钟声又响了，人们三三两两回到家里，家家户户的烟囱里冒出了带着柴草香味的青烟。青烟淡化时，农家的饭菜端到了饭桌上。全家人围拢成一个圆圈，筷箸交错，响起一片咀嚼声响。不知是哪个孩子用左手夹菜，立刻遭到了父亲筷子头的攻击。父亲说了，不在饭桌上面用打的方式改掉这个坏毛病，他会坚持错误的方法一辈子。天色黯然了，老鼠从地洞里钻了出来，墙脚又响起了只有猫才听得到的沙沙脚步声。黄鼠狼子也从陈旧的老草垛里拱出头来，它就围绕着鸡睡觉的窝打转转，只要有一个小小的缝隙，它那柔软的身子就能钻进去窃取鲜嫩的鸡肉。

夜幕完全降临时，闭上双眼的人们进入了美好的另外一个世界。恢复了阳刚之气的男人们爬到了女人们的身上，男欢女爱，水乳交融，静谧的夜晚，从农家炕头上面传出来的轻微响声，犹如馋嘴的猫儿在贪婪地吃着食物。

千百年来，农民们日出而作、日落而息的生存方式仿佛又重新回到了高家屯。

我从大姐的后背站立到了地上，她也很少再让我拱进她的胸前，甚至再也不许我碰她的那更加丰满的乳房。

大姐的脸颊浮现出了红晕，曾经消瘦的身体也渐渐地圆润起来，女性的曲线渐渐地完美了。

大姐当上了高家屯大队的团支部书记，她应该是年轻人学习的榜样，她用一个尚未完全成年的女孩子的瘦弱肩膀，支撑起了一个艰难的家庭，而且度过了前所未有的灾荒年。我们姐弟都活着，大姐履行着一个应该由母亲来完成的责任。

大姐她要到县委党校学习了，她把我交给了二姐和三姐她们，她一再叮咛我那几个姐姐，一定要照看好七根，他可是咱们家的独苗，别摔着磕着，别让他着凉生病。七根会走路了，别让他到井边去玩，也别带他到野地里玩耍，因为野地里已经有狼的身影出现了，可千万不要让狼给他叼了去。

我最想去的地方是北山坡，我想看看那群牛，还有那个放牛的彪牛。在我面临生死存亡的时候，是那老黄牛的奶水给了我生命的源泉。还有那只有手指甲大的花生饼，含在大姐的嘴里，它渐渐地溶解了，然后，大姐的嘴唇对着我的嘴唇，把那香甜和液体送进了我的嘴里。我最喜欢看的就是彪牛的那双眼睛，它们亮晶晶的，水汪汪的，圆圆的，里面一丝的杂质也没有，就像秋天的天空一样透彻。人生的记忆像一条河流，不停地流动，枯枝败叶顺着水流漂走了，而沉甸甸的沙粒沉淀到了河床底下。我知道这个彪牛深深地爱着大姐，从他看大姐的眼神中就能看得出来。人们总是把肮脏的污水泼到彪牛的身上，说他不该娶一个姑娘当媳妇，他应该娶一头母牛做老婆，原因就是有人看见彪牛曾经伏在一头母牛的背上。我也看见过，彪牛有这样的举动，但我的眼睛是纯净的，我看得十分真切，彪牛他是用牙齿咬牛身体表层的寄生虫，牛虱子又肥又大，它们吃的是牛血，彪牛把寄生虫消灭了，他想通过这样的方式增加自己身体所需要的营养。彪牛那健壮的身体更加需要养分，在那最为饥饿的时刻，彪牛不仅不吃一口属于牛的饲料，而且他把自己那份可怜的口粮也分给生小牛犊的母牛吃了。彪牛是冤枉的，村子里没有一个姑娘愿意靠近他。大姐像地下工作者一样经常在北山坡接近彪牛，不仅仅为了我，大姐对彪牛有好感，这是不容置疑的真事。

我哭着闹着要到北山坡去，二姐她们拗不过我，只好牵着我的手，走出村子径直来到了北山坡。向阳的坡地上“婆婆丁”开满了一片黄色的花，没有人再吃它了。到了夏天，花儿谢了，“婆婆丁”也就枯萎死亡了。饥饿刚刚被温饱驱走，人们这么快就不再理会曾经充填人们胃肠的野菜。

彪牛赶着牛群走过来了，看见我们，他的眼睛搜寻着，他是在找大姐。走到我面前，他蹲下身来，用手抚摸着我的脸蛋。

我笑了。

彪牛也笑了。

每一个人都有属于自己的运，有大运，也有小运。我也有运，不大也不小。

经历了三年自然灾害，高家屯没有饿死一个社员，成了县里的典型。有一天，公社通知我，上级领导要来高家屯视察工作，让我做一下准备。

我怎么也没有想到，这个上级领导就是我多年前的领导关英中，当年那个走乡串村为人看病的医生，我们地下党组织的负责人。如今，他发福了，身材显得高大魁梧。他已经是副省长了，他也是走进高家屯的最高领导。

解放后，我一直在外省工作。十多年了，才调回咱们省。多少年来，我一直没有忘记高家屯，没有忘记你和穷伙计们，还有高家屯出产的地瓜，还有高家大院……

在高家大院大门前，关英中深情地注视着这座地主庄园，应该把它好好地保护起来，让它成为一个像四川刘文彩庄园那样的阶级教育基地。我们的子孙后代肯定不懂得什么是地主，这个大院就是地主的见证。

关省长，你真的记着高家大院?

记得，这家地主叫高小鬼，是个吝啬鬼。但是也得承认，他也同时是个种地的高手，管家理财的高手。不抠门儿，他也不可能成为那么大的地主。

见面是短暂的，我觉得我有那么多的话要跟关英中说。因为时间紧迫，他来也匆匆，去也匆匆匆。关省长走了，我心里却多了一个结，说不清是个什么结，盘根错节，模糊又朦胧，迷惘而混沌。

就在我胡思乱想时，彪牛赶着牛回来了。彪牛的出现令我心里豁然明朗了起来，彪牛的貌相与关英中很相像。多少年来，我的心里一直盘旋着一个谜，与关英中的久别重逢，似乎让这个谜团有了缝隙。会不会彪牛的骨子里流淌着关英中的血脉……彪牛身上具备那么多的优秀品质，这品质应该属于劳苦大众无产阶级。怪不得每次看见彪牛，我总有似曾相识之感。如果真的像我判断的这样，从此以后，彪牛的命运就会改变。当然，这不过是我本人揣测。适当的时机，我想，一切会昭然若揭的。

关英中是个有情有义的人，也是个城府极深的领导，大庭广众之下，他没跟我说得太多。没过多久，县委组织部就发了调令，任命我为高家屯人民公社党委副书记。我知道，这一切都是按关英中的指示做的。也许今生今世能与关英中重逢，就是我的一大运。从此，我不再是农民，而成为了国家科级干部。

我要走了，我要把高家屯交给一个值得信赖的人。赵五爷岁数大了；“赵泼妇”素质差，骂起街来，骂上一天那骂人的句子都不重复；高会计比泥鳅还滑，太过精明了。我看中的，就是我一手培养的高大妞。她是棵好苗子，好苗就不愁长，在团支部书记的任上，就加入了党的组织，成了高家屯最年轻的党员。虽然高大妞年轻，经过这段时间的锻炼，尤其经历了三年自然灾害，没有什么困难能难倒她的。

社员们都说，大妞是咱高家屯长得最俊的闺女。窈窕淑女，贫下中农说成腰是腰腚是腚。高大妞不是鸭蛋脸，不是丹凤眼，不是柳叶眉，也不是樱桃口，也许就是长得匀称，横竖瞧着都顺眼。

要离开高家屯了，思绪也复杂成了一团乱麻。天上地下，五谷杂粮，男人女人，老人孩子，能想到的也都想到了。如果高大妞不是团支部书记，也许她至今也是一把操持家务的好手，爱弟弟，爱妹妹，能够担负起母亲的职责。她担当团支部书记这个角色以后，我发觉，高大妞与彪牛之间的距离越来越远了，甚至谈不上距离，她躲避起彪牛，更害怕有人说起她曾经接近过彪牛。都说要想人不知，除非己莫为。高大妞与彪牛之间的微妙之事，也只有我知道。没有改变的是彪牛，他无怨无悔，一直躲在不为人知的地方，默默地注视着他心爱的这个姑娘。不知我做的是好事还是坏事，反正内心有愧疚之感。有时候我也产生过这样的念头，向高家屯人宣布，当年帮助大家度过饥荒年关的人，不是我，也不是别的什么人，就是你们谁也没有瞧得起的彪牛。我想得似乎有些简单，好了伤痛的人再也不愿意去回顾那不堪回首的痛楚。印象已经深深地烙在了人们的记忆里面，就像创伤痊愈了以后留下的疤痕，利刃也剜不掉它。余下可行的，就是用时间洗涤旧迹，旧貌换新颜。只要有机会与外村的支部书记接触，我都求他们帮忙为彪牛介绍一个姑娘。姑娘介绍了，彪牛却看也不看。这个地主子弟骨子里的固执、孤傲，让我也十分恼火。

离开高家屯前，我想与高大妞谈一次，不是谈工作，而是想谈谈她的人生，人生自然包括婚姻。当我和高大妞面对面坐的时候，看着她那双放射着光芒的眼睛，那光芒就是一层保护色，不容被轻视或者侵害。美丽并不能遮掩脆弱，她向我透露出强烈的自尊，我想说的话无论鼓足怎样的勇气也说不出来了，于是，谈人生的念头自消自灭了。接下来，我把应该交代的工作都给她交代了，并跟她说了一些鼓励和叮嘱的话。

离开高家屯的时候，我本想再见彪牛一面。不知怎么我却没有跟他见面，好像亏欠了他什么。贫下中农们认为彪牛的智商与牛差不多，通过地瓜坯的事件，我感觉彪牛是个聪明人，他从小到大一直在保护自己。为了能够让人们不在意他，他把自己扮演成了一头勤劳忠恳的牛。我也真的想为彪牛做点儿什么，可我什么也没能帮他做成。如果有一天，我能帮助彪牛认证，他就是关英中这位高级首长留下的骨血，我就能对得起天地良心，彪牛这么多年的苦和罪就算没有白受。

我走了，我独身一人，我从高家屯只带走了一筐吃了半辈子也没吃够的地瓜。

我回过高家屯几次，在北山坡上，在那些坟墓当中，我一直也没能找到那个名叫高满仓的墓葬。但我相信，大姐留下的遗言不会有错。问遍了屯子里健在的老人，他们也都晃晃头，没听说屯子里有高满仓这个人。要查人头，最准确的就是财务的人头花名册。从前社员挣工分、分口粮啊，都记花名册。老的高会计早已去世，新会计翻遍了所有的花名册，也没查到高满仓这个名字。新会计挺机灵，他说，财务制度规定，账本传票保存期为二十年。你能看到的，也只有二十年的财务账本上的花名册，可你要查找的却是更早期的花册，真可谓逼着尼姑生孩子。他建议我到镇派出所去查户籍档案，也许到那儿能查得清楚。

时间过去久远，到哪儿也不可能查清楚了。

那……也许这个人不是咱们高家屯的，有没有可能是别的村的？

也许吧。

大姐给我出了一道难解的题，但又绝对不会是空穴来风。也许高满仓不是高家屯人，会不会是别村的人？

我们这一带姓高的挺多，难道我真要一个一个埋死人的地方找下去？我不愚蠢，思绪没有紊乱。他应该距离大姐很近，大姐也不可能距离他很遥远。我坐在北山坡上，望着不远处的小村庄。村庄里的树的叶子落光了，一个个院落清晰地显露了出来。从前的小石头房，小黑瓦房，变成了今日的二层或者三层小楼房，红砖大瓦房，还有水泥捣制房，人们都居住在自己的阳宅里面，吃饭睡觉，生儿育女。死了就要住进阴宅，住进地下的坟墓里面。人间与阴间有着一条界河，生死也就一步之遥。死亡降临时，有的人能够苟延残喘几年，有的人却会立时毙命。人间就祈盼不求好生，但求好死……

因为耽搁了时间，我不能回到城里去了。高家屯是我的老家，我就住进了大姐留下来的那三间青砖红瓦房。这三间房子是在我们老宅的房基地上盖起来的，一走进它，就是走进了童年，走进了往事。我仿佛嗅到了大姐身上那股熟悉的气味，还有那股腐朽没落的地瓜坯的气味。都说回到过世人的老屋，会感觉阴森森的。可我的浑身上下被温馨簇拥着……那根桦木炕沿油滑铮亮，白天，人的屁股坐在上面；到了晚上，我和姐姐们的脑袋枕在上面。炕上铺的那张席子，是高粱秸皮编成的，起初是白色，渐渐地，它变成了高粱一样的颜色。火炕总是温热的，就像大姐的身体，一年四季洋溢着她的体温。温热烘烤出一股庄稼的真实香味。大姐她怕惊扰了我的梦，她走路轻飘飘的，像一阵风，吹到了我的眼前。大姐说话就像唱歌，她的嗓音有贵重金属的韵味……你没有辜负我，你是咱们高家屯凭着自己的本事走出去念大学的人，你给大姐争了气，给咱们家争了气，大姐没有白疼你，白爱你……我知道，大姐对我有着母亲一样的恩情，大姐，你就是我的母亲，我会像对待母亲一样孝敬你，为你养老送终。可是，我一直想不明白，你生病了，为什么要瞒着你的亲人，而且一直到你生命的尽头……人没有选择生的权利，却有选择死的权利。我非常感谢老天爷降临到我头上的这种病症，似乎一直到死，我也没有感觉到癌细胞吞噬生命的那种痛苦，我一直都很平静，会不会我已经麻木了，我的神经已经死亡了？也许这也是老天爷赏赐于我的恩惠吧……大姐，你总是把痛苦留给你自己，把幸福和快乐奉献给别人……我承受不起这样高尚的赞美，也许对待自己的亲人，比如说对待你，我付出的也属于本能或者是理所应当的。我是一个女人，一个不完整的女人。死到临头，我一直认为自己应该称得上一个完整的女人，一生当中，我没有让任何一个男人触碰到我的肌肤，到死也敢说自己完美而纯洁。倒在病床上的那一瞬间，我感觉我是极端自私的一个女人。其实我不配女人这个称呼，怪不得中国人将我这类人称作“老姑娘”，这是对我最好的诠释……所以，你想到了合骨，与一个我们都找不到的人合骨……

也许是这样，我唯一能够做到的，就是忏悔，就是补偿。这几年在病中，我没有吃一粒药片，没有看过一次医生，我的罪孽是深重的，是不可饶恕的……大姐，你不要这样自责，只要是人，他就不可能不做错事情。知道自己错了，改过了，就可以心安理得了，没有必要折磨自己，甚至于摧残自己。也不要把一些小事看得过重，大姐，在我的眼里，世界上没有比你更善良的人……七根啊，你说大姐漂亮吗……你是咱们高家屯首屈一指的美丽姑娘，也是咱们高家公社最俊美的姑娘，没有私人感情，这是人人公认的……七根，我读过你的作品，你曾抄录过一位诗人的诗句，诗是这样的，我不相信天是蓝的，我不相信雷的回声，我不相信梦是假的，我不相信死无报应……

当我睁开眼睛，想好好地再看大姐时，我发现，大姐的脸孔没有五官，只是一张白纸。我惊讶得说不出话来……我从梦中醒来了，像梦又不是梦。我一动也不动地躺着，把眼睛闭上，我想再回到梦境中去，去继续着与大姐的对话。大姐去世以后，我把她的骨灰放在我的书房里，我听人说，亲人的骨灰不能放在家里，因为他那没有安生的灵魂会经常回到家里现身，世上流传着很多闹神闹鬼的故事。骨灰放在书房里有多少天了，我从来也没梦见过大姐。想不到，回到她的住处，当天晚上，我就与她重逢了。山村的夜晚安静极了，墙上的钟表嘀嗒走着，脉搏也极有节奏地跳动着，透过窗棂的惨淡月光，划出一道苍白的光。假如死人真的有灵魂存在，她应该向活着的人们讲述死亡的感受。似乎有玄学大师说过，死亡是空灵的。也有心灵学家认定，死亡就是灵魂进入了上升的通道，死亡属于肉体，而不属于灵魂。

我想再次进入梦境，已经非常困难了。一个人抱有特定的目的性，他绝对无法回到无意识的境地。

我一直等到了天亮，我还是接着寻找下去，寻找到大姐写下的那个名字。

活着的人与死去的人一样，都有灵魂。灵魂是什么？灵魂就是记忆。俄罗斯一位作家说过，女人一生最难忘的人，就是第一个占有她身体的人。我说，女人最难忘的，就是第一个走进她心里的男人。彪牛就是第一个走进我心里的男人。

第一次近距离接触彪牛那年，我六岁，是在北山坡上，那块向阳的坡地，开满了一片黄色的“婆婆丁”，还有紫色的马尾莲。鸟雀在草丛中追逐着虫子，山野间全是野蜜蜂的嗡嗡叫声。彪牛赶着他的牛沿着那条崎岖小路走过来了。

彪牛，让我骑一下你的牛吧？

不成。

为什么不成？

女孩子骑牛会生癞的。

是的，姑娘媳妇可以骑毛驴，没见她们骑牛的。

男人爱品评女人的长相，其实女人也在意男人的貌相。屯子里老女人小女人对于屯子里的男人统统做过评价。朱大有长相威严有官相，高二混子水光溜滑流氓相，彪牛英武雄健相貌堂堂。要不是出身不好这顶帽子压着，他算得上高家屯的美男子。虽然他是美男子，可从来也没有哪个姑娘敢于走近他。

妈死了以后，七根在我的胸前直拱找奶吃。那时，我就立下了一个誓言，不管他是谁，只要他能让我家七根活下去，我可以为他当牛做马，我也可以嫁给他当老婆，不管他是什么样的人，瘸子瞎子瘫子聋子。

没有彪牛，七根他不可能活下去。最为艰难的那一年，我已经是个情窦初开的少女，我心里也盘算好了，等到我长大成人后，我就嫁给彪牛当媳妇。那时候，我也隐隐约约地感觉到，彪牛也在暗恋着我。那时我想，再过两年，我长大了，年景也好些了，人们渐渐地淡忘阶级和政治的时候，我就嫁给彪牛。

灾荒总会被丰收填补，饥饿也终究会被温饱充斥。痛苦过后便是快活，人们尽量修复着愈合的伤口，让伤口在光洁的皮肤上留下的疤痕越小越好。风雨过后，经过了饥饿洗礼的我出落得比以前更加楚楚动人。屯子里婶婶大娘们、姐姐嫂嫂们都说我女大十八变，越变越好看。她们谁能想到，我曾经做好了准备嫁给彪牛的打算。

记忆是无法抹去的，忘记就是背叛。我当上了团支部书记，第一次走出高家屯，来到了县委党校学习的时候，我才真真切切地体会到，从前的我就是一个傻姑娘。如果我不当团支部书记，我同高家屯的女人们一样，为人妻，为人母，门里门外，炕上地下，锅碗瓢盆，柴米油盐。

记得那天回到高家屯的情景。天色已经晚了，我走到北山坡时，故意放慢了脚步。我不是想在这儿再遇见彪牛，我想体会一下当年在这儿挖石蒜的情景。如今，石蒜长得比真蒜小不了多少了，而且遍地都是，可没有人再来挖它们当饭吃了……

正想着，彪牛和他的牛们走了过来。我的心一下子揪紧了……我想，彪牛也一定激动万分，他以为我从城里回来，第一选择就是我们曾经不约而同的幽会之处。他的眼睛直直地看着我，眼睛里冒出来的就是关切的问候，你还好吗？你到北山坡多久了……

我害怕他的那双眼睛，从他眼睛里面喷射出的那股灼人的火焰，燎光了我的衣服，一直烧痛了我的胸膛，烧痛了胸膛包裹的心房。我浑身上下打起了哆嗦，我也控制不住自己的颤抖。我选择了离开……从此以后，我再也没有到北山坡去，我不知恐惧什么，彪牛让我不寒而栗。高家屯人怕神怕鬼怕老鼠，就是没有人害怕彪牛。

我不一样……我再也不敢靠近北山坡，每年的清明节，我也不敢到北山坡给母亲扫墓，我就怕遇见他……偏偏越害怕遇见，偏偏就能遇见。有时一大早上工时，我故意早去一点儿，可无论早去还是晚去，迎面撞到彪牛的机会很多。我选择了绕路而行，有时还耻笑自己，为什么要害怕一个地主子弟。无论我心中的潮水涨上退下，彪牛都是一如既往，我行我素。在他那双眼睛的逼视下，我成了一名溃败者。

有一天，高二混子爬墙头搞破鞋，被人抓了现行。肚子吃饱了，自然饱暖生闲事。按照朱书记传授给我的做领导的方式方法，抓住一个典型，就要敲山震虎。多少年没有地主可批斗，地痞流氓，破鞋烂袜子就是批斗的对象。我还想，为什么就不是彪牛？他为什么就不做一回荒唐事？

高二混子被社员们推到场院中央，他的脖子上挂了一串物件——一块砖，一把镐头，还有一只破鞋。这不仅能够达到惩罚的目的，还象征着专（砖）搞（镐）破鞋的罪名。屯子里能到场院来的男女老少都来了，大家像过节一样快乐，喜气洋洋地就像赶大集。高二混子站在场院中央，他仰面朝天，一点儿也没有害羞的样子，反倒振振有词地说，我搞破鞋是错误的，可错误不全在我一方啊。再说，你们没有一碗水端平，你们也丧失了阶级立场，我不服！

不服说出来。

彪牛经常奸污咱生产队的母牛，我亲眼看见的，绝对是真的。这不仅是生活作风问题，这还有政治问题，有阶级问题。牛是集体的，也是社会主义的。彪牛这样做，他不是在干社会主义吗？我犯的是错误，属于人民内部矛盾；而他犯的是罪，属于敌我矛盾。

一席话，说得大伙哄笑了起来。当人群吃饱喝足之余，剩下的就是找乐儿，既然二混子说了，也不管是真是假，有人建议把彪牛拉到现场，让他现身说法，当众讲给大伙听听。

彪牛被拉到了现场，他低着头，一声也不吭。

可就在这时，一个孩子从人群里面挤了出来。他不是别人，正是我家的七根。他虽然一脸稚气，但他学着大人的口气说，我也亲眼看见了，彪牛不是干坏事，他伏在牛背上面用牙齿咬牛身上的虱子。我亲眼看见了，他咬得满嘴都是牛血。

孩子不会说假话，大家都相信七根说的话，谁也没有再难为彪牛。

通过这件事，也给了我一个启示，我要为彪牛找一个对象，也许他有了媳妇，我的心也就消停了，其实是为了自己的解脱。

我知道，高家屯的姑娘谁也不会嫁给彪牛。想完成这不同寻常的婚事，只有到外村去寻找。有一天，我曾经背着所有人，到山后村去了一趟。这个村子有一个二十七八岁的大闺女，因为家庭出身不好，一直没找到对象。我见到了这个闺女，论外貌，水灵灵透俊。她的眼睛流光溢彩，她的嘴角总是挂着笑。再细细看，她不是微笑，而是傻笑，不怀好意的笑，放荡下流的笑。闺女的嫂子悄悄地告诉我，她的小姑子本来是个好端端的大姑娘，她在城里读的高中。因为家庭出身不好，没能考上大学。她有一个青梅竹马的恋人，从小到大，她与他一直相恋。后来，她的恋人入了伍，并且要提干了。部队找对象是要政审的，结果，军官要娶地主出身的闺女，那是不可能的事情，她与他只有分手。本来她没有精神方面的疾病，这从天而降的打击让姑娘患上了“花痴”。病情发作时，她就会脱衣服……唉，如果她能遇到一个通情达理的男人，她的病会慢慢好起来的。

我挺同情这个“花痴”，她与彪牛同是出身不好，或许他们能够同病相怜。于是，我让“赵泼妇”出面，为彪牛和这个“花痴”姑娘牵线搭桥做红娘。“赵泼妇”撞了一个鼻青眼肿，她满心狐疑，这个彪牛，会不会精神也不正常？我跟他说起介绍对象的事，他像没听见一样，不看我一眼，也不吭一声。能气死活人。我问他，你是聋子还是哑巴，他瞪着眼睛瞅我，嘿，那两只眼珠子瞪得，跟公牛的卵子似的。

难对付的人不是高二混子之流，彪牛成了我的心头之痛。只要一到清闲平静之时，他的音容笑貌就会浮现在我的面前，让我的心怦怦直跳，跳得我从来也没度过一个静谧的夜晚。接下来，我该怎样面对……

高五爷是高家屯健在的最大的长辈了，他的头脑里还有记忆。当我问起高满仓这个名字的时候，他努力想了半天，还是没能想起来。他说，我是姓高满字辈剩下的最后一个了，我死了，也要葬在北山坡上。咱们姓高的从山东到辽东来，算一算整整十三代了。所有过世的人都埋葬在北山坡上，没有埋在别的地方。你就到那儿去找，挨个坟墓找，不会找不到。从前的穷人，叫的都是绰号，叫来叫去，人们就把他的大名给忘记了。

沿着这条思路，我又一次来到了北山坡。这一次，我从山下到山上，从东到西，一座坟墓接一座坟墓地查看，不放过一座坟墓。有的坟墓里已经荒芜了，上面长满了荆棘和野草，也许这坟墓里睡着的人没有后代，也许后代去了外地，或者也在地下长眠。有的坟墓修得气派壮观，红砖砌的围墙，汉白玉的墓碑，赫然铭刻着先人的名字。他的后人一定进入了小康生活，修好先人的阴宅，能够佑护他们平安幸福。从坟墓的外貌，就能判断得出这户人家的贫穷富贵。几乎所有的坟墓前面都竖立着墓碑，墓碑上有名有姓。墓碑的形式却多种多样，有汉白玉大理石的，有青石花岗岩的，也有木头和砖头的。一天找到晚，竟然没有找到那个名字。我也没有气馁，我想，既然大姐写下了遗言，她不会让我漫无边际地寻找。

这天晚上，我照旧睡在大姐曾经睡过的炕上，我期待着在梦境里再与大姐相见。只要大姐现身，她会给我暗示或者直接的提示。

我坐在一个寂静的村庄路口，不知在等待什么人的到来。村落里的人都不愿意与我说话，他们各自忙碌各自的事情，也不知他们忙碌些什么。他们穿着像草一样的绿色的衣服；一会儿又成了一片蓝色的海洋；过了没有多久，他们披了一层灰蒙蒙的织物。大姐最喜欢的就是妈妈留下来的那件粉红色的小袄，妈妈只是在出嫁的时候穿过，妈妈把它留给了大姐。而大姐只是在家里的时候，对着镜子比量过，她一生也没穿过粉红色的小袄。这件衣服一直放在箱子底下，放了很久。大姐如果穿上这件妈妈留下来的小袄，粉红色应该相当地鲜艳……我坐痛了屁股，也没能把大姐盼来。

一个久违的人来了，他就是朱大有。我对他并无多少好感，因为小时候，他是姐姐们用来吓唬我的恶魔。我想躲避他，已经来不及了，他看见了我，向我打了招呼。他是我敬畏的人，尽管他已经衰老成了棺材瓤子，依然有不怒自威的官相。

人的一生，有多长的寿命，上苍已经为你做好了安排。我年已九旬，已经知足了。我面前有两条通道，一条通向地狱，一条通向天堂。往哪儿走，取决于你身上的善与恶的比重。人贵有自知之明。自我权衡，似乎半对半。我其实并不懂得辩证法，对的就是对的，错的就是错的，为什么要一分为二？走到人生尽头时，我终于懂了辩证法。我一生最大的憾事就是没能遇到一个可心的女人；一生最大的疑惑就是没有弄懂彪牛是地主子弟，还是革命的后代。关英中那年到高家屯视察工作，是不是在寻找自己当年遗失在这里的什么？接下来就是“文化大革命”，我们这儿的贫下中农成立了一个农村包围城市革命造反司令部，简称“农包城”。“农包城”的司令就是高二混子，他一直牢记着当年的仇恨。我成了第一个被打倒在地被踏上千万只脚永世不能翻身的走资派……

从高家大院墙壁里抠出的地瓜坯已经吃进了高家屯人的肚子里，高二混子没有得到地瓜坯，这也是教训他的机会，让他长点儿好好做人的记性。他双膝一软，给我跪下了，砰砰给我磕头。我说，二混子，你不是在背地里说，我看上了你媳妇？你让你媳妇来吧。

我媳妇长得像猪八戒他母亲，大支书你吃仙桃还吃不过来呢。

你让你媳妇来吧，你借媳妇的光吧。你这号人，饿死也应该。

高二混子的媳妇真的来了，她一进门，就解开了衣服……

高二混子只能这样理解我。我让他媳妇来，是想把地瓜坯交到他媳妇的手里，如果他有了吃的，他才不会管老婆孩子，他会把吃的送给相好的，或者去换酒喝，或者去赌博。

高二混子的记忆中没有报恩，只有报怨。几年之后，他终于找到了报复我的机会，他往死里整我。他为了让我尝尝挨饿的滋味，他几天不让我吃东西，只给我一口水喝。

高二混子说，为了一块地瓜坯，我恨不能跪下管你叫爹。风水轮流转，江山轮流坐，这回，该老子耀武扬威的时候了，你交待吧，挨饿那年，你的地瓜坯是从哪里来的？

我不能说，说出了彪牛，等于把他给卖了。这场运动，我一个大书记都成了“运动员”，何况彪牛他一个地主子弟。

不说，这好办，不说就不给你饭吃。

一天过去了，两天过去了，到了第三天，我支撑不住了，我连头也抬不起来了，眼睛直冒蓝色的光。

说吧，说了就给你饭吃，给你吃富有蛋白质的美味。

我再也挺不住了，我说出了彪牛的名字……

高二混子让人把我的手绑了起来，说是会餐开始了。接着，他们放出了几只从野地里抓来的蚂蚱。他规定，只准我用嘴捕捉蚂蚱。你记得不记得，挨饿年，野地里的蚂蚱都捉不到了，这可是上好的蛋白质。捉到一只，抵得上三个大馒头。

那是我不能忘记的耻辱，饥饿逼迫得我只能用嘴去捉蚂蚱，我也只能生吞下活蚂蚱，再不吃东西，我就活活地饿死了。无休止地折磨，我也真的快死了。

有一天，县革命委员会来人了，用吉普车把我给接走了。以后没多久，我解放了，留在了县里工作。后来我才知道，运动当中，两个外调人员找我，让我检举揭发关英中的变节问题。我认识的关英中一直是地下党的负责人，我不能胡说乱说。对别人负责，也关系到我的人品问题。后来，关英中解放了，他也把我给解救了。我不乘人之危，能够刚正直言，保护了革命干部，对得起天地良心，得到了许多人的赞美之词。可我心里愧疚极了，我对得起关英中，却对不起彪牛……

那时，我真的想到省里去一趟，跟他说说彪牛的出身和骨血。又一想，关英中真有这一段与地主小姐的情缘，他又会因为此罪而关牛棚，适当的时机再证实吧，这一拖，成了永远的不可能。其实证实就那么重要吗？其实这不重要吗……

醒来时，刚刚过了午夜。我的心里产生了一种不祥的预感。果不其然，太阳未到正午时，从县城里传来了一个消息，老县委书记朱大有因病逝世了，县委要求他曾经工作过的高家屯党支部派人参加他的追悼会。

我一直盼着朱大有能够康复，只要他的病痊愈了，他一定知道高满仓何许人也，这也只是我的一厢情愿了……

我留在了高家屯，我的灵魂也不会离开这里。

四十年前，高二混子领导一些人成立了“农包城”，他们喊叫着造反夺权，我是高家屯生产大队的党支部书记，斗争的苗头直接指向了我。高二混子心里想的什么，我明白，他一直对我怀有男人的那种图谋。他摇身一变，从一个地痞二流子当上了造反司令。四十年前，没有人敢怀疑这场运动，这股荡涤污泥浊水的潮流。一直培养关心我的公社朱书记都被打倒了，大队的支部书记们也都成了阶下囚。高二混子随时都可以轻而易举地将我拉下马来。我知道他一直在寻找一个突破口，曾经笼罩在我身上的那些光环已经改变了颜色，我恐怕也不能幸免。但是，我也不会轻易缴械投降。我知道他想要我什么，我与他每一次相遇，每一次互相对望，我都竭力将女性的威严和尊严发挥到淋漓尽致，我与他也是心理的对峙，人格与人性的对峙……我十六岁就是家里的顶门杠子，我的骨子里有一股母狼的基因，我能保护我的亲人，我更能保护我自己。所以，每一次对峙，总是高二混子败下阵来。男人与女人，仅仅是目光的对峙，溃败的肯定是男人。包括高二混子这样的流氓无赖，他退却了。

高二混子不会甘心的，他领导“农包城”，把“赵泼妇”的头发给剃去了一半，叫阴阳头。罪名就是她经常给领导打小报告，属于当面是人、背后是鬼的那种两面三刀式的人物。

有一天，“农包城”把彪牛抓了起来，要在场院上开大会。高家屯贫下中农最快乐的时候到了，人们高声唱着：大海航行靠舵手……人人手里高举一本红色语录。

彪牛低着头，站在场院中央。

彪牛，你说说，你是怎么跟母牛发生关系的？

高二混子说，咱们应该让他交待，他是怎样与哪个女人发生关系的。

人们哄笑，喊叫，唾骂，此起彼伏。

彪牛是牛托生的，他长了根牛鸡巴，哪个女人稀罕他。

高二混子说，彪牛吃的是草，挤出来的是牛奶，当然有女人稀罕他。而且这个女人不是一般的女人，是你们意想不到的女人，一个表面上正人君子，暗地里男盗女娼的人。这个人与地主子弟有多年的感情，我们挖地三尺，也要把她给挖出来。

对，坚决把她挖出来！老实交待，这个人是谁？

无论你怎样逼问，无论怎样恫吓，急不可耐的人们已经推搡起了彪牛。彪牛脸上一点儿表情也没有，他紧闭嘴唇，一声也不吭，也不朝我坐的方向看。

人们已经忍耐不住了，剥下了彪牛的衣服，从用拳头，到用树枝棍棒，犹如霹雳闪电般地抽向了彪牛的身体……

我扭过脸，我闭上了眼睛。我知道高二混子他们在注视着我，我也想走上前去制止打人的行为。可我抑制着自己，暴露自己等于把耻辱的污水泼向自己。我暗暗地念叨着，对不起了彪牛，高家屯已经失控了，人们也发疯了，你用双手抱住头，蜷缩着身体，让树枝棍棒打到你的脊梁……

彪牛一声也不吭，打人的人也累了，批斗大会散了，彪牛躺在地上。牛们小心翼翼地走了过来，它们伸出舌头，给彪牛舔着身体上流血的伤口。我也想走过去，可我鼓不起勇气……

从生活作风打不开缺口，就从政治方面入手。这一次批斗大会，比起以前要庄重，会前列了几条规定，不许笑，不许唠荤嗑，不许干私活，不许擅自回家，不许……

高二混子神情庄重地环顾着四周……倾覆，颠覆，当窃贼面对着钱财视而不见时，当流氓面对着美女坐怀不乱时，这个世界晕眩了……高二混子用标准的普通话说，你们记住，我们跟彪牛是两个阶级你死我活的斗争，如果掉以轻心，我们就会犯下历史不可饶恕的错误。我可以明白无误地告诉同志们，彪牛把你把我把我们全部都欺骗了。他是隐藏最深、表演最逼真、手段最高明的地主阶级残渣余孽，是真正的牛鬼蛇神。彪牛，是你自己交待呢，还是我先给你一个提示？

彪牛似乎什么也没听见。

我想，贫下中农同志们不会忘记，我们挨饿的那个年代，那个饥寒交迫的日子。我们以为，我们快要饿死了……

提起这段往事，整个场院顿时静悄悄的，人们连大气都不敢出，仿佛那个年代又要重新回来了一样。

地瓜坯，就是彪牛……

人们愕然了，我也震惊了，多少年来，地瓜坯一直是我心中的未解之谜。我想，凡是用地瓜坯充填过饥饿肚皮的人们都不会忘记它……

高二混子说，没有“文化大革命”，这将永远是一个谜。由地瓜坯，我们可以想象得到，高家大院里面还隐藏着多少不为我们贫下中农知道的秘密。地瓜坯算个屁，彪牛一定知道地主家的金银财宝，绫罗绸缎，地契房契变天账，还有杀人的刀枪埋藏在什么地方……他把人们的思绪引入了一条相悖的歧路。

从追问，逼问，到殴打。人们觉得已经口干舌燥了，也累得抬不起打人的胳膊了。既然我们已经知道了秘密，为什么还要在彪牛身上耗费时间。高家大院，土改时就应该推倒扒掉，它是高家屯地主阶级的堡垒。贫下中农们浩浩荡荡如同十月革命进攻冬宫的洪流一样，奔向了高家大院……

拆除也并不简单，砖瓦石头之间的砌口，用的灰浆是糯米汁调和的石灰，那灰口有多细致，只能塞进一枚铜钱。人们一边挥汗如雨地拆墙，一边诅咒砌高家大院人的精耕细作。屋顶塌了，墙壁推倒了，房梁也断了，连地面也挖下了三尺，一堆废墟似乎在嘲笑他们，什么也没有，好端端的一座建筑却不存在了。

一个个灰头土脸的人精疲力竭地从废墟中走出来时，仿佛成了偷盗未能得逞而被判了重刑的罪犯。运动轰轰烈烈，地里的高粱和玉米却没能得到雨露的滋润，玉米棒子就像秃了牙的老人的牙床；高粱穗子只能制作刷锅的炊帚。地瓜蔓子茂盛得像雄狮的披发，可结出的地瓜如同老男人的生殖器。所有的罪孽都是彪牛造成的，他说出了高家大院埋藏的秘密，大伙儿绝对不会双手空空，口袋空空，肚皮空空。

场院中央，彪牛被牛团团簇拥着。

人们用锄头，用镐头，用镢头，用铁锹驱赶了牛群，抻直了嗓子叫喊着，快说，那些金银财宝那些变天账埋藏在哪里，说，快说……

彪牛摇了摇头，他不知道究竟要他说什么。他嘴里喃喃着，日日防贼，年年防灾……

精疲力竭的人们瘫软地坐到了场院上，造反批斗，铺天盖地从早到晚忙碌，双手空空，肚子空空，家里的粮囤子空空。失望、绝望之时，一声声牛的叫声吸引了人的眼球。那一头头膘肥体壮的牛似乎挂牵着彪牛，远远地望着彪牛，不肯离去。

人们的眼睛喷射出了贪婪的神情，一股强烈的欲望由深层猛然涌起，因为运动，顾不上耕种，顾不上侍弄庄稼，顾不上喂养家畜家禽，已经有好长时间没有吃到肉了，连肉的味道也忘记了。扔下了手里农具，拿起了屠宰刀子，朝着牛群奔了过去。

彪牛从地上爬了起来，伸开双臂，做出了挡车的螳螂状。人群汇集成了一股势不可当的洪流，从彪牛的身体上碾轧了过去。牛倒在了刀光血色中，彪牛也倒在了千百只人的脚下……

那天晚上，未遭屠宰的牛围拢在场院上，围拢在彪牛的身体周围，哞哞地哀叫……

彪牛死了，没有人给他收尸，我是来给他收尸的……他的眼睛睁得圆圆的，我用手轻轻地抚摸着他的眼睛，他的眼睛慢慢地合上了。他的嘴角渗出了一丝凝重的鲜血，缓缓地流淌着。听老人们说，告别人世的人，亲人来到他跟前的时候，他的嘴角就会流血。魂牵灵绕的冥冥之中，我来为他送行了……

彪牛啊，你去吧，别怪我，你和我活着是不能做夫妻了。到了阴间，我嫁给你当媳妇，等着我……

四十年，整整四十年，这一天这一刻终于降临了。我把我的后事托付给了小弟七根，我相信他会做好的……

“战友”伊尔

伊尔是头驴，祖籍无从考证。伊尔是男性，大军南下时，因为战斗减员又补充不到骡马，战士们在鲁西南山区野地里遇到一头无家可归的小毛驴，便让它为机炮连驮着那挺笨重的马克沁重机枪。从山东驮到了海南岛，一路南下，伊尔也自然而然成了一名在编的战士。因为是在山东遇到的，祖籍就算山东吧。它与当兵的一样吃部队的给养。伊尔入伍时，就缺了一只耳朵，不知是狼咬的，还是先天的残疾。大家叫它伊尔，是听说苏联老大哥有一种飞机叫伊尔，叫起来也顺口。只要喊一声伊尔，伊尔那一只耳朵真的会动一动，就像伊尔飞机的机翼。抗美援朝战争结束的第二年，机炮连改编为守备连，驻扎到了共和国最北方的小岛、战略要地海耗岛。伊尔作为一百多名战士当中的一员，也登上了海耗岛。

海耗岛海拔一百四十米，岛上生活着几十户以打鱼为生的人家。呼呼隆隆的一下子来了一百多个当兵的，枪啊炮的，还有通讯设备呼隆隆地往岛上运，小小的海岛一下子热闹和膨胀了起来。除了充足的弹药，还拉来了足够守备连吃上半年的高粱米。关团长临走的时候一再叮咛赵连长，你们的东面是南朝鲜和日本，南面是跑到台湾的蒋介石，太平洋上还有美国的第七舰队。真有一天战事一起，你们就是新中国插在这儿的一把刀子。哪怕是美国第七舰队来了，扔下原子弹，你们也要死死地给我顶上三天，不能撤退，守备连要与海耗岛共存亡。

连长赵铁钢收腹挺胸一个立正，请团长放心，保证完成任务。

关团长还叮咛，更大的艰难，就是要耐得住寂寞。从某种意义上说，精神上的寂寞和孤独比美国鬼子更可怕。还有当地的渔家嫂，都是吃海参鲍鱼长大的，脸盘长得俊，脑子也精灵，感情更放得开。所以，既要跟她们处理好军民关系，又不能发生腰带下面那点儿事。

赵铁钢和指导员同时一个立正，还是请团长放心。咱们管不了天，管不了地，也管不了老百姓，但是，咱们能管好自己的兵。我们的兵，都是钢铁战士，不但能抵挡得住美国第七舰队，也经得起比美女蛇还有诱惑力的渔家嫂。

叫它海耗岛，并非海岛像只耗子，而是形容这个海岛的狭小。不管海岛大小，只要有淡水，就有人烟，就有生命。海岛上只有一眼淡水井，在山脚下一个不起眼的地方。部队没上岛，这淡水井足够岛上人家吃和用的。一下子来了这么多当兵的，吃奶的孩子多了，当妈的奶水挤也挤不及。根据守备任务，赵铁钢只在岛北能够停靠船只的地方安排一个哨兵班，全连官兵都驻扎在山上。他命令何大河和伊尔负责往山上运水。山下到山上，三百六十级台阶，人要背一桶水，能累得半死，水也能洒一半。要伊尔驮，一次可以驮两大桶，而且稳稳当当。只要在桶面上放一片圆木板，桶里的水就不会溅出来。何大河跟着伊尔走了几趟，他发现伊尔不用人跟随在后面，照样能把水运送到山上的营房里去。索性，他就在水井那儿等着伊尔。伊尔自己能把水驮到山上去然后自己再回到水井跟前，这个过程，水井里面又会渗满了水。碰上大雨天，井里的水还会溢到外面来。

守备连眼下的任务就是尽快修筑好山上的防御工事。全连的战士们用肩膀往山上扛交通船运送上岛的钢筋和水泥以及海水和海滩上的鹅卵石。渔家嫂们也按捺不住了，她们也加入了运输行列。清一色的男兵队伍里，多了些五颜六色的渔家嫂，真没用指导员动员，大家也不知哪里来的劲头，那水泥扛得，一百斤重的一袋子，居然能不停气地扛到山顶上。先扛到山上的兵眼睛先扫一下渔家嫂们，从她们嘴里喊出一声好，心里有多么地惬意。男兵们跟渔家嫂近距离接触，脸盘没瞧出有多俊美，可人家那腰条，那身段，用土话形容，就像凹凸有致的亚亚葫芦；洋一点儿的说法，犹如一把小提琴。与众不同的是她们身上的那包劲头，挑拉抬扛一点儿也不比男兵们差。咱们子弟兵讲的就是军民关系，同住一个岛子，能老死不相往来？赵铁钢跟指导员商量，能不能学习师里的经验，师里在大长山岛组建了一个三八女子炮兵班，成员都是当地的大姑娘小媳妇。她们似乎与生俱来就会打炮，训练没有几天，人家上阵打炮，炮炮不离舰靶子。咱们组建一个女子尖刀班，本来她们就是基干民兵，经过训练，让她们个个成为神枪手，真有一天战争打起来了，渔家嫂们也能冲得上去。她们经过军事化管理，提高军政素质，发生生活作风问题的几率就会少很多。那么，谁来给渔家嫂们当军事教员呢？指导员和赵铁钢都想到了何大河。不是他的水平有多高，而是因为他是兵蛋子当中未开化的生蛋子。有一回，开过班务会后，何大河碰到连长问了一个问题，男人和女人怎么才会生孩子。赵铁钢不回答也不好，就做了简单的回答，男人和女人拉拉手，亲亲嘴，贴贴身子就有孩子了。何大河属于尚未开窍的生蛋子，让他当教官，领导放心。

何大河把水桶装满水，拍了一下伊尔屁股，让它自己驮着水往山上走，他想利用伊尔驮水的空当训练女民兵班。平时伊尔非常服从命令，可今天，它看见了十来个花红柳绿的大姑娘小媳妇，来了驴脾气，无论怎样喝令，它就是立正，不肯往山上驮水。路过这儿的炊事班毛班长给何大河出了个点子，先要做的，就是选一个班长，教官不在，班长可以代行职权，一二一，照样走正步。姑娘媳妇们像喜鹊一样叫喳喳了一阵子，就选了吕寡妇当班长。山脚下那片不大的海滩就是演兵场，齐步走不上几步，就要向后转走。一个向后转，刘红莲的辫子梢就扫了马英花的眼睛。毛班长小声嘀咕，得让姑娘们把辫子剪掉。

趁着这当口，何大河牵着伊尔往山上驮水了。在山路上，他对伊尔说，我也不愿意揽这个差事，咱知道，三个女人一台戏，这十来个女人，能唱好几台大戏。可这是连长下的命令，是战士，就要服从命令。在连里，咱们俩的感情最好，你得支持我的工作才是。

伊尔的耳朵连动也不动。何大河要和伊尔一起往山上运水，是个由头。训练女民兵的任务，看到毛班长积极主动，他也借坡下驴，让毛班长替他完成。毛班长也不推辞，说他这是助战友为乐了。

何大河牵着伊尔往山上走，伊尔却不那么情愿，一步一停蹄子。

哥们儿呀，咱们水驮不好，也完不成训练任务，要吃连长“打卤面”的。你要端正态度，这时候，你不能是驴，而是要变成一头老黄牛。

再从山上下来，女民兵正在铰辫子。毛班长说了，女民兵就是战士，留着大辫子哪里像个兵。姑娘们不干了，岛上规矩，姑娘与媳妇的区别，就在于头上的辫子。

梳着辫子就是姑娘，剪成赵一曼式的短发，就是媳妇。毛班长说，咱们部队的女兵，清一色的短发，你能说她们都是老娘儿们？再瞧瞧人家吕寡妇，剪着短发多精神。姑娘们嘀咕着，叫人家寡妇不公平，人家是出了门子，可身子却是囫囵的。嫁到海耗岛的当天，她丈夫的船倒了（翻了），死在了海上，没能回来同她圆房。她是媳妇的头，闺女的身子。

十来条黑油油的大辫子成了毛班长的战利品，他不露声地藏匿了起来。背过别人的眼睛，偷偷地拿出来，在鼻子底下，捧着辫子像是抽烟那样嗅着闻着。他还告诉何大河，这叫闻香识女人，咱们只闻着伊尔身上有气味，其实人身上也有气味，人与人的气味都不相同。长得好看的女人，身上的气味就像一种兰花，一股淡淡的幽香；貌相丑陋的女人，身上的气味就像地瓜花和绣球花，就像炊事班刷锅碗的泔水。毛班长也不无遗憾，他就是没有闻到吕寡妇的气味，因为她留着短发，没有辫子可剪。

交通船靠上了海岛，军训停下了。岛上的人们一齐拥向了岛北的小码头。只有吕寡妇一个人扭过头去，朝小屯子里走去。

去码头的路上，毛班长跟何大河嘀咕，你给我说说看，女民兵堆里，哪个姑娘长得最好看？

何大河说，吕寡妇长相最好看了。

那娘儿们，长相虽好，可她却是妨汉子的货色，你可要离她远一点儿。我可是掌握着情报，吕寡妇的男人是个好老大（船长），媳妇进了门，他人却没能回来，她年轻轻地当了寡妇，命可够苦的。瞧她那赤红的面子，哪个男人近她的身，都不会有好下场。天底下都有一个共同的说法，这类女人是丧门星，扫帚星。谁靠近她，谁倒霉。

何大河糊涂了，红脸蛋儿的女人不好吗？宣传画上的女英雄们哪个不是红脸蛋儿。

那是画给人看的，民间的说法，赤红面子是色迷鬼，靠近这类女人，她能把你骨子里的那点儿精髓咂干了。到那时候，你可是放屁打晃，离十八层地狱可不远了。

毛班长当了十年的炊事班长，上过前线，也参加过战斗，因为没有文化，当了炊事班长就一直蹲在锅灶那儿。这回上海岛前，团里也有提拔毛班长当个司务长的意思。毛班长在老家已经有媳妇孩子了，也有资历，一直当个老兵班长，再不提升，对他本人也有些说不过去。

这一回，交通船拉来了米面，还有鸡鸭鱼肉，从出海人手里买来了鲜虾。当天晚上，毛班长就给大伙改善生活，发动全连官兵一齐动手，包了一顿三鲜饺子。吃得美气，大家敲着饭盆，高声唱着，雄赳赳，气昂昂，跨过鸭绿江。吃饺子，喝烧酒，越吃越健康……

战友们吃得高兴，外面的伊尔有些愤怒，用它的头连连撞击着窗户。赵连长拍拍脑袋，嘿，怎么把它给忘了。大河，给它一碗饺子。伊尔不再是驴了，我们吃的，它都要尝尝。再不给，它能把窗户撞碎了。

饺子端给了伊尔，它吃得那么理直气壮，因为连里的给养里有它的一份。

吃到高兴时，赵铁钢把酒拿了出来，一人一口，不准喝大口。大家对着瓶口吹起了喇叭，一会儿，酒瓶见了底，再来一瓶。伊尔也伸过驴头来要，拿着自己不当外人。

伊尔一口下去，它居然喝醉了，倒在营房外面，四只蹄子朝天，打起了呼噜。

那天，何大河的爹给他写信来了，信上说，家里已经替他找到了媳妇，姑娘家是一户不错的人家。姑娘家也不要什么条件，只要大河在部队好好干，能提上干，当上军官。爹在信上说，姑娘在她那十里八乡，也是一个人尖子，长得俊俏，说他瞧见了保准乐意。不过，姑娘的条件也不算低，要不当上军官，姑娘未必就肯下嫁给他。连队里好样的多去了，要提干，也不知要等到猴年马月，哪块云彩上面驮的那颗大雨星子会砸到他的头上。

一层薄薄的雾从海面上扯到了海岛上，轻轻地盖住了小小岛屿。一阵阵有节奏的海潮声从远处传来，像是一首催眠的乐曲。熄灯号响了，一百多个当兵的人都躺到了铺上，却没能进入梦乡，各自想着各自的心事。漫漫长夜，真的难熬。全连只有伊尔一个自由战士，它甩着尾巴驱赶着蚊蝇，低着头，啃着海岛上特有的那种带着苦味咸味的紧紧贴着贫瘠地皮生长的碱蓬草。毛驴毕竟是食草动物，它也只能吃这种碱蓬草。

第二年开春时节，毛班长没等到提干就要复员了。十多年的兵，没个军衔，不是说了要当司务长吗？何大河想问个究竟，侯小马拉了一下何大河的衣袖，毛班长他栽了。

毛班长栽了，栽进了女子民兵班里。那个名叫刘红莲的大姑娘，长相虽不出众，身段却极别致，毛班长与她好上了。解放以后，除了二五八（二十五岁，八年的军龄），除了正团职，不准军人与驻地的姑娘谈恋爱。毛班长倒是超过了年龄和军龄，可他在老家是有老婆孩子的。他和刘红莲的事情做得天衣无缝，他们天天在何大河的眼皮子底下，他都一点儿没有察觉。都说“渔家嫂蓬头撒野，渔家姑娘也不管不顾”，既然好上了，那就光明正大。刘红莲自己放出来的刺啦屁，臭遍了海耗岛。姑娘不管三七二十一，她非要嫁给毛班长，一副不达目的誓不罢休的架势。毛班长眼珠子直了，手脚也麻了，他傻眼了。

处分已经是不可避免了，背过所有人的眼睛，毛班长就跪在赵连长的跟前，抹一把鼻涕，再擦一把眼泪，连长啊，放我一马吧，一大把的年纪，连个官儿也没混上，让我这个老兵蛋子回老家去，我这张老脸往哪儿搁呀我……赵连长，看在我比你年龄还大的分上，看在咱们俩还是老乡的分上，再给我一次改正错误的机会吧。

赵铁钢叹了口气，你就算过了我这关，指导员那关你怎么过？你呀，真要找找原因了。

要找原因，怪我上岛以后吃海参吃得多了，怎么憋也憋不住自己，我也没想到吃了这玩意儿上面冒鼻血，下面能冒熊。管也管不住，我也不是我了，小肚子装的好像是个鬼。真的……

看在一块儿从死尸堆里爬出来的分上，也看在老乡的情面上，赵铁钢还是去找了指导员，一个老兵，就为腰带下面那点儿事，一辈子的政治前途就毁掉了，是不是有点儿太残酷了。

指导员说，裤裆里那点儿事还小吗？不小。他这是停妻再娶，地地道道的道德败坏。开了这个闸口，咱们连队怎么在这荒岛上长期驻扎下去？怎么能完成上级首长交给咱们的任务？不行，军令如山，军纪如山，一枝不动，百枝不摇。不能因为私人感情，毁了我军钢铁纪律。

赵铁钢觉得，指导员的话说得不无道理，军人不是普通人，军令如山，军纪如山，即便你有天大的功劳，也不能以功劳顶替错误。以功抵罪的，那是封建王朝的军队。你说你一个伙头军，做好饭得了，你懂什么军事作训，偏偏自告奋勇要去训练女民兵。这下好了，回家训练自己的媳妇去吧。

听说毛班长要复员回家，渔家大姑娘闯进了连部，刘红莲也不遮不掩，她说，千错万错，都是我的错，毛班长是个受害者。连长、指导员，你们听着，是我勾引的毛班长，是我先亲毛班长的嘴，也是我解下他的腰带，是我逼着他犯的错误。他不听指挥，我就说，你不跟我好，我就报告首长，说你强奸我。所以，你们要处分，就处分我，与毛班长无关。

赵铁钢倒是挺佩服这个海岛姑娘，敢做也敢当，关键时刻，能豁得出去。她真把过错揽到了自己身上，倒是能替毛班长解脱一些错误，处分也能轻些。

指导员却不为所动，你要管好你自己，我也要管好我的兵，咱们都离得远一点儿，好不好？

刘红莲说，部队首长不是经常说，咱们军民是鱼水情吗？

指导员说，拉倒吧，我们宁可干死，也不敢沾你的水。

眼见着无望，毛班长要用跟随自己半辈子的那把菜刀剁下自己裆里的那个祸根。要不是炊事班的战士们手快，那个惹祸的家伙已经坠地了。他扯开了嗓子那个号啊，昂——昂——昂——男人的哭声久久在海岛的上空回荡，就为了裤裆里那点儿事，何苦啊……

毛班长离开了海耗岛，战友们的心里都不好受，大家都吃过毛班长做的饭，那饭菜，就是家里的饭菜味儿。因为生活作风问题，他要离开海岛，战友们的心里都不是滋味，都到码头上为他送行。毛班长也抬不起头来，战友们还是给他敬了礼，也都互相用力拥抱，怎么能舍得他走，十多年的老兵，打过日本，也打过国民党，跨过鸭绿江打过美国鬼子，一时的性起，没有约束住自己，什么前程都毁掉了。

还用得着再说教吗，活生生的事实，活生生的人。交通船走远了，身为连长的赵铁钢心里更不是滋味，他扭过头来，给守备连下了一个命令，从今往后，谁也不准吃海参。谁要犯了这个纪律，我，我罚他往山上背三天的水，不，背一个礼拜的水，不，背半个月的水。

赵连长禁止他的兵吃海参，海耗岛的人却笑话起了这些解放军。海耗岛的海参有多多，海参有多大，海参的背上背的都是六垄刺，一头足有半斤重。怎么吃，生吃还是用海水煮？不管你怎么吃，吃了它，身上真就有使不完的力气。一年四季不会伤风感冒，也不会腰腿胳膊痛。大山的人参，大海的海参，可是大自然的精华。连长一句话，谁也不敢吃。说来也情有可原，男人吃了海参，那可是从骨子里壮阳。守备连几乎清一色的光棍，有家属的也上不了岛。禁止战士们吃海参倒也好，至少省去了洗褥子和内裤的麻烦。

正说着，伊尔在山头上嘶叫了起来，昂——昂——昂——高亢而激昂，不知是哭，还是唱，侯小马说，伊尔是在为毛班长送行。毛班长的哭声，一直在何大河的脑子里回荡，与那伊尔的叫声一个调子，听起来，有些悲壮，也真有些让人伤感。

事情平息了，女子民兵班也不再训练了。赵连长那天在山路上遇见了何大河，他问了起来，我和指导员不是分派你当教官吗？怎么让毛班长半路上插了一杠子？

何大河说，平时都是伊尔自己背水，只要我训练女民兵，它就不肯挪蹄子。没办法，我们守备连饮水用水比训练女民兵更重要，我只能放弃一头。好在有毛班长替我完成任务。想起来有些挺对不住毛班长的，让他犯了错误。

伊尔对你真够哥们儿。人哪，常在海边走，哪能不湿鞋呀……谢谢你的伊尔吧。

春天里的海风带着鲜味，也带着腥味。男人们出海了，女人们也趁着退潮时蹚进了浅海里去抠蛤挖蛸子蚬子。不谙世事的小战士从石板底下捉到了一只螃蟹，大声地叫了起来，一只螃蟹八条腿，可数数看，咱这只螃蟹十六条腿。赶海的老娘们儿，还有一些女民兵们也跟着喊叫，快拿去给你们连长和指导员瞧一瞧，十六条腿的螃蟹是怎么回事。小战士当真要拿给连长和指导员去瞧，老兵挡住了他，你眼珠子让裤头给磨了，好生瞧一瞧，这不是两只螃蟹吗，一公一母两只螃蟹正在做好事呢。你坏了人家的好事，还要拿给指导员瞧，哼，指导员不给你吃“打卤面”，算你小子头皮坚硬。

今年开春，伊尔再也不服从命令了。何大河给它戴上了笼头，拴上了缰绳，它照样尥起了蹶子从海岛这头跑到海岛那头，张开驴嘴，扯开喉咙，昂、昂、昂地叫唤，叫得小岛上面全是驴动静。赵铁钢说，伊尔不是小孩子了，它“成人”了。五个年头了，当年的小崽子，今天也成了“大小伙子”了。

看伊尔躁动而又癫狂的举动，指导员喊来了卫生员，能不能想个办法，把伊尔给阉割了吧。留着那根祸根，早晚会惹出事端来。

卫生员听了直挠头，简直就是逼着尼姑生孩子，他不会给毛驴做这种阉割手术。那可是命根子，操作不当，会要了伊尔的驴命。别忘了，伊尔可是咱们的战友。

指导员说，你不是在咱们师卫生院培训过了吗？

卫生员说，培训班上学的都是战地紧急救治，常见病症的治疗，还有外伤的处置，就是没讲怎样阉割毛驴的睾丸。

要是岛上有个孕妇难产，你是不是也麻了爪子干瞪眼？

卫生员红着脸，低着头，培训班倒是讲过，战斗当中什么事情都可能发生，生活当中也什么都可能发生。就是没讲这些应急措施。伊尔是咱们的战友，它没犯错误，能阉割它吗？

赵铁钢说，要不是因为伊尔牵扯出这些事，我们还真没有意识到这些活生生的客观存在。一旦我们的战士患了急病，一旦岛上真的有妇女难产……所以，小郭子你真的要下点儿功夫，钻研这些应急的医术，一旦遇上了，能治病救命，那意义可老大了。

指导员说，那就从伊尔开刀。

赵铁钢说，算了吧，别毁了它那命根，伊尔一年只有在春天才不肯安分，过了这个季节，它自然就会消停。真的把它给阉割了，它就失去了精气神儿，它还肩负着驮水的任务呢。咱们连队里面最辛苦的一个兵，就是伊尔。

指导员说，我担心，这个兵一旦驴性发作，会不会闯出什么祸来？

赵铁钢说，没事，岛上只有它一头毛驴，它想闯祸也闯不出来。

毛班长复员了，何大河当了炊事班长。何大河带着伊尔好几年，赵铁钢依然将它编在了炊事班。咱们岛上缺什么？靠海吃海，岛上最缺的就是蔬菜，水果不敢奢望，毛班长在任的时候，山上山下，石头缝里的野葱石蒜都让他抠了个干净，想着法子让同志们能吃上一口绿色的菜叶。指望着交通船送来的那点儿蔬菜，真的不够大伙塞牙缝的。何大河冒出了一个想法，他想在岛上开些荒地种蔬菜。把岛上的土收集起来，种上一些蔬菜，可以解决不少的问题。何大河还想把那眼水井淘一淘，清除一些淤泥，可能会出水多一些。全岛只有一眼井，水是少了点儿，雨水多的时候，水井里的水还算充盈，到了旱天，那水井的泉眼就像小孩子鸡鸡尿出来的尿水，干着急，就是不管用。守海这两年，不用学，当兵的看也看会了，那就是钓鱼捕鱼。扯根线，拴上一点儿鱼饵，甩进海里就有鱼儿咬钩。要用张网，那鱼捕得更多。岛上真正缺少的是电，那点儿电是用柴油发电机发出来的，用在了雷达和无线电通讯上，晚上天落黑了，战士们只能点蜡烛。透过窗棂，瞅着夜空的星星，数啊数啊，都说天上有多少颗星星，地上就有多少人。一个人就是一颗星星，也不知自己是哪一颗星星。在海岛上当过兵的人，哪个没有数过天上的星星。

那是一九六〇年，指导员调到了团部。副指导员侯小马提升为指导员，何大河这几年在海岛上的工作十分出色，尽管全连的淡水还要靠着伊尔从山下往山上驮，但是，水源已经淘净了，不会因为天旱而缺水发愁。经过几年的努力，从山下到山上，已经开垦出了几片很像样子的小菜地。不敢说一年四季能吃上青菜，截长补短，也能对付一阵子。

一九六一年，三年自然灾害最困难的一年，赵连长也离开了海岛。已经在海岛上服役十一年的何大河升任连长。赵铁钢临走的时候，真的有些恋恋不舍，他拍拍何大河的肩膀，转业的转业，复员的复员，你成了这里最老的兵了。咱们守备连一步一步怎么走过来的，都在你心里装着。还有伊尔，咱们不管多苦，到头总有个归宿。可它呢，一年一年的，成了老毛驴了，恐怕一辈子只能坚守在岛上了，好生地待它吧……

赵连长走的那天，岛上的吕寡妇投海了。是站岗的哨兵发现的，她从一个很高的礁石上面跃入了大海的波涛之中。几个水性好的战士很快游到了吕寡妇的跟前，大家好不容易才把她从海水里拖到了岸上。吕寡妇的脸色苍白，一点儿呼吸也没有了。新上岛的那位军医给她做了一会儿人工呼吸，也摸不到她的脉搏，军医也束手无策，朝着大家摇了摇头，那意思是不行了。可围拢在跟前的人丛中有个老大爷说，用毛驴驮着她跑，让她大头朝下，控出肚子里的海水，她就能活了。

何大河连忙把伊尔喊了过来，把吕寡妇大头朝下，用伊尔的脊梁顶着吕寡妇的肚子，在坎坷不平的山路上跑。快跑，越颠越好。山路陡峭狭窄，被人牵着的伊尔无法放开奔跑。何大河叫了起来，松开缰绳，让伊尔自己跑。

这一招儿真的挺灵，聪明的伊尔在崎岖坎坷的山路上有节奏地颠起了四只蹄子。多少年以后，何大河在电视上面看到伊尔做出的动作，在全世界举行的马术比赛中叫作盛装舞步。伊尔颠哪颠，驴背上冒出了汗水，它真的把吕寡妇肚子里的海水颠了出来。更要紧的是，他把吕寡妇的那颗已经停止跳动的心脏又颠得重新跳动了起来。可顺着驴脊梁流淌下来的，除了咸咸的海水，还掺杂着一缕殷红的血水。

新来的军医仔细地给吕寡妇查看了一遍，他告诉何大河，吕寡妇活过来了，没有生命危险了。但是，她肚子里怀的孩子已经流产了……

何大河心头猛地一震，怎么可能的事情，人家可是个地道的寡妇啊，你是不是诊断错了？

军医幽默了一回，寡妇未必就不怀孕。命是保住了，接下来，要给她刮宫，要给她做消炎处理，咱们岛上的医疗条件有限，最好能把她送到大长山岛师部的医院去。

何大河给军医下了命令，不能把吕寡妇怀孕的事情说出去，就像保守军事秘密一样，要保住秘密，不能让战士们知道，更不能让岛上的老百姓知道。

交通船刚走，至少要一个星期以后才能再到海耗岛来。怎么办，救人要紧，只能用打鱼船往岛外送。平时大伙儿都不用眼皮夹吕寡妇，可到了人命关天的时候，岛上的闯海汉子也不推辞。老吕大哥活着的时候，那也是岛上的一条站得起来倒得下去的汉子。吕大哥不在了，他的媳妇一直没改嫁而依然守寡。这些年，也有不少的男人们对吕寡妇有些非分之想，可是，人家吕寡妇却是岛上渔家嫂们的道德楷模。都说寡妇门前是非多，可吕寡妇门前却从未产生过是非。发生了这样的事情，岛上的人们都真心实意地想帮助吕寡妇。

载着吕寡妇的风船开向了大长山岛，伊尔跑到了海岛的最高处，扯开了嗓子，大声地吼叫了起来，昂——昂——昂——

这时，岛上的人们才开始议论起吕寡妇投海的事，守海巴沿的人心胸开阔着呢，有什么大不了的事情想不开，竟然往海里跳。人们猜测着，吕寡妇投海一定与情与性有关系。纸里当然包不住火，没出几天，人人也都知道了吕寡妇投海是因为肚子里怀了孩子。没人播种，寡妇这块荒地怎么可能长出苗来呢。播种的人会是谁呢？老百姓一口认定，吕寡妇是个心气儿很高的女人，她多年未出轨，因为海岛之上没有她瞧得上的男人。一定是守备连的人干的，而且是个当官的。指导员走了，赵连长也离开了海岛，会是他们俩其中的哪一个呢？对此事，吕寡妇守口如瓶。那年月，不管军人还是老百姓，犯了生活作风问题就像犯下了弥天大罪。

指导员侯小马拍着胸脯替守备连做出了保证，灾荒年，部队的给养也供应不上。年轻的战士们因为营养不良，连遗精的事情都发生得不频繁了——这是他继承了上一任指导员的工作作风，几乎天天要查看战士们晾晒的被褥。既然如此，怎么会有心情和体力去搞寡妇呢？

何大河听到战士们这种身体素质，心里挺不是滋味，帝国主义才不管你灾荒年不灾荒年的，连当兵的肚子也空荡荡的，一旦打起仗来，守备连能顶三天吗？顶不上三天怎么办？关于吕寡妇肚子里面孩子的问题，那是他们老百姓的事。守备连有军纪，咱们也有条令，我相信我们的战士，有毛班长的前车之鉴，大家不会也不敢去搞一个寡妇。寡妇肚子里装的是谁的种，只有她自己明白。既然人家不说，我们也不该问。

赵连长走了，何大河当了连长。新连长要做的，就是更改了老连长的命令，老连长不许战士们吃海参，新连长何大河却开了这个禁令，靠海吃海，咱们不吃臭鱼烂虾，臭鱼烂虾，那是下饭的冤家。面对着这么多的海参，又不是谁家地里种的，不是谁家圈里养的，生在海里，长在海里，不吃白不吃。由于赵连长下了禁令，岛前岛后，礁石棚里，石板底下，海草丛中的那些懒洋洋的海参，平时没人惊扰，一个个养尊处优，都养成了大胖子。何大河更改了命令后，守备连的战士们吃起了海参，用海水煮着吃，蒸着吃，生着吃，吃得眼睛珠子铮亮，脸皮子发光。吃得战士们睡到半夜纷纷爬起来擦拭冒在被子上的熊。有的战士过了半夜也难以进入梦乡，吃得战士们也容易产生非分之想时。侯小马着急了，便跟何大河商量。当年毛班长吃海参吃得出了问题了，咱们可不能重蹈覆辙啊。

何大河心里有数，他让全连战士紧急集合，全副武装，背上冲锋枪，向山上发起冲锋，一个冲锋，两个冲锋，战士们如同猛虎一样，山上山下反复冲锋了几次，都觉得还有力气没有用出来。何大河大手一挥，下海，武装泅渡，绕着海岛，游上一圈两圈。这才从海水里挣扎着爬到岸上，舒展成了一个大字，仰面朝天，这才消耗尽了身上的体力。一天过去了，十天过去了，在一九六一年那个最饥饿的年份，海耗岛的守备连各项军事指标考核，在全师都是第一名。师首长高兴坏了，真没想到，卵子大的岛子，居然能把兵练得这么精这么棒。有这样的守备连驻扎在海耗岛，哪怕美国第七舰队真的来了，守备连怎么着也能抵挡一个星期。

当兵的吃海参，伊尔也跟着吃，吃了海参，它也驮上重机枪跟在守备连的后面向山上发起冲锋，也跟着守备连下海泅渡。冲锋的时候它竟然跑到了尖刀班的前面，泅渡的时候，它也游到队伍的前面。卸下了重机枪，换上一门八二无坐力炮，它照样上下来去如同一阵海上的风。休息时，战士们逗伊尔，再这样发疯一样冲锋，就给你脊梁上驮门加农炮。伊尔像是听懂了话中的含意，竟然给了那个战士一蹄子。

岛上的部队搞训练，搞演习，岛上的民兵也加入进来，协同演习。有个叫海赖子的民兵瞧着伊尔好玩，他折了一根树条子当作指挥刀，他想骑到驴背上充当一回指挥官。他嘴里喊着，兄弟们，给我向上冲，冲上去每人五块大洋。

伊尔站着不动，海赖子用树条子抽打着驴屁股。伊尔低着头，猛一撒开蹄子，一头朝着树趟子里面钻进去，低矮的树枝和灌木一下子把海赖子从驴背上面挂了下来，挂得他满身满脸都是血口子。你以为你是谁，这许多年，守备连的战士谁也没有把伊尔当成驴，你也不是没看见，谁骑过伊尔？海赖子直向何大河诉苦，何大河让卫生员给海赖子包扎一下。别忘了，伊尔是守备连的兵，你敢骑我的兵，你这是自找倒霉。

海赖子也自认倒霉，这哪里是头毛驴，简直成了精了。伊尔跟战士们相处了十多年，它怎么可能不成精。

一九六二年的春天，伊尔破天荒地没像往年那样，扯着嗓子昂、昂、昂地嘶叫。也许它也知道，再叫再号，也呼唤不来它期待的异性同伴。于是，它也就消停了，不再嘶叫了。它不叫了，战士们反倒有些不习惯了。以前，只要听到伊尔的三次叫声，战士们都知道，换岗的时间到了。也许动物们与自然界有着某种沟通，伊尔每叫一次的时间就是三十分钟，甚至一分一秒也不会差。自从伊尔上了岛，岛上的顺口溜也多了这样一句，海耗岛，从前三桩宝，如今四件宝，海参鲍鱼渔家嫂，外加毛驴当钟表。

那些日子，一心想反攻大陆的国民党船只多次接近海耗岛，经过训练的水鬼（蛙人）也多次对海岛进行了侦察。小小海岛易守难攻，岛上配备有雷达，通讯设备，也有加农炮等重武器，可以对海面的舰艇实施打击。岛上有一个连的兵力，为了刺探一下岛上战斗力的虚实。美蒋特务出动了一个潜水小分队，十三个蛙人借着夜色潜水上岛，想端掉那个驻守在山下的哨兵班。那天午夜过后，海潮声也奄息了，月亮也隐藏到了厚厚的云彩后面去了。海耗岛睡熟了，守备连也睡熟了。蛙人从海水里面悄没声地爬到了礁石上，他们绕到了哨兵的身后，用匕首一下子刺进了哨兵的后心。他们的第一步行动计划完成了，他们蹑手蹑脚地靠近了哨兵班的营房，并把营房包围了起来。他们准备用突袭的方式，用手雷和冲锋枪的火力消灭哨兵班……

突然，夜空被撕破了，海面也给砸碎了。伊尔发出了一阵怒吼般的嘶叫，低沉而悲壮。所有的人一下子惊醒了，一下子都从睡梦中清醒了，战士们爬起身来，抓过身边的冲锋枪，披上衣服，训练有素地排起了战斗队形，疾风一般扑向了夜袭的敌人。哨兵班首先向偷袭的敌人开火，当山上的战士扑下山来的时候，形成了两面夹击。蛙人一见大事不妙，套上了蛙蹼，潜入了夜海之中。

敌人的这次偷袭，守备连牺牲了一名哨兵，而敌人扔下了四具尸体，守备连另有两名战士负伤。这是海防最前哨与敌人的第一次直接接触，守备连粉碎了敌人偷袭的阴谋，取得了胜利。

师团首长都来到了海耗岛，他们要为守备连庆功。

守备连选择了一块背风的山坡掩埋了牺牲的战友，他叫钟宏伟，是个北京兵。敌人训练有素，也太狡猾了，他们无声无息就出现在哨兵的背后，从背后捅刀子，真的防不胜防。那天晚上，岛上的看家狗们一条也没叫，反倒是伊尔用叫声发出了警报。

何大河站起来报告师长，这头一功，应该记在伊尔的名下。这深夜里的一声嘶叫，如同军号一样，把我们呼唤醒了。如果不是伊尔的一声呼唤，如果再慢半拍迟片刻，那个后果，蛙人端掉我们的哨兵班，恐怕已是囊中取物，后果真的不堪设想。

师长走到伊尔跟前，摸了摸他头上的那一只耳朵，人说一目了然，你是一耳中听。幸好你只有一只耳朵，如果是两只耳朵，恐怕也听不见敌人上岛的动静。既然连长替你请功，这功劳就应该记在你的头上。

因为这次反偷袭，守备连立了集体二等功，伊尔也立了二等功，守备连的官兵没有人有异议。往年，到了开春时节，伊尔就会昂、昂、昂地叫唤，它进入了发情期，它要呼唤它的伙伴快到它的身边来。可是今年却不相同，伊尔不叫了，正是因为午夜那一声嘶叫，其实所有的战友都听懂了，那是呼唤，呼唤战友们紧急集合，它一下子把战友们从睡梦中呼唤了起来，战友们听懂了伊尔的叫声，明白发生了紧急情况。伊尔打小就跟着部队南下打仗，十多年了，部队里的事情它似乎明白一些。它不但通人性，通人情，也通军情。

战士们从野草坡上采来了五颜六色的野花，编织成了两个大花环，套在了伊尔的脖子上。高兴之余，大家也没忘了那个牺牲在敌人刀下的钟宏伟，把另一个花环放在了他的坟墓前。他是因为战斗而牺牲的战友，另外的那两座坟墓里埋的是曲国基、王胜利。他们俩一个死于阑尾炎，一个死于胰腺炎。因为交通不便，遇到了大风天，船出不了海，本来不应该死的病症，得不到及时救治，只能眼睁睁地看着战友闭上了眼睛。

从蛙人潜上了海岛那年春天，伊尔叫过一回，从此，它再也没有叫唤过。即便是再明媚的春天，它也失去了嘶叫的激情。何大河看到过好几次，驮完了水的伊尔跑到山上最高处，张开嘴唇，龇露着牙齿，仰面朝天，不知想从吹过的海风里面嗅到点儿什么信息。这个时候，它会把肚皮下面的那条又黑又粗的命根子伸出来，不时地晃动几下。它喷着响鼻，嘴里嘟囔着，像是有什么话噎在嗓子眼里。

度过了灾荒年，何大河要回山东老家娶媳妇结婚了，他的老家在沂蒙山区，自古就是个穷得兔子不拉屎的地方。在海岛上这十几年的打拼，加上那次反潜战斗，他这个连长也立了功，受到了嘉奖。十几年了，头一次回家探亲，也完成他人生最大的一桩喜事。金榜题名，洞房花烛，在他青春鼎盛之际，都纷至沓来了。平时，他与战士们一样，也利用闲暇时间赶个小海。那年头，到了秋天，海里的螃蟹纷纷爬到了岸上，一个个顶着盖地肥。用海水把螃蟹给煮了，晒在太阳地里，等到晒得干透了，把螃蟹装进大布袋子里，来回晃动，螃蟹的壳破碎了，剩下的，就是金黄色的蟹肉干。探亲的战士带着这玩意儿回到老家，只要尝到了蟹肉干的人，没有不竖大拇指叫鲜美的。他还从渔民的手里买来了海米，海米就是虾崽子晒成的干，冬天包饺子，放上一把海米，就叫三鲜饺子。

在那个靠船停船的小码头上，战友们都来为何大河送行。伊尔也跟着来了，它挤不到近前，只能站在后面。何大河看见了伊尔，走到了伊尔跟前，拍拍它的驴头，猛然间，他发现，伊尔的脑门子秃了不少，白眼圈里面那圈黑睫毛也变得有些灰白。心里说不出是什么滋味，岛上所有的人，不管他是兵还是官，大家都有探亲的机会，可伊尔它只能待在岛上，它哪里都不能去，连一个伙伴也没有。我们孤独，它比我们更孤独。何大河心里有点儿悲怆泪下的意味，他对伊尔说，等我回来，一定给你带回一个伴儿来……

伊尔用脑门恋恋不舍地蹭了蹭何大河的肩膀，眼睛里露出了说不出的神情。

沂蒙山老家正是打麦子的季节，村里村外到处飘散着麦芒和麦子的香气。那个一心盼着何大河提升的闺女如愿以偿地当上了军官媳妇。她长得浓眉大眼，头上那条大辫子一直垂到腚下面。院子里喝喜酒的庄稼人一个个成了大风天的庄稼，东倒西歪，踉踉跄跄，踉头把式，簇拥着何大河进了洞房。身穿红袄红裤的新娘子正盘着腿在“坐炕”，她的屁股下面，叠着鸳鸯戏水的褥子，上面还有丹凤朝阳的大红被子。被子和褥子中间，还放着一把斧头。新娘子整整在炕上坐了一天，这叫“坐福（斧）”。盼来了新郎官，憋在肚子里的那个尿，就差从嘴里蹿出来了。快拿只尿罐儿到屋里来……哗啦啦的尿水裸露出来的那一面洁白的屁股……何大河脑子里一阵晕眩……一股火悄然在心底下燃烧了起来。这是他的媳妇，她当然没有必要避讳他。她在绣着大红双喜字的褥子上面，铺下了一块洁白的布。大喜的日子，干吗要铺白布？等一会儿你就知道了。新娘子大大方方地解开了红片红兜肚，两只乳房如同小白兔一样颤颤巍巍地跳到了他的眼前。再往下……他已经不能自制，就像狂风卷起的一道大浪，蓬头撒野地撞向了礁石。平时听故事听瞎话得来的那点儿性经验根本就不管用，倒是媳妇的那双手，就像摇船的橹杠，没有让他撞向礁石，沿着那条狭长的航道，驶进了陌生的港湾……港湾是温馨的，一股子暖暖的热流沁了出来……她情不自禁地呻吟了一声……她举起了那块洁白的布让他瞧，那上面，绽开了一朵鲜艳的“花”……你不知道，嫁给你是要检查身体的。我不怕检查，我一直为你守着黄花闺女的身子……洞房花烛夜，那个女人的身子似乎就是他的另一半，如癫如狂。那如胶似漆，那神魂颠倒，多少年的坚守，一旦寻找到了发泄的渠道，他已经无法遏制自己。一切如同行云流水，如同涨上退下的潮水。那一夜，他接二连三地趴在她的身上，不停地“战斗”，一直到了鸡叫了，到了东方天边露出了一线灰白……他想起了金榜题名，想起了洞房花烛。金榜题名，里面充斥着社会的功利。而洞房花烛，则是人的本能，与所有的动物们没有什么不一样的。院子里有了响动，有人已经起床了。何大河又想再做一次，睡眼蒙眬的媳妇嗔怪地，你们当兵的是不是一年到头看不见女性，冷不丁儿遇见了老母猪，也觉得它是双眼皮。要是遇到了姑娘，就会蓬头撒野不管不顾。是啊，说出来都是笑话，你们过的是世界上最美好的日子，而我们驻守在岛上的军人们有多孤独，只有大海知道。

也许何大河吃了那么多的海参，也许他终于知道了女人而且得到了女人，他由此想到了他的战友伊尔，它孤零零在海岛上，只有它一个，也许一生只有它一个……

新婚的日子里，他没完没了地耕耘那块香喷喷的土地，每一次干出了一身的透汗，他才会仰面朝天地歇息一会儿。过了片刻，他又会翻转过身体，朝着那座丰润的山头上面进攻……

在新婚的日子里，何大河更加坚定了他心中的念头，他一定要为伊尔带回一个伴儿，一定。守备连的官兵，都会娶上媳妇，都会有自己的家。如果不带一头母驴回海耗岛，伊尔它这辈子亏大发了。在那几天时间，何大河翻山越岭，走亲戚，串朋友，到处物色雌性毛驴。在山里，毛驴并不难找。黑眼圈的，白鼻梁的，长睫毛的，毛色纯黑的，好看的雌性毛驴却不多。有一天，在新娘子的舅姥爷家，何大河终于找到了一头四岁的雌性毛驴。更让他动心的是，这头毛驴没有生过小毛驴，更没有怀过孕，属于黄花姑娘之列。就是她了，何大河非要买下这头毛驴。可驴是生产队的，怎么好卖？多少钱？喊个数。生产队长思量了半天，看他是个解放军连长，就答应了何大河的请求，沂蒙山的老乡们还是有拥军的传统。他把毛驴牵回了家里，好草好料喂着。归队那天，牵上毛驴，回到海岛，让伊尔看看，战友多么够哥们儿，饱汉子也知饿汉子饥，他娶媳妇没有忘记战友，也给它带回了一个驴媳妇。

一切想象得都那么完美，归队那天，何大河傻眼了。火车不让毛驴上，汽车也不让毛驴乘坐。他不可能千里迢迢牵着毛驴从沂蒙山走到烟台码头。好在乡亲们都努力帮助何大河想办法，好不容易找到了一辆去烟台拉货的汽车，拉上千挑百选的毛驴，一路到了烟台。要上船了，码头上拦住了何大河和他的毛驴。人上船可以，而毛驴上船，那是万万不行的。何大河跟人家解释，我们有一个战友，它一直是单身。为了解决它的孤独，我特地在老家给它找了一个对象。你们不让它上船，这可是真正的半途而废。帮帮忙吧，同志们，我们不能饱汉子不知饿汉子饥呀。不管何大河怎么说，不管何大河说什么，你就是说得大海见了底，天塌了下来，我们也不能让你的毛驴坐轮船。解放军同志，这是规定，不是我们能改变的。这与你们的军令是一样的，绝对不允许毛驴上船。

何大河整个身心都坍塌了下来，这么点儿事情都办不好，我真的对不起伊尔。

在海耗岛，他何大河就是最高军事长官。连长从老家凯旋，战友们恨不能敲锣打鼓到码头上迎接。何大河的脸拉得与伊尔一般长，脸上堆满了乌云。尽管何大河没有给伊尔把媳妇带回岛上，可伊尔却显得十分高兴，它不时地凑到何大河的身边，嗅嗅他的衣服，闻闻他身上的气味。伊尔从他的身上嗅到了那头雌性毛驴的气息，它对何大河表现出分外的亲昵。心里有多愧疚，只有何大河自己知道。

“文革”前，已经当了团副政委的老连长赵铁钢要转业了。离开部队的前一天，赵铁钢来到了海耗岛。这回他不是视察，他是来告别的。当年的老兵已经没有几个了，伊尔还没有忘记赵连长，赵连长拍拍它的脑门，说了一句对不起了……何大河把为伊尔物色媳妇的事跟赵铁钢说了。赵铁钢叹息了一声，我当连长那会儿，也想过给伊尔找个媳妇。可是，没有编制，要牵上岛来跟伊尔做伴儿毛驴吃饭问题解决不了。没有办法，只能放弃。

没有亲身经历，哪里来的这个想法。美不美，就跟媳妇睡。回乡结婚那天，何大河才冒出给伊尔不娶个媳妇，也得给它找个异性伙伴的念头。它已经一天天老下去了，它有点儿太亏了。看到已经脱下军装的赵连长，何大河又想起了当年发生的那件事，伊尔救活了吕寡妇。说句心里话，如果真的出了人命，那可要寻根溯源。这位渔家嫂也真有点儿丈夫气，从未从她的嘴里透露半点儿真情。事到如今，时过境迁，何大河也不避讳什么，他直截了当地问赵连长，来到海耗岛，不想再见什么人？

赵连长似乎有未了的心愿，他摇了摇头，长长地叹息了一声。他从口袋里掏出了一个信封，递给了何大河，这是三百块钱，你替我转交给她吧。

何大河认定了自己从前的猜测，此时的他有些愤怒，他忘记了面前站着的赵铁钢是他曾经的首长，他更没有接过信封，事到如今，你还有什么好担忧的，见一面又能如何？

赵铁钢沉默了好一会儿，他有些无奈地说，剪不断，理还乱，还是不见了吧。

何大河吼了起来，军人的血性哪儿去了？大不了老婆离婚，大不了工作不要了，就在海岛上打鱼当个渔民，不也是一辈子吗？

赵铁钢和风细雨地说，这次到岛上来，我思想斗争了很长时间，才下的决心。大何，你答应老连长，一定要完成我交给你的最后一次任务……

何大河接过了赵铁钢递过来的那个沉甸甸的信封，人家不接受，我再给你寄回去。

吕寡妇从大长山岛回到了海耗岛，她似乎犯下了十恶不赦的弥天大罪，没有人再敢跟她接近。记得那天，吕寡妇从大长山岛回到海耗岛时，小小码头没有一个迎接她的人，不知是不是有意，伊尔站在码头上，迎候着从船上走下来的吕寡妇。想起它救自己的那一幕，吕寡妇挺感动，她一下船，就摸着驴头上的那一只耳朵，嘴里念叨着，你呀，比有的那些人强，他们都比不上你。你救了我的命，你有情有义还来迎我……

吕寡妇回岛以后，提着水桶来到井边打水。恰巧战士小胡和伊尔也在驮水。驮上两桶水的伊尔并不往山上的石阶走，而是一直站在井边等着吕寡妇。吕寡妇往家走，伊尔跟在她的身后朝着小屯子走去。小胡喊起来，伊尔，你这是往哪儿走，错了……任凭小胡怎么喊，伊尔就是不回头，一直走到屯子西头、吕寡妇家的院门前。它也不叫，只是打着响鼻。吕寡妇从屋子走出来，看见伊尔背上驮着水，她简直感动得不知如何是好，伊尔这是给她送水来了。她的鼻子一酸，眼泪就落了下来，你说你呀，伊尔你要是个人有多好……吕寡妇往伊尔的嘴里塞了一块苞米饼子。她念叨着，你呀，可惜就是不会说话，其实你心里什么事情都明白。

小胡走过来，拉着伊尔的笼头就往回走。好个伊尔，你叛变了，把我们的水送给了别人，回去把你报告连长，好好训你一顿。

何大河听说了伊尔给吕寡妇送水的事，他没把它看成是稀奇的笑话，他的心情反倒沉重了起来。她没死成，她活过来了，应该抚慰她，而不应该疏远冷漠。再想想，吕寡妇能一个人背着骂名，从未透露出种下孽种的人是谁。一个宁肯自己受辱而保护别人的女人，她应该是高尚的。但是，何大河不能鼓励自己的战士靠近吕寡妇，他只能说，伊尔毕竟是头牲口，再说，伊尔也是头老驴了，不，它是个老兵了，劳动强度也不要太大了。由着它吧，能驮多少就驮多少。

事后，何大河把赵铁钢留下的那个信封交到了吕寡妇的手里。吕寡妇看见信封里面装的是钱而不是信时，她什么也没说，把信封又交还给了何大河。当天晚上，何大河给赵铁钢写信，抱歉地告诉老连长，他没能完成交代的任务，只能把钱原封不动地寄回去了。

这么些年了，只有何大河能够理解伊尔，驻守在弹丸大小的岛屿之上，意志薄弱一点儿的人孤独了几年，真的有抑郁和狂躁的危险。他扳起手指数一数，整整十七个年头了，十七年，侯指导员调离了，他何大河跟伊尔成了岛上最老的兵了。怪不得伊尔已经有多少年不在春天嘶叫了，它已经老了。从它登山的脚步中能看得出来，它的步履有些蹒跚了，蹄子也显得有些沉重，不像前些年那样灵活了。它的脊梁骨一定长了骨刺，只要把水桶往它的背上一放，它都会情不自禁地打个哆嗦。

这一年的春天，伊尔依然没有吼叫，它只是在明媚的阳光里，把它肚皮下面的那个命根子伸了出来。本来司空见惯的举动，可是何大河却看出了反常。那命根子本来就是黑乎乎，丰满而富有弹性。可今年春天里的命根子，黑也不那么黑了，是灰黑，而且上面缀满了苍白的斑纹，就像生在老人面颊上的老人斑。从前像海洋一样清澈透明的眼睛，而今也已经浑浊了，从前抹不去的野性如今让苍凉与茫然替代了。伊尔的牙齿也脱落了不少，留在嘴里的，也像一根根枯死的老树根桩。除了平时喂给它的饲料，伊尔已经吃了许多年海岛上生长的那种叫不出名字的野草。野草的耐盐碱性很强，嚼嚼野草的茎叶，似乎有盐的咸味，也有碱的苦味儿。这种生命力极强的野草，养分极少，因为海岛上的青饲料少，伊尔也只能吃这种野草。

因为海耗岛的战略位置太重要了，何大河驻岛的这些年，守备连训练有素，战斗力过硬。因为那次偷袭事件，敌人也领教了海防战士的厉害。从那以后，远处的公海有敌人军舰在游弋，他们再也没敢派蛙人潜到岛上来。建国近二十年，何大河是驻岛守备连最出色的一位指挥员。几次要提升，因为何大河的特殊角色，找不到比他更出色的人选，只好先委屈他在岛上多带几年的兵。其实，真的让何大河离开，他还真有些舍不得。后来，守备连改成了加强连，何大河成了副营职的连长。

那天早操过后，小胡像往常那样，提着两只水桶，他要跟伊尔一起到山下的淡水井那儿驮水。伊尔倒在地上，小胡喊了几声，也没见它起来。到了跟前，用脚踢了它一下，它居然没有反应。再细一看，伊尔已经不再呼吸了，它的眼睛半睁半闭，那只耳朵耷拉了下来，它的身体已经僵硬了。

小胡喊了起来，伊尔死了！

守备连的人都跑了过来，大家围在伊尔的跟前，摘下了军帽，低下了头，默默地肃立着……何大河蹲下身来，他用手抚摸着伊尔那有些粗糙的眼睑，让它把眼睛闭上。从没有流过眼泪的何大河哭了，他的眼泪滴在了战友那一只耳朵上面……

伊尔死了，它是怎么死的？军医摸了摸它胀鼓鼓的肚子，他说，伊尔的肚子里长了东西。长的什么东西，不得而知。伊尔除了吃喂它的饲料，一年到头，它吃的都是海岛贫瘠土地上生长的那种碱蓬草，这么多年，能不吃出症结吗？

把伊尔安葬了吧，与先前那几个牺牲在海岛上的战友们埋在一块儿。

何大河请示了团首长，他想在伊尔下葬的时候举行一个仪式，让守备连的战士们鸣枪为牺牲的伊尔致哀。听到这个消息，团首长沉默了一会儿，同意了何连长的请示，可以为一名默默服役了二十年，连津贴费也没有的老战士鸣枪致哀。

吕寡妇来了，岛上的不少居民也来了，他们按当地的习俗，把一块写了经文的红布，盖在了伊尔的身上。吕寡妇小声地抽泣着，战士们的鼻子也都酸了。

伊尔要下葬了，全连的战士们全副武装，荷枪实弹，表情都冷峻而肃穆。何大河把第一把土撒在伊尔身上的时候，他的战友们举起枪来，朝着蓝天上射出了一排子弹。清脆的枪声惊起了一群海鸟，洁白的海鸟就像披着一身白纱的精灵，盘旋在蓝天里。大海也卷起了花浪，蔚蓝色的海浪上面，翻卷起了一撮撮洁白的浪花。

何大河对伊尔说，只要我活着，我就会来看你的。

伊尔走了，海岛上似乎一下子消逝了许多东西。安葬它的那天，守备连的官兵们整整一天没有吃喝，也没有人说笑嬉闹，那心情，悲痛，沉重，像是失去了一位亲人一样。

就在伊尔死后不久，上级组织部门到岛上找何大河谈过话了，还是有关他提干的事情。从前，他有过这样的念头，而如今，他却萌生了转业的想法。真的，家里有年老的父母，还有老婆孩子。因为没有读过书，他也没有多少水平，也就能当个连长。二十多年了，也当到头了。让年富力强的战友们干吧，我真的想回家了……

看他情真意切，上级也没有勉强何大河。

到今年，整整过去了四十年。何大河已经八十岁了。趁着腿脚还能动弹，他还想回一趟海耗岛。他知道，岛上还驻守着守备连，用的还是当年的那个番号。铁打的营盘流水的兵，一点儿也不假，海岛兵营依旧在，可守岛的兵却不知换了多少代。转业以后，何大河年年都要给守岛的官兵写信，叮嘱他们，千万别忘了在清明节那一天，给牺牲在岛上的战友们扫墓。记住，还有那个名叫伊尔的战友。今年如果再不回到海耗岛，可能他这一生再也没有机会了。于是，他下定了决心，要回到海岛去，去看一眼他的战友。守岛的战友给他回信，让他放心，每一个守岛人离开的时候，他要交代给后来者的任务就是，别忘记给战友扫墓，还有那个名叫伊尔的战友。他相信后来的战友们一定会铭记在心，他也要再登一次海耗岛。

何大河固执地要去，他心里怎么想的，别人也不得而知。真的，那个小小的海耗岛，他把他一生当中最美好的青春奉献在那儿了，那儿还有他最好的战友……从山下到山上，三百六十级台阶，不知多少次的上上下下，崎岖山路上的石头已经磨损得有些光滑。如今再也用不着人或者是驴往山上驮水了。通了电的海岛已经装备上了小型的海水淡化设备，一切都那么现代，那么时尚。海岛与大陆，似乎不再隔绝。在几个战士的搀扶之下，何大河登上了山顶，来到了牺牲在这里的战友们的墓地前，在他的耳畔，海风送来了伊尔那昂——昂——昂——的叫声。几只海鸟在他的眼前盘旋着，似乎在为他引路。那洁白的翅膀，就是一条条白色的招魂的灵幡，他伸出手，想把它抓在手里，他嘴里喃喃着，我要留下了，我要留下了……我要在这儿陪陪伊尔，我的好战友，它太孤单了……

大船“倒”了

三百亩的海，老大一块地儿。这片海归葵英所有，海里的鱼虾，海底的海参鲍鱼，所有的海物就连一根海草自然也归葵英所有。这片海就像一个小小的王国，可在葵英的心里，它更像一个小储蓄所，时常会有想不劳而获的窃贼光顾。几年前，船倒了（翻了），葵英的丈夫韩山死在了海上。虽然老辈子人说女人出海不吉利，可葵英天天都要驾着小橛子（小舢板）绕着自家的海转一转才能放下心来。今年的寒潮过去了，大海就像闯了祸的孩子一样，格外地温顺驯服。天上没有一丝风，海面不翻一缕浪，太阳从海里钻出来，雾气就散了，天气立马暖和了起来。放在海底的海参苗长了两年，它们的脊梁上长满了五垄刺。接下来会是风和日丽的好天气，她就可以叫来大头（潜水员）下到海底帮着她抓参了。

今天也怪，葵英拉了几次绳子，也没能发动起那个推进器，索性操起橹，晃着膀子有节奏地摇起了橹。经历了寒潮，海水有些僵硬。海面平静得就像一面镜子，随意朝下一瞅，就能瞧得见自己映在海里的倒影。人都说："大象岛，三桩宝，海参，鲍鱼，渔家嫂。"要说渔家嫂，论长相，也许没有多么地妩媚。守海巴沿长大的渔家姑娘，吃着海鲜，沐浴着海风海浪，她们美在了身段，美在了健壮。渔家姑娘出了嫁沐浴爱情的春水，会滋润得更加绰约更加动人。她葵英偏偏又是渔家嫂里的精品，生得腰是腰，胸是胸，从上到下，凹下的，凸出的，起伏有致，柔和得就像海风骤起的波浪一样。再瞅人家那脸盘儿，海风吹不皱她的皮肤，太阳晒不黑她的脸。都说红颜薄命，说得也真到位，葵英三十来岁就守了寡。想起人们背地里说的话，丑媳妇是家中宝，俊女人是克男人的祸星……手不禁打了一个哆嗦，那橹印子就从橹锥子上滑了下来，小橛子打了个趔趄，海面上一下子溅起了破碎的波纹，把她的影子撕得破碎不堪。

太阳渐渐地从云雾弥漫的海平线升高了，前面不远的地方，漂浮一个朱红色的物体，葵英以为自己的眼睛花了，搓了搓眼睛再定睛一看，真的就是有东西漂浮在海面上。来不及多想，葵英急忙摇橹过去，近了，她看得清楚了，海面上漂着的是一个人，他的怀里紧紧地抱着一块白色的硬泡沫。靠得近了，只见这个人眼睛紧闭，葵英伸手过去，试了试他的鼻息，似乎还能感觉得到一丝悠悠未绝的气息。她想把这个人从海水里拉到她的小橛子上，可他死沉死沉，抓都抓不住，索性用绳子套住了他的胳膊，葵英用脚蹬住了船帮，自己为自己喊着号子，一二，一二，渔家嫂的力气就是不同于平常百姓家的女子，她到底还是把这个不知在海上漂泊了多久的落难人拉到了船上。

来不及喘口气，她要忙着救人，这个人的双眼紧闭，全身僵硬，就同死人差不多，再不施救，他能不能活还是两说。于是，葵英想先解开他身上的外衣。朱红色的外衣是防水的，里面的衣服已经给海水浸透了，还有他怀里死死抱着的那块硬泡沫。葵英用刀子割碎了泡沫，再割开他身上的外衣。她脱下了自己的羽绒服，包裹在了他的身上。

你是谁呀，快醒醒吧，幸亏你遇到了俺，算你命大。葵英说的是真的，如今这海头上，哪有起大早出海的。玩牌的玩牌，喝酒的喝酒。起五更爬半夜的劳累活儿都是外来打工仔做的。

念叨了一阵子，那个人还是没有什么反应。伸出手，再试试他的鼻息，似乎什么也试不到了。再摸摸他的身子，冰冰冷，没有一丝的热乎气。葵英的心一下子提了起来，他会不会死了啊……她的头皮一阵发麻，一股凉气从脚后跟直冲到了脑门，她这辈子最最怕的就是死人。一想到在她这条小橛子上，和一个从海里救起的死人在一起，那一瞬间，她真的有些后悔，不该从海里拉起一具僵尸。顿时，她又想把他从她的小橛子上掀到海里去。她的手触摸到了他的躯体，她又打了一个哆嗦，她触摸到的是很细嫩的皮肉，属于年轻人的那种滑腻，皮层下的细胞似乎并没有僵死，他需要热量，需要氧气，反正他需要的是帮助。他还活着，他还有生命迹象，他需要她的救助。不能再多想，葵英骑到了他的身上，用力按他的胸，用力……没有反应，她掰开他的嘴唇，用力往他的口腔里面呼气，用力……她隐隐约约地感觉到了他那微微的心跳，如果有家里的热炕就好了，他需要的是体温，如果长时间处于低温状态，即使救活他，他的大脑皮层脑细胞也会僵死。葵英连自己的内衣都脱下了，与他皮贴着皮，肉贴着肉，她紧紧地贴着他，你不能死，你要活过来，你能活过来……葵英把自己身体的热量毫不保留地传送给了这个陌生的年轻男人，她喃喃着，现在如果真的有铺大火炕，也真把你给毁了，就这样最好，一点儿一点儿的，没听说吗，快要冻死的人要在冰水里面缓才行……

不知忙活了多久，葵英感觉到了，对方的筋骨有些松软了，皮肉不再僵硬而有些松弛了，气息也明显了，脉搏也均匀了。他活过来了，葵英的心这才放了下来，长长地呼出了一口气。不能这样待在海上，羽绒服在他的身上，她冻得瑟瑟发抖。心里一着急，她一下子就把发动机发动了起来。她也顾不上巡视她家的那片海了，飞快地将船开到了岸边。好在她的家离岸不远，好在渔家嫂有劲儿，把这个陌生人背进了家门。先用被子给他捂上，然后再给他熬上姜汤。

喘上一口匀乎气，她才细细端量自己救活的这个人。一个年轻男人，看上去也就二十五六岁的样子，面相也挺厚道，粗眉大眼的，像个北方人。他好不容易才将眼睛开启了一条缝隙，用感激的目光看着她，可她从他的眼睛里面却看到了惊恐和不安。

岛上有卫生所，我带你去看看吧？

年轻人摇了摇头。

你是哪里的人？你怎么落海了？

年轻人只是摇头，也不说话。

葵英疑惑顿生，他会不会是个偷渡分子，会不会是个被追捕的网上逃犯？葵英想到了报警。岛上虽然没有派出所，但却有一个边防武警，还有两个协警。海耗岛不大，人也不多，刑事案件也很少发生。因为海岛地处海防前线，对于外来人员，葵英的警惕性还是有的。她试探地问了一句，要不要报警？

听说要报警，那个年轻人有些慌乱，他用力地摇头。

你是不让我报警？

年轻人点了点头，眼睛里盈满了感激之情。

我不报警，但你要跟我说实话，你是哪儿的人？

任你怎么询问，年轻人就是不再吭声。他微闭着眼，能感觉得到肯定有他的难言之隐。既然不愿意说，那就憋着吧。葵英也不再问了，她去做饭，救人要救到底，要让救活的人吃饱肚子，再从她这儿离开。她不是图报答才做好事，她就是遇见了，才伸手帮了一把。出海人不能见死不救，这是她爹说过的话，也是出海人不成文的规矩。

饭都是现成的，只不过热了一下，苞米楂子粥，小咸鱼。也许是热炕热粥，她瞅着年轻人的额头上冒出了汗水，那汗水也是冰冷的，似乎是从他骨子里挤出来的海水。她的心放下了，冒汗了，说明心里的寒气也就出来了，人也就不会落下什么毛病了。被救的人很想吃饭，但他似乎因为付出了太大的气力，刚刚从死亡线上挣扎回来，还是显得有气无力。他并不安分地打量着屋里，保持着警觉。葵英也警觉地注视着他的一举一动。

家里就你一个人？轮到被救的人发问了。

是，就一个人。

怎么会一个人呢？

怎么不会一个人呢？

不好意思。

该问的就问，不该问的，就别问。

对不起啊……

你还没告诉我你姓什么叫什么呢？俺总不能稀里糊涂地救一个人吧？

年轻人迟疑了好一会儿，也没有回答葵英的询问。

我明白了，你是个有案子在身的人。

小伙子迟疑了一下，扭过头，不再吭声。

趁着没有人看见，你悄没声地走吧。让人逮着，你可别当叛徒把俺给卖了。

大姐，什么时候有船？

今天是单日子，明天才有船。要上船，边防要查验身份证的。你的身份证带在身上吗？

小伙子摇了摇头，我的身份证押在老板手里。

没有身份证，绝对不能登船。海耗岛，岛子不大，对外来人员管理可严了。你的老板是谁？找他要啊，哪怕他用传真给你发过来一张复印件也行，我可以帮你办一张临时身份证。

小伙子回避着葵英的目光，能感觉得出来，他的内心似乎正在做着艰难的抉择。葵英也更加坚定了自己的判断，她拯救出冰海的这个年轻人一定身藏不同寻常的案底，否则，他必定会打电话，十分急切地找到他的亲人，找到他的船主东家。他前怕狼后怕虎犹豫不决闪烁其词吞吞吐吐，海岛虽然不是天涯海角，在这个茫茫大海簇拥的海岛之上，也常常是逃犯选择的隐身之处。这个年轻人会不会就是一个双手沾满了鲜血的杀人犯，或者是一个罪恶累累的惊天大盗？可怎么看，怎么不像。葵英的心也没悬起来，但经过这段短短时间的接触，她也看出来了，这个年轻人是个老实人。在海上救他的时候，葵英用鱼刀把他身上穿的衣服割得七零八落，裤子也是如此。回到家里，葵英把丈夫韩山从前穿过的衣服，从衣柜里找出来，让这个素昧平生的男人穿上，她当时没有舍得扔掉、烧掉，都是好衣服。小伙子换衣服的时候，遮遮掩掩，羞涩地躲开了她的眼睛。从这一细微的举动，看得出来，他还是个大男孩子。

我叫你大姐，还是叫你大嫂？

随你便。葵英表面上漫不经心，其实她很在意他到底是谁。

那我就叫你大姐吧。

叫什么不重要，你应该告诉俺，你姓甚名谁了。

沉默了一会儿，年轻人终于开口了，大姐，我姓吴，是黑龙江伊春人。前年我在老家，把人家的草垛给点着了……

葵英看了小伙子一眼，果不其然，她想到了。凡是能到这偏远海岛打工的，没有几个就是想打工挣钱的，来到海岛上的这些人身上多多少少都隐藏点儿不可告人的私密之事。

小伙子把头低下了，看得出来，他不是悔恨，他似乎有些委屈。

吴建国的性子挺懦弱的，不像他爸，他爸是个挺刚烈的人。他出生时，爸瞧着他裆里的那根把儿，美得合不上嘴，一个劲地念叨，乡下不比城里，过日子得有个带把儿的，没有带把的，家里出力的活儿没有人干不说，还要受人欺负。要顶起门户过日子，家里真的要有一根顶门杠子，这根顶门杠子就是家里的主心骨。吴建国的妈是个日本遗孤，她一直小心翼翼地过日子。因为嫁给了建国爸这样的男人，她才能挺起一点儿腰杆。当年，日本人在东北种大米，他老家虽然气候冷得煞实，可种出的大米却是香气十足。吴建国出生后的第三个年头，生产队长带着村里的一群男人们借着大雪封山的日子，偷偷地去砍大树卖钱。结果，砍倒下的落叶松把建国爸给砸死了。带着他们去偷着砍大树的吴良新以生产队的名义，给建国爸命名了一个烈士。这个吴良新不是个好人，他的肚子里多出了一截花花肠子，一直惦记着吴建国的妈妈。只要有机会，他就想占有这个日本女人，这似乎成了他的心结。当年大人们的事情，吴建国只有朦胧的意识。因为父亲的死，吴良新以为机会来了，他瞅个空子，就去接近这个日本女人。建国妈说了，你就不怕孩子爸爸在半空中的那双眼睛？他人不在了，他的魂儿还在。吴良新听了这话，倒也收敛了一些。建国姐姐吴中华中学毕业了，长成了大姑娘的吴中华成了吴良新关注的新猎物。他把目光移到了更加美丽更加年轻的吴中华的身上。本来吴中华是想出远门打工的，她不想生活在村长那不怀好意的阴影下面。就在吴中华准备离开老家的时候，村长家托的媒人走进了吴家，她是来给村长家的儿子吴中宝说亲的。吴中宝傻了吧唧的，脑子缺了根弦。姐姐嫁给了吴中宝，是出于无奈。姐姐可以一走了之，可是，姐姐也明白，她也许可以暂时地解脱，但是，她走了，留下的却是全家人的灾难。吴良新这个地头蛇经营这个村子几十年了，镇里，县里，还有派出所，在这一亩三分地上，他要做什么那就是时间早晚的事，他就是说一不二的土皇帝。姐姐听从了媒人规劝，牺牲了她自己，她想换回一家人不再受欺负，也换回吴良新对她家人的不再纠缠。吴良新是不再纠缠吴家人了，但是，新婚三天后回娘家的姐姐扑进妈妈的怀里，放声痛哭了一场。娘儿俩抱在一起哭了半天，开始还瞒着建国，后来建国也知道了，姐姐新婚当天晚上，因为陪客人，她也被逼得喝了不少的酒，加上忙碌了一整天，她疲惫不堪地爬上了炕，昏昏沉沉地进入了梦乡。走进新房的那个人并不是吴中宝，而是吴中宝的父亲吴良新。当天晚上，新郎官拿着吴良新给他的钱，高高兴兴地到城里找小姐玩耍去了。老公公却美滋滋地当了新郎。因为吴良新吃的都是最新鲜的鹿鞭，他耕耘这块美丽的处女地，就像不知疲倦的三岁公牛。直到天明时分，吴中华才发现睡在身旁的不是自己的丈夫，而是丈夫的父亲、自己的公公。为了自己家的安宁，她宁可牺牲自己一生的幸福，可她怎么也没有想到，这个吴良新竟然采用了这种方式占有了她。吴良新这种无耻之徒一点儿也没有羞耻之感，他反倒规劝儿媳妇，他不可能让智商低下的儿子为村长家族传宗接代。所以，他采用了婚娶这种体面方式，名义上，她是村长家的儿媳妇，她走进村长家门的那天，她就可以风光无限。只要她能为村长家生下一个健康聪明的孩子，她就算村长家的功臣。村长家有花不完的钱，她可以享尽天下的荣华富贵。在这一亩三分地上，她也成了说一不二土皇帝的娘娘。

就在姐姐回门的当天晚上，吴建国咽不下这口气，他一把火，烧了村长家的那座全村最大的草垛。他以为他在深更半夜放火，没有人会知道。可草垛烧完了，村长就带着派出所的警察找到了吴建国。谁也没有想到，村长家四周都安装了摄像头，吴建国放火前前后后的经过，全部让摄像机清晰地记录了下来。妈妈哀求亲家，孩子不懂事，念在亲家的分上，饶了他吧。村长也很大度，可以念在亲家的面子，不追究这小子的刑事责任。但是，他必须离开村子，不准他再回来。只要他敢回来，派出所可以立刻将他逮捕归案。吴建国并不想离开老家，不想离开他的妈妈和姐姐，因为他是家里的顶门杠子，但是，妈妈和姐姐都让他离开。他离家外出打工，完全是村长给逼的，他在老家没有安身之地，甚至没有立锥之地，这个地方，有吴良新这条地头蛇的盘踞，他不会有好日子过。外出打工，也不失为一条新的谋生之道。村长在老家一亩三分地上当土皇帝，惹不起他，咱躲得起他，男子汉大丈夫四海为家，此处不养爷，自有养爷处。

离开老家的吴建国从东北一直往南，一直走到了大海的边缘，他才停下了脚步。小时候，他就渴望能看到大海，他就希望能当一名水兵，能当一名水手。真的来到了大海边，他一定要选择一个与海相关的工作，哪怕再苦再累，他也不怕。

海边与海相关的工作并不难找，牵线搭桥的人问吴建国，想挣大钱吗？是，哪个人不想挣大钱。于是，那个人就把建国带到了海岛之上。在这儿，他遇见了那个准备雇用他的人。他姓甚名谁，吴建国不知道，反正都称他龙哥，他也真的有龙头老大的范儿，面相生硬，表情也生硬，说话的口气也像丢出来的石头，硬邦邦的。一个类似狗腿子的人收走了建国的身份证，同时扔给他一捆百元大钞，他卖身的过程在短短一瞬间就完成了。那个狗腿子说，钱先支给你了，先安下身来，咱这码头之上，吃喝玩乐，应有尽有。好好享受生活吧。

吴建国心里热乎乎的，他有点儿无功即受禄的感受。他来到的这个码头不大，是个专门停泊渔船的码头，偶尔也有运送货物的船靠帮。那个狗腿子说的没错，庙小妖风大，水浅鱼鳖虾蟹多，小小的码头之上，花花绿绿，纸醉金迷，花天酒地。来到码头的当天，吴建国头一次品尝到了螃蟹的味道，刚刚从海水里捞出来的螃蟹，要多鲜美，就有多鲜美。正咂吧着螃蟹腿的时候，那个狗腿子坐到了他的对面。他冲着服务员打了个手势，服务员跑过来躬下身子洗耳聆听。你给咱这哥们儿再上点儿大虾、海螺、海胆，再来瓶二锅头。吴建国说，我不会喝酒。狗腿子说，初来乍到的，海鲜虽鲜，可属性凉之物，喝点儿白酒暖肚子，不会伤你的胃肠。狗腿子又叮嘱服务员，下锅的时候，要多放些姜丝。这哥们儿是东北来的，吃了咱这生猛海鲜再跑肚子拉稀，等于没吃。吴建国心里真的充满了感激之情，吃到最后，他要结账时，那个狗腿子挥了挥手，到了这儿，用得着你结账。告诉你吧，你就是去找小姐，只要报上龙哥的家门，小姐连小费也不会朝你要的。

同在一片蓝天下，也就是火车一天一夜的路程，吴建国庆幸着自己的幸运。海边人的性格比起天寒地冻的东北，似乎性情更接近大海。狗腿子说了，出海的人信奉的四句话，出大力，挣大钱，喝大酒，操大 × 。好汉占九妻，好汉不挣有数的钱。从前人们瞧不起“破鞋烂袜子”，可如今，大家是笑贫不笑娼。走吧，我领你唱歌去。

吴建国知道，吃了海鲜，接下来就进入下一个节目，那就一定是找小姐。吴建国推说，坐了一天一宿的火车，才刚刚找到住的地方。他也累了，他想回去睡下了。狗腿子也没有再勉强，那也好，好饭也不能一顿都吃了，那样也品不出滋味，等到你缓过神来，再慢慢地潇洒吧。

临出门的时候，妈嘱咐吴建国，出门在外，找活干也要找靠着本事挣钱吃饭的活，咱有毒的不吃，犯法的不做，什么祸事也就找不到咱身上。千万千万要记住，不能跟坏人交上朋友。守好人，学好人，守着巫婆跳大神。要跟着好人学，要走正道，千万不能走歪门邪道。今天晚上他喝了酒，肚子里火辣辣地热。来到了陌生之地，身上身下的被褥潮湿极了。海边的潮气大，幸好喝了酒，酒的热度也足以抵抗得了潮气。吴建国是个挪了地方就不能睡觉的人，这次是因为喝了酒，他很快就睡着了。说是睡着了，其实是似睡非睡。小时候，他喜欢搂着妈的一条胳膊睡。长大了，他喜欢抱着枕头蜷缩身子睡。他经常做梦，他梦见的都是些稀奇古怪的人和事。男孩子念书时节，正值情窦初开时，心里都会装进一个偶像或者说是梦中情人。吴建国没有梦中情人，也许他恋母情结很重，他一直把教过他的女教师吴小凤当成梦中的恋人。吴小凤因为从前家庭出身不好，她一直没有出嫁，四十多岁的单身女人，虽然说不上有多么漂亮，但她很有气质，那举止做派，说话的口吻，在乡下很难见到这样的女性。农村学校的教师素质很是低下，经常体罚学生，而吴小凤则不然，她体罚学生的方式就是罚站，哪个学生惹了祸，她就会让学生站到教室的门外，面朝着墙壁，自己反思自己的过错。她说话的嗓音是有点儿浑厚的中音，她要是去唱歌，一定不比关牧村差。因为他不是个调皮的学生，他很少受到过老师的批评和体罚。有一次，他试探着没有完成作业，老师没有让他到门外，而是让他与另外几个没完成作业的同学一起站到了讲台的前面。近距离地面对老师，他闻到了老师身上的那股带着檀香气味的体香，还看到她那双柔软的手。那一刻，他甚至渴望老师能用手指戳一下他的额头。老师的脑后永远地垂着两条粗粗的短辫，她似乎向世人昭示着一生守身如玉的决心和性格。从来也没有人冒犯于她，她也永远不会招惹是非。他却时常在梦里冒犯于她，一个年长于他很多的女性。也许正是在幻觉当中一直不断地出现老师的幻影，除了烧村长家的草垛，他没有做过坏事。

吴建国真的没想到自己能活下来。他被人救了，没有淹死，没有冻死，一个女人把他从冰海里拉到了船上，她割开了他的衣服，她为他做人工呼吸。不见他缓过来，她脱下了衣服，甚至脱下了薄薄的内衣，她把衣服捂在了他的身上，并且嘴对嘴地朝着他的嘴里呼气，是她把氧气送进了他的肺里，把热量传到了他的已经僵硬的身体。他的血液已经快要给冻得凝固了，她的热量一点儿、一点儿将快要凝固的血液融化了，让它流动了起来。这个海头边的渔家嫂也真有劲头，一口气把自己背到了家里……

吴建国的脑子一直很清醒，他被解救了，意志力却坍塌了，脑子昏昏沉沉，一片混沌。他知道，救他的那个女人并不希望他滞留在她的家里，凭着感觉，他知道，这个女人过着独居生活。温热的炕头灼热他的身体，漂在海上时，死神没能把他拉到阴间去，病魔已经侵入了他的身体，他一直用意志力抗拒着，此时此刻他知道，自己有救了，他的意志力才崩溃了，他可以安心地病一场了……

感谢那块大泡沫，抱着那块泡沫，他就像抱着妈的胳膊一样，紧紧地，仿佛他要松开手，妈就会离他而去一样。一只手伸到了他的面前，拉他上船并把他背到家里的这个女人是想用手试一试他的额头，看看烧得体温有多高。她的手还没有触摸到他的额头，他似乎感觉到了，他一把抱住了她的手臂，他像蛇盘树干似的，紧紧地箍着那个女人健壮而丰腴的胳膊。女人试着挣脱，她没有用太大的力，她只是试了一下。感觉抽不出胳膊，她也就不再抽了，任由他抱着。她还是伸出了左手，摸了摸他的额头，试了试他的体温。从她细微的举动，他感觉到了，他遇到了一个心性善良的女人。

也许因为他感觉自己安全了，迷糊了没有一会儿，就合上蒙眬的眼睛。不知几天几夜没能合上眼睛了，也许他困乏极了，他坐也坐不稳了，一头倒在了炕上，一会儿，他就睡着了。她想给他垫上一个枕头。可她又怕搬动他的头，他会醒过来。于是，由着他睡吧，人长时间不睡觉，是极容易崩溃的。这时候，如果有人走进她的屋里，看见炕上有一个年轻的男人在酣睡，她不知该做何解释。她时不时地抬起头，朝着窗外望去。本来越担心的事情，越有发生的概率。偏偏今天不是这样，她越是担心有人来，越是没有人来。也许是冥冥之中的那种神秘的力量帮助了她，才没有人走进她的家门。等到他睡醒了，缓过神来了，他就会离开的。到时候，她一定会帮助他离开海耗岛。

他一直发着高烧，一直睡着。给他服用了感冒灵，她能做的，就是给他喝开水。他那干裂的嘴唇烧起了大泡，瞳孔里一点儿神采也没有。看他病成了这样，葵英动了恻隐之心。烧成了这样，最好能到卫生所去挂个吊瓶，输液好得快。她跟吴建国说了，她想送他到卫生所去。吴建国却摇了摇头，他宁可忍受着高烧的折磨，也不想将自己暴露在众人面前。葵英还是去了卫生所，她让那个和兽医水平差不多的大夫树喜开了消炎药。树喜问，你发烧了？她说，有点儿低烧。树喜很自然地把手伸了过来要摸她的额头，他是想试试她的体温。她却不轻不重地抽了一下树喜的手，树喜就是一个总是想占点儿女人便宜的家伙。人的病他大多看不明白，他只会给牲口看病。葵英一直叫他流氓大夫，因为树喜给女人看病时，借着听诊，他的手伸进女患者的内衣里时，总是有意无意地触摸几下患者的乳房。借着打针的时候，他总是让女患者将裤子褪到屁股下面，露出臀部。丈夫常年出海在外的渔家嫂们都喜欢找树喜推拿、按摩、拔火罐，有时候，树喜还会上门服务。葵英不喜欢这种类型的男人，她很少找树喜看病，也就没有给过树喜任何机会。这次，她来找树喜开药，树喜也有些故意地制造点儿麻烦。不诊断出病症，药不能随便开的。就是发烧了吗？你不开，到药店也能买得到。处方药，药店也不可能随便卖给你。你想怎么着？树喜倒也没再难为葵英，嘴里说着，也就是你吧，手里却朝她抛过来一包药片。八个小时吃两片，要盯住了吃，吃了之后，要多喝白水。

回到家里的葵英扒开了吴建国的嘴，把药片给灌了进去。他的身体热得吓人，不吃药，真会烧出毛病来。两顿没有吃东西，靠着她喂进他嘴里的那点儿水。天色渐渐地黯然下来，这个年轻的男人要与自己同居一屋了。葵英的心突突地跳动了起来，她也不知担心的是什么……

葵英有过一个恋人，他是驻岛部队的一个军人。拥军爱民的那个时代，军人经常走进葵英家帮助挑水扫院子。有一个名叫拴住的年轻士兵让葵英很有好感，拴住是山东人，他无论做什么都弯下腰来，舍得出力认真做。葵英家干插石院墙塌了，他就和好了泥巴，一连来了几回，一直把墙砌好。当战士的不能谈恋爱，尤其不能同驻地的姑娘谈恋爱。复员的时候，拴住来找葵英，他告诉葵英，他回到老家之后，就回海岛来娶她。

葵英到头没能跟着拴住到山东去，没能成为拴住的媳妇，就是因为她的表哥海龙。海龙年长葵英五岁，有着姑舅姊妹这层亲情，他们俩从小就在一起玩耍。海龙从小就是个孩子王，跟谁都喜欢争强斗狠。后来，他们长大成人了，海龙也跟人上船出海了，他们俩也渐渐地疏远了。有一天，海龙突然回到了海耗岛，他听到了葵英要嫁人的消息，他是从远海赶回来的。海龙把葵英叫到了海头上，你知道不知道，哥是喜欢你的？葵英说，咱们俩从小到大在一起，我怎么会不知道。那你喜不喜欢哥？哥给我下海捞好吃的，上山给我掏雀蛋，谁欺负我，敢冲上前替我出气的，就是哥呀。那你怎么能要嫁给别人？拴住憨厚老实也能干，是个好小伙子。难道我不好吗？你是哥呀，咱们是姑舅亲，因为这重血缘关系，咱们俩也不可能成为夫妻。我不管，在我心里，你就是我的人。没等葵英再说什么，海龙一把抱住了葵英，将她压在了身子底下。她想挣扎，可海龙力大无穷，也蛮横无比。他不想让自己喜欢的姑娘嫁给别的男人，他采用了暴力的方式占有了她……那一瞬间，她恨他，也顺从了他。那种强悍，那种铺天盖地的撞击，那种无坚不摧的力量。刚开始，她还抓着他的手腕抵挡着，一会儿工夫，她就驯服于他了……就在他与她蓬头撒野地做这男女之事时，他们盖着天，铺着海，身旁就是一片荒草萋萋的衰落坟墓。听妈说过，这些坟墓里面堆着的，都是一些闯海汉子。他们漂泊在海上，一年到头吃鱼鳖虾蟹，寂寞时，能排解的，只有喝酒。吃鱼上火，喝酒伤肝，从前的那些闯海汉子们年轻轻的，就告别了人世。出海打鱼的船靠帮了，人踏进家门，女人要做的头桩事，就是把身子先给他……因为横空出世插一杠子的海龙，葵英没有跟那个拴住到山东去。她觉得自己挺丢人的，也就关上了心扉，再也不接纳别的男人了。

姑舅姊妹不能结亲，姑舅姊妹不能不相好。葵英竟然屈从了这种暴力，她甚至喜欢那种蛮横的暴力。渔船长时间没有返航，孤寂时，她一口气跑到山顶上，朝着海平线望去，瞧一瞧有没有船的影子。空空荡荡的海面让她失落，让她伤感。

小时候的海龙占有欲就极强，有一次，小伙伴赶海赶来了海螺，拢起一堆干海草，把海螺放在火上烤着。海螺烧熟了，当小伙伴们纷纷伸出手去抓海螺的时候，海龙呸、呸、呸，朝着海螺吐了好几口唾沫。伙伴们缩回了手，这海螺怎么吃啊。海龙得意地说，我就是要自己一个人吃。小伙伴们不高兴了，海龙，你也太霸道了吧。海龙头一仰，哥们儿就这么霸道，你们能把我怎么样？谁能把海龙怎么样，连半大小伙子也惹不起海龙这小子。

有过几次肉体的接触，海龙在葵英的肚子里种下了他的种子。怎么办？只能结婚。可是他们俩是不可能结婚的，葵英愁得恨不能找个地缝钻进去。倒是海龙有主意。没过几天，海龙就把韩山领进了葵英的家门。韩山也是一个闯海汉子，只是韩山的性子有些软不拉耷的。葵英知道，海龙替他找来了一个替罪的羔羊。韩山是个好人，他并非不知道海龙与葵英惊心动魄的爱情故事，但他情愿忍气吞声地接纳，替他们遮掩了那些丑陋之事。从嫁给韩山的那一刻起，葵英就下过决心，与海龙断了这层关系，再也不干对不起韩山的事了。她是这样想的，可是，只要海龙走近她时，她的主心骨就软了，她的身子骨也软了。对不起自己丈夫的事情，她还在继续地做着。

葵英怀孕足月，分娩那天，葵英遭遇了难产。事情都凑到了一块儿，要生孩子那天，风大浪急，船根本无法出海。卫生所的树喜也束手无策，男怕车前马后，女怕产前产后。现在只有一条路可走，那就是到大医院去，哪怕到大象岛的县医院，也能挽救葵英的生命。眼下，所有的船都在港湾里面避风，大海巨浪滔天，连最不怕风的老海猫子鸟也躲进了巢穴。韩山急得团团转，倒是葵英的一句话提醒了韩山，快给海龙打电话。在这个海岛，海龙做不到的事情，谁也做不到。果然，不到一个钟头，一艘驻军的登陆艇开到了海耗岛，来接孕妇到大象岛。开足了马力的登陆艇顶着风浪，那风浪似乎就要把登陆艇撕碎了一样，从不晕船的葵英已经晕过去了。

来到了大象岛医院，葵英已经昏死过去了。医生告诉韩山，大人孩子，只能保住一个时，韩山选择了保大人。也许是天意，葵英与海龙留下的爱情结晶就这样夭折了，葵英坦然地接受了这个事实。这就是老天爷对她的报应，这就是她对丈夫不忠的报应。海耗岛上的女人们，怀孕生孩子的，从来也没有过难产的，偏偏这个灾难降落到了她的头上，这不是报应又能是什么呢。海龙也感到十分地惋惜，他很想与葵英能有一个孩子，偏偏这个孩子没能活成。

孩子夭折以后，只要海龙出现在葵英面前，用他那两只强健有力的臂膊将她缠绕起来的时候，只要他那只大手伸进她的衣襟，抚摸她的肌肤的时候，她都会战栗，就会瑟瑟发抖。她害怕，她会再一次地怀上他的孩子，老天爷会再一次地惩罚于她。她推开了他，真的，咱们别再做这事了，会伤害很多人，真的海龙，你找什么样的女人找不到。

葵英没说错，只要海龙愿意，别说岛上的女人，就连城市里的那些贵妇小姐，他想要谁，他也就能要到谁。偏偏他就像中了邪一样，只要他与葵英在一起，那就是他的灵魂与肉体最为愉悦的时刻。看到葵英这般神情，海龙内心也隐隐约约地产生了自责和忏悔。

因为这次难产，葵英再也没能怀孕。一年、两年，一连几年，葵英的肚子一直没有反应。韩山把不能怀孕的根源归罪到了葵英对他的不忠。他是一个闷度人，他没有别的选择方式，每一次他与葵英的做爱，他都给当成了对妻子不忠的惩罚，他要让她吃到刻骨铭心的苦头。每当葵英忍受不了，向他乞求时，他都会这样说，知道男女做爱之时，得到快慰的是谁吗？告诉你吧，男欢女爱之时，真正得到快乐的不是男人而是女人。老天爷为了让女人付出这快乐的代价，所以，他把分娩的痛苦也给予了女人。你不能再怀孕，你也不再体验分娩的痛苦。你不能怀孕分娩，可我付出的代价却是断子绝孙。

葵英哀求道，既然这样，我们还是分开吧，是我对不起你，你再找一个女人吧，她会给你生孩子。

韩山有他的打算，几年来，他一直给海龙当船长，海龙到了年底，会给他一笔不菲的报酬。海域承包时，还是海龙大手一挥，他才得到了三百多亩的养殖海域。他知道，海龙这样做，他为的就是葵英，没有他与葵英的这种感情关系，海龙怎么可能这样对待韩山。

一直昏睡的这位不速之客连晚饭也没吃，他一直睡着，能感觉得到，他在风浪里挣扎了多长时间，他真的困倦极了。他烧得很厉害，葵英不时地把湿毛巾敷在他的头上。她很久没有与男人接触了，也许因为没有孩子，这个突如其来的年轻人诱发了她心底的母性。看着他嘴唇不时地蠕动，像是小孩子吃奶的样子，她甚至感觉到了自己两颗青涩生硬的乳房也在蠕动膨胀，似乎要分泌出乳汁，她忽然想起了沂蒙山的红嫂用自己的乳汁救活了一个小战士的情景。在灯光底下，她细细端详着吴建国的脸庞。眉宇之间，透出的是正气，没有丝毫邪恶之气。他嘴唇周围滋生着黑黑的小胡子，他似乎从来也没有刮过胡子，胡子不短也不长，这个年轻人会渡过这一关的，历经了一场灾难，他也应该病一场。为了能帮助他降低体温，葵英打开了一瓶六十度的老白干，她用烧酒搓着他的前胸和后背，搓着他的手心和脚心。从前老辈子人，家里有人发高烧，就采用这种方法降温。家里没有棉球，她就用毛巾蘸着烧酒擦拭着小伙子的前胸和后背。她的手指也不经意地触摸着这个年轻男人的肌肤，他的皮肤很细腻，擦拭起来很滑爽。他的胸肌，还有他的背部肌肉也都很发达，带棱带角的，在这温热的炕上，她与他身体的每一次无意接触，都会引起她一阵悸动。她敢说，这并不是邪念，应该说是一种感觉。屋子里弥漫着烈酒的气息，她也有些醉意了。她替他掖好被子，别让他再着凉。可偏偏这个时候，小伙子睁开了蒙眬睡眼，嘟囔了一句，我要撒尿。

打鱼人家的屋子里没有厕所，想撒尿也只能到院子里。可他的身体刚刚发出了汗水，此时从炕上爬起从被窝里钻出，就会煞汗，就会前功尽弃。忽然灵光一现，葵英拿过了一只塑料脸盆，用它替代接便器。小伙子还有些难为情。葵英说，你现在是病号，你就尿吧，尿完了，俺给你倒了。葵英自己在心里嘟囔了一句，俺都没臊得慌，你倒是害得哪门子羞。

在船上，没有人在意拉屎撒尿，随便，只要朝向大海，你想怎么撒就怎么撒。只是要顺着风撒，不能顶着风撒，那样尿水会让海风吹回来，湿了自己的裤子。

大海一眼望不到边，可海上的规矩也真挺多的。比方说，最忌讳的一个字，那就是“翻”字，哪怕字音相同也绝对不允许。帆船不能叫帆船，只能叫篷船。吃饭的时候，面条不能叫面条，要叫“挪一位”。如果吃过水面，你说出过水面三字，那你必定要挨顿痛扁。吃完饭，你把筷子放在了碗上，那你也欠揍了。什么意思，筷子放在碗上，意味着船触礁了。如果船真的遇到了灾难，要翻船的时候，也只能叫“船倒了”。海上应该有规矩，只要船出了海，船上的人都要听从船老大的。放在从前，吃饭的时候，只有老大吃过了，船工们才能动筷子。

吴建国挺喜欢他的船老大，船老大姓胡，他不像别的船老大那样霸道，他是一个年近六十的老头，他不喝酒也不抽烟，他的眼珠子贼亮贼亮，不像常年出海的那些闯海汉子，眼睛就像隔潮的鱼眼睛，血淋淋的。他的嗜好就是赌，从年轻时就好赌，赌了一辈子，他也没能戒赌。从前，有输房子输地的。老大他因为赌博，把自己的老婆也输掉了。老婆输给了人家，老大也没有再娶。

多少人规劝过老大，他也下过无数次的决心，可只要遇到了赌局，他就会情不自禁又上了“贼船”。古人总结的都是真理，养汉的老婆，赌钱的光棍，这类人的本性是改不掉的。

吴建国是船上年龄最小的，老大开始真的不想要他。山狼海贼，闯海的汉子哪里有几个好人，就是好人，来到船上，几天工夫也都成了坏人。数一数吧，就他们这艘17625号船上的十个人，不是劳改释放的，就是给打击过的，要不就是负案在身的，说不定所负的案子还是血案。如今这年头，守着海头住着的人都富了起来，真正的渔民不出海了，出海的都是他们这些外来的。他们一个个脏兮兮的，眼珠子红不愣登的，腮帮子让海风吹得像块鲨鱼皮。来到船上没有多少日子，吴建国也成了这个样子。也许他与大海有着某种缘分，上船出海，不折腾个三四十天，根本就过不了晕船这一关口。可他上船以后，涌大的时候，呕吐过几口，也就过了这一关。17625号是条老船，不知在海上跑了多少年，听它发出的轰鸣，就像患了气管炎的老人。船体锈迹斑斑，很像上了年岁人脸上的老人斑。船上的导航设备已年久失修不能用了，出海全靠老大的经验。出到远海，手机没有信号，船上的通讯设施也时常出毛病。当通讯失灵时，17625号就像一口漂在海上的铁棺材。俗话说，吃肉生痰，吃鱼上火，大饼子咸菜保平安。船上最不缺的就是鱼鳖虾蟹，你想吃什么鱼吧，什么加吉鱼的头，鲅鱼的尾，刀鱼的肚子，唇唇鱼的嘴。当人们不缺吃的时候，也就是思念淫欲之时。船上缺鲜菜，缺水果，更缺乏的就是女人。不能把女人带到船上，只能把女人带在嘴上，寂静之时，只能靠精神会餐来满足欲望。从胡老大嘴里讲出来的故事都十分地有趣——一九五八年，大象岛上第一次有了大卡车。有一天，一对串亲戚的母女俩遇到了大卡车，她们娘儿俩也想坐一坐大卡车，开车的师傅也就停下了车，让她们母女上了车。车跑了没有多大一会儿，车熄了火，师傅发动了几下，也没能发动起来。师傅下了车，钻到车底下检查了一番，他对车上的母女说，他需要一个帮手修修车。当妈的就让女儿到车下去给师傅帮忙。其实，这个开车的是想打这个姑娘的主意，他一再叮嘱当妈的，你可要死死地握着手刹车，你只要一松手，车可就跑了，我和你闺女就没命了。妈妈很是认真，双手紧紧地握着刹车把。可在车下面，开车的露出了本来面目，他没有修车，开始动手动脚，姑娘扭扭捏捏地不愿意，二人磕碰出了声响。妈在车上问，你们在做什么？女儿说，他要弄我。妈说，他要弄，你就帮他弄吧。结果，女儿就让那个开车的给弄了，当妈的还在车上死死地握着刹车把……

上了船的吴建国觉得自己一下子变得成熟了，真正成了男子汉了。17625号靠上一个码头，卖掉了打来的鱼虾，老大也不死死地捂着钱，直接就把钱给大伙儿分了。愿意赌的就赌，愿意去找女人的，就去找女人。想喝酒的，可以去喝酒。老大是个宽严相济的人，他只对一件事情严格，那就是不许在船上喝酒。十来天了，一直在海上漂着，吴建国只想到陆地上去走一走。在浪里颠簸，有些不会走路了，腿不由自主地一起一伏地迈步，随着海上的浪涌，就像踩在棉花包上似的。在这个陌生的小渔港，他走了一圈又一圈，他给妈打了个电话，向妈报了一个平安。妈问这问那，妈什么也放心不下。他已经下了决心，他告诉妈，出海能挣到大钱，等到他安下身来，就把妈从老家接到海滨城市来。

路过一个 KTV 的门口，两个打扮得花花绿绿的小姐一拉一推朝着门里扯他，哥呀，潇洒一把吧，我们这里全都是二十岁以下的，一米七零以上的，你想怎么弄就怎么弄，你想要几个，就有几个。

吴建国挣脱了小姐的纠缠，他回到了船上。守在17625号的老大说了一声，看来，你也真的是个生瓜蛋子。车船店脚衙，无罪也该杀，你年轻轻，干什么不好，偏偏选择上船出海。

我就是想挣钱，想挣大钱。等我把钱挣到手里，就把我妈给接过来。

你倒是挺有孝心的。我说，船靠回帮，你不喝不赌，你还是去找个小姐玩玩吧。

我不明白，老大，你什么意思？

出海打鱼的，心里的肝火最旺。要把肝火泄出去，就去找小姐。

吴建国只是想过女人，但却从来没有沾过女人的身体。他有一种憧憬，更有一种神秘。他也想过试探，但他始终没能迈出这一步。男子汉不抽烟不喝酒，白在世上走，那么男人没有沾过女人，岂不是更白在世上走吗？

这地方，天高皇帝远，哪怕作得天翻地覆，也没人认识你，更没有人管你。你说，我去你就去，那好，我这就去，你就跟我的身后。你能找几个，我就给你找几个。只要你敢找，小姐的小费，全由我来出。

吴建国也逞了一回英雄，去就去，找就找，谁怕谁呀。

老大带着吴建国来到了码头上最大的那家歌房，如今的歌房也是“炮房”。那个脸盘肥硕得像屁股的领班迎上前来，戗了他一句，老大，你不是宁赌不嫖吗？

老大回了她一句，我照样不嫖，你把你们这儿最靓的小姐给我找来，给我的这位小兄弟。

片刻间，啤酒端了上来，一盘水果端了上来，还有一碟瓜子。随后，一个身材高高细细的女孩子也跟了进来，直挺挺地立在吴建国的面前。吴建国没敢正眼瞅小姐，他悄声地对老大说，你不找，我就不找。

老大也悄声对他说，不瞒你呀，我老了，那个功能坏死了，家什不管用了，你以为我不想呀，没牙了，肥肉吃不成了。这姑娘不错，打一炮，得千儿八百的。你放心地做吧，我是你的后盾。

姑娘就像海底泥沙里没有骨头的沙蚕一样，贴到了他的身上。因为袒胸露腹，一股香脂味，还有一股女性身体的那种气味，直往他年轻的躯体里面钻。他想抗拒，他也不想抗拒。她的手已经伸进了他的衣襟，伸进了他的裤子里面。从未有过的那种刺激，身体一直痉挛的他无法忍受更无法抗拒，一股炽烈的液体从他年轻健壮的身体深处倾泻了出来。小姐抽出手来，轻妙曼语，哥呀哥，这可怨不得小妹我呀……

一种莫名其妙的耻辱涌上了他的脑袋，他从口袋里掏出钱时，小姐却推开了他的钱，你们老大替你付过了，我不能再收你的钱，我遵守我的职业道德。

一生当中唯一的一次拈花惹草，没有想到，却是如此狼狈。老大似乎看透了他的心里想的什么，他说了，能看得出来，你是个好小伙子。贪杯不醉真好汉，好色不迷大丈夫。海头上，笑贫不笑娼。想当年，一位报社的记者来到海岛之上，要写一篇好人好事的文章。采访到我家那口子，她问记者，我们邻居二嫂做的那些事算不算好事？记者笑了，你不说我怎么知道。我们家那口子就讲起了邻居二嫂替她做过的一件事——那一回，我出海回岛。回到家里时，年轻气盛，憋了这么多天了，最想做的那件事，无非就是同老婆亲热一把。偏偏巧了，我那口子恰好来了例假。没办法，我那口子找来了二嫂，让她帮帮忙，解决我的燃眉之急。二嫂听了，二话没说，做了一回替代的日用品。事后，我那口子想感谢二嫂，二嫂却说，谢什么谢呀，也不是什么囤子里的苞米，舀出一瓢少一些。你二哥出海不在家，我是下雨天打孩子，反正闲着也是闲着。记者听了这样的好人好事，哭也不是，笑也不是。他没写成报道，却写成了一篇小说。

吴建国对渔家嫂已经有了好感，她们的美好美在了性格。这种爽直率真性情的女人，也只有守着大海才能锤炼出来。经过一夜的高烧，黎明时分，他已经从昏昏沉沉之中清醒了过来。只是脑袋痛得要命，像是要迸裂一样疼痛。这一夜，她也没有睡好，服侍了他一夜。如果没有她的照料，他不知如何度过。这一夜，非常宁静，除了他这个不速之客，没有人来打扰这个独居的女人。他的身体十分虚弱，他对这个帮助他的女人充满了报恩之心。她给他打了两只荷包蛋，放了蜂蜜，滴了几滴香油。他的嗓子眼儿像冒火一样，什么也吞不下去。

接下来，从早晨太阳出来到日头沉下，吴建国强忍着咽下了几口水，他什么也吃不下去。葵英劝他，人是铁，饭是钢，你病成这样，肚子里有食才能顶一阵子，饿着可不行。

别说吃东西，他连话也说不出来了。

虽说来过了一场寒潮，海水却并未凉得乍人。葵英琢磨着，如果能用花蛤煮汤，做碗开锅烂（一种海藻）疙瘩汤，他肯定会爱吃。有一年，她也高烧几天不退。家里人就是用花蛤和开锅烂做的疙瘩汤给她吃了，她才熬过了那个关口。从前不知道，如今才知道，开锅烂这种藻类有消炎清热功效。再早些时候，岛上没有医生，也没有药，岛上的人是怎么一辈一辈活下来的，靠的就是山上的草木，海里的海物。

这时，葵英的手机响了，是海龙打来的，葵英蹑手蹑脚走到外屋，她不想让外人听到。海龙告诉她，这两天到大象岛来一趟。她应了一声，也没问是什么事。这一细微的反常之举，却让海龙的听觉给捕捉到了，他在电话里头问，你怎么了，像是有心事？葵英说，好好的，哪里有什么心事，净在那里瞎猜。海龙说，那，你来时打个电话，省得我不在，让你扑个空。

海龙从小就是个天乱子地祸都敢闯的人，骨子里淌着山狼海贼的血水，爹从前是把头，爷爷也是把头，都是说一不二的主儿。轮到他，书也不念，带领着海岛上的孩子们天天到山上玩抓胡子游戏。因为手里的枪都是木头做的，他一直想弄把真枪。从有了这个念头，他天天从早到晚侦察岛上驻军的军火仓库，他甚至替自己选择了一条进入军火库的路线，那就是军火库上面的通风孔，顺着通风孔，他就能进入仓库内部。他不想别的，就想弄把真枪玩玩。他是这么想的，他也就这么做了。有一天，趁着月黑风高，他依仗着身子轻巧瘦小，真就钻进了军火仓库。他没有想到，仓库里面装的都是炮弹，一颗炮弹他也搬不动，哪里有他寻找的二十响的盒子炮。进去容易出来难，军火仓库是依山而建，他成了关进笼子里的老鼠。怎么也出不来了，他大声地呼喊，可是隔着厚厚的山体，外面的哨兵哪里听得到一个孩子的呼喊声。少了别人半年不会有人察觉，只要海岛上少了海龙，海岛上一下子清闲得让人感到不习惯。岛上的人也意识到，海龙出事了。山坡上的树棵子里翻遍了，海底下也用剐地穷网刮了一遍，就是没见海龙的影子。这时，已经三天过去了，猛然间，有孩子想起来了，海龙曾经在他面前夸过海口，他一定会进到军火库里，他一定会搞到一把真枪。人们打开了军火仓库的大门，因为脱水，海龙已经晕死过去了。

因为这件事，驻守军火库的郭连长对海龙的父亲说，你的孩子，是个能闯大祸的主儿，别让他念书了。因为老师管不了他，干脆，让他上船出海。一个小屁孩子，让山狼海贼管着他，他要有出息，他就是个闯海的好汉。他要是个孬种，让他吃吃苦，遭点儿罪也没有什么不好。

海龙父亲觉得郭连长说得在理，他十来岁的时候，早就到船上当了香童。香童做什么？香童就是专门给船上供奉的海神娘娘天天上香的人。海龙上船，船上也有他做的事。虽然破除了迷信，船上也不再供奉海神娘娘。但是，船上需要有一个当“渔眼”的人。船在海上，不能东碰西撞，要有一个人爬到桅杆尖上，朝大海张望，看一看哪里有鱼儿跳跃出海面。他的手往哪里一指，船就开到哪里撒网。海龙的眼睛尖，身子轻巧，做“渔眼”没有比他更理想的了。

海龙就是这样上了船，上船时，妈给他用红布缝制了一身裤褂。因为他是个未婚的童子，天目未闭，别人看不见的东西，他能看得见；别人上不到的高处，他能上得去。海岛上的闯海汉子们也都敬重海龙父亲，海龙家一连几代人都是岛上响当当的老大。上了船的海龙也争气，他这个“渔眼”回回都能瞅得准。他往哪里一指，到了那里撒下网，肯定就是一个满网包的鱼虾。出了几次海，吃了些苦头，海龙的野性收敛了不少。

就在人人都以为海龙渐渐懂事之时，他惹出了一场祸——那一天，顺着海龙指示的方向，他们渔船撒下网开始捕鱼。不一会儿，他们撒网的地方开来了一艘南朝鲜的渔船，对方口口声声说他们侵犯了大韩民国的领海，越过边界、进入了人家的领海捕鱼。他们也跟人家争辩，我们自古就在这里捕鱼捉蟹，怎么可能成了南朝鲜的领海。正争执之时，网包从海水里漂浮了起来，网包里装满了鱼虾。偏偏两国的渔网又纠缠到了一起，双方都在用力挣网。南朝鲜是五百马力的钢壳船，而他们呢，不过是一百二十马力的机帆船。眼瞅着，咱们的机帆船让人家的钢壳渔轮拖着在海浪里面打转转。再拖下去，还不知会发生什么事情。就在这时，一身红布裤褂的海龙爬到了舵楼子顶上，他的手里端着船上配备的冲锋枪，嘴里叫着，不操你娘，你才不会管我叫爹……说着，他扣动了扳机，哒哒哒……一梭子，打得钢壳渔轮直冒火星子，南朝鲜的渔轮吓得夹着尾巴逃跑了。船上的老大还嗔怪海龙，这下可能要造成国际影响了。回到岛上，向上面汇报后，上级领导不但没有批评反而嘉奖了他们。那时候，咱们同南朝鲜也没有外交关系，谁强势，谁就是赢家。也别说，海天之间，一片茫茫的灰蓝颜色，突然冒出一个红布衣裤的人，手里端着枪，也不管天高海深，横竖一梭子扫射，什么人不吓个半死。

海龙成了最好的老大，别人一个航程能捕一千斤鱼，他非要捕上万斤不可。改革开放以后，海龙那些凭着经验的捕鱼方式已经过时了，人家已经用上了雷达，用上了探鱼器。“渔眼”再犀利也不管用了，海洋鱼类越来越少之际，海面上再也没有跳跃出来的鱼儿了。有一次，为了争夺一个捕鱼的好海域，海龙带头与同是山狼海贼的那伙人发生了群殴，结果出了人命。大象岛的人也知道惹了大祸，要有一个人出来承担责任，大伙儿的心里也是这么想的。那么谁来当这个替罪羊呢？只能抓阄。正要抓阄时，海龙阻止了大伙抓阄。他让大伙儿把家里的钱全部拿出来。在大象岛，海龙的话就像是圣旨，于是，一百万很快就凑齐了。那年月，十块面值的人民币被渔民称为“大被单子”，一百万的“大被单子”，足足装满了两个大网包。海龙带着这些钱，一个人来到了海王岛。岛上的人正在为死去的人下葬，看见了海龙，人群一下子就把海龙团团围住。抓都抓不到你，你竟然送上门来了。海龙眉头也不皱一下，怕死我就不来了。他把钱扔在了地上，你们掂量掂量，一条人命一百万，值，还是不值。说是人争一口气，佛争一炷香，那年月，谁家能成万元户，那可是好生了得的事情。原本义愤填膺，在一百万面前，海王岛的人也认同了。一百万摆平了一桩人命关天的大案，他们私下里了结了。大象岛的人服他，海王岛的人也服他。民主选举时，海龙从船上的老大，当了岛上的老大。改革开放大潮汹涌澎湃，那可真的是海阔凭鱼跃，天高任鸟飞。几年光景，海龙把个大象岛搞得轰轰烈烈。人人腰缠万贯，家家户户肥得恨不能把油当水喝。从县里，再到市里省里，海龙也走进了人民大会堂，开了眼界，境界也高了。镇里要选他当拿工资的副镇长，海龙竟然不屑一顾。小小的副镇长，挺大的动静，就是给个县长，咱也不当。如日中天的海龙，大概是到了恨天无柄，恨地无环的地步。县里真要给海龙一个副县长的职位，海龙真就没拿眼皮夹这个职位。他说过，给我个县长我都不稀当，何况副县长。

海龙感到缺憾的，就是他一直没能遇到称心如意的女人。他从小就看上的葵英，是名不正言不顺的姑舅亲。从前岛上封闭，就那么一湾子水，沾亲带故的大男大女不得已就得结为夫妻。海龙也知道近亲结婚会给下一代带来不好的遗传，但他还是忘不了葵英。四海漂泊打鱼时，到过一个码头，不管是海南，还是江北，海龙也不为葵英守身如玉，遇到好女人，他都要蹚上一水。别说国内的女同胞，五大洲的妙龄女子，他也领略过了。他得出了结论，还是没有渔家嫂为他带来的那种感觉美妙。

在葵英的心里，海龙是顶天立地的汉子，就是倒在地上，也是一根直挺挺的杠子。她选择嫁人，就是要断了海龙的念想。大丈夫四海为家，可她毕竟是个女人，她要守着这湾海水一直活到老。名声要陪着一个人一辈子，她可以不要名声，可她的家人呢？感情上的事情让葵英感到很是纠结，无法抗拒之时，她也乞求过海龙，带着我走吧，离开这海岛，咱们到别的地方，不管城市还是乡村，只要没有人认得咱们的地方就行，咱们到那儿去过日子。你想要孩子，你找个女人生一个，我给你养着。

走，往哪儿走？离开了大海，我海龙什么也不是。生于此，长于此，我死了也要把这身骨头这身肉扔进海里喂鱼喂虾。多少鱼鳖虾蟹的命毁在我的手里，我不返还给它们哪行。

到头来，葵英嫁给了韩山。海龙和葵英一名二声，没有人不知道他们俩的那点儿事。与海相生相伴的人心胸开阔，但在老婆汉子的关系上，说心平气和没有忌恨，怎么可能。惧于海龙的权威，韩山不敢对葵英怎样。但他采取的那种报复方式，却让被报复者葵英永远难以启齿。

韩山在海龙的手下当老大，常年在海上漂着。腾出的时间和空间，让海龙和葵英能更多地在一起。其实葵英和韩山结婚成家以后，她和海龙真的很少在一起了。海龙给了她和韩山一片很大的海域，足足有三百多亩，海面海底，等于给了他们一个绿色的小银行。海面网箱养殖，海底全是虾夷贝，层层叠叠的，就是一沓一沓的人民币。这几年兴起吃海参鲍鱼，那钱，真就是哗哗的海水潮来的。

对于海龙，韩山只能感恩，却不敢有任何不满的表示。有一次，韩山与一群闯海汉子一起喝酒，喝到了忘乎所以的境地时，韩山也呼天抢地起来，有人揭短，说起了他老婆葵英跟海龙的那疙瘩事。这话触碰到了韩山的伤疤，这世上，除了杀父之仇，就是夺妻之恨。在咱这海岛之上，海龙占有的女人还少吗，没有哪个人敢站出来与海龙一决高下。葵英嫁给我的时候，就不是个囫囵身子。她怀的那个孩子是谁种下的，我也不是不知道。但是，海龙待我不薄。三国刘备说了，兄弟如手足，妻子如衣裳。女人也是身外之物，背过你的眼睛，她做了些什么事情，只有天知道。虽然海龙嚼过的馒头我不会再去品尝；海龙打过的洞，我不会再去钻。但是，我和我自己的老婆搞同性恋，却不犯法。所以，我比你们幸福。你和你老婆属于爱情，我和我老婆还有一重同性的恋情。

世上没有不透风的墙，那天，韩山酒桌上说的话，传到了狗腿子的耳朵里，狗腿子把这话告诉了海龙。海龙只轻声说了一句，原来如北……读书太少的海龙，经常说些白字。他把原来如此说成了原来如北，他不是故意的，顺口说出来，他的语录，常常成了众人效仿的经典。

葵英想到海边去挖点儿蚬子，或者打点儿小海蛎子，再用冻在冰箱里的开锅烂给病人做碗疙瘩汤喝。吴建国仗着年轻，高烧渐渐地退了，嗓子眼儿也能咽下水和稀饭了。他需要吃些鲜溜溜清淡的东西，而不是大鱼大肉海参鲍鱼。

临出门的时候，葵英叮嘱吴建国，老老实实地躺着，我把门给反锁上，一会儿，我就回来了。葵英正在锁院门，一个穿着武警衣服的人走过来，他是岛上的协警黄毛。他问了一句，弟妹这是要去赶海？葵英说，想尝尝鲜，去挖点儿蚬子。挖蚬子还用得着锁门，我给你看着不就行了。葵英说，倒也是，咱家里穷得只剩下钱了，哪还用得着锁门。黄毛说，听树喜说，你不是发烧了吗？

葵英说，树喜就是嘴快，能光发烧，就不兴退烧呀。

黄毛看了葵英一眼，巡逻去了。葵英有点儿发毛，又回到家里，再次嘱咐吴建国，我一会儿就回来，你可别伸脖子露头，千万别让人看见。

吴建国答应着，他心里对这位救命恩人充满了感激之情。桌上的电话铃声响了，响得那么刺耳。他本能地想去抓听筒。全身的骨头却像散了架一样，浑身还是软绵绵的。当铃声不再响了，对方挂断了电话，他的心头猛然一亮，多好的时机啊，他可以拨通电话，外界就能知道他的遭遇。当他挣扎着爬起身来的时候，却又瘫软成了一团水母。他脑子不再昏沉，他的意识十分地清醒。再好的时机，他的身体状况也不足以让他真正获救。这个世界也真的复杂，想起那一幕，连他自己也不敢相信……

只要渔船不撒网作业，船上的人就凑在一起赌。老大嗜赌，船上的人也跟着赌。这条船就像一头出了太多力的牲口，肯出力的牲口到它老了的时候，眼睛会瞎的。勤快的庄稼把式，到老的时候，腿脚就不行了，下场都是凄惨的。吴建国不喜欢赌，赌博败家，甚至会引发人命案。也许到了冬季，船上人的情绪也有些躁动，大家关心的是什么时候分红，什么时候返航。已经立冬了，船上的人似乎对赌也失去了兴趣。平时吹牛皮侃大山时，很少有人说起自己是何许人也，人与人保持着一段距离。

吴建国知道，能到船上的船工们，或重或轻，同他一样，都有点儿隐情。可以断定，船上都是些小鬼而没有贪官。除了那个用透骨草腌咸鸭蛋的沈忠实属于智力犯罪之外，华树林抢劫，马家俊盗窃，李虎生持刀伤人，刘明光也是抢劫，王明远本来是强奸，可他偏偏说自己是打架伤了人。余下的几个都是黑社会的打手，只不过他们有案在身，浪迹天涯，说不定他们都有命案。大家都是平等的，豁嘴子吃肥肉，肥（谁）也别说肥（谁）。渔船给同命相怜的人们提供了庇护，身份证也让老大给收去了。出了海，四下里全是无边无际的海水，大海发怒时，波浪滔天，所有的人命悬一线，所以，没有人敢在船上争强斗狠。老大就是船的龙骨，就是那根桅杆，没有人敢不听老大的。

从前出海，老大从来不准在船上喝酒。靠了码头，更不准往船上带女人。这一回靠帮，老大没有让任何人上岸。王明远不高兴了，老大你说的，闯海汉子天天吃鱼吃虾，肝火本来就盛，到了码头就该释放一下。不让我们登陆，我们怎么释放？

老大说，你们老老实实地给我待着，我想办法去给你们鼓捣几个小姐来。

这是个远离乡镇的小渔码头，根本没有歌房桑拿，老大带上船这几个小姐是聋哑姑娘。不知为什么，刚刚还吵吵嚷嚷的，这阵儿谁也不吭声了。倒是老大带了头，人家既然来了，咱也不能让人白来，她们做的就是皮肉生意，你不动她，她就没的钱挣。

那天，从来也不嫖娼的老大最先拉过了一个姑娘，船工们这才牵起了聋哑姑娘的手。那好像不是欢愉，甚至有些酸涩，短暂的释放过后，大家也不吝惜小费，也不清点，纷纷把百元的票子朝姑娘们手里塞。唯一的一个没有沾小姐身子的，还是吴建国。虽然他没有动她们一指头，但他也掏出钱来了，直往她们的手里塞。说句心里话，长时间在海上漂着，别说看见一个姑娘，哪怕看到一头母猪，都觉得它生着双眼皮。

她们要下船的时候，华树林拉住了姑娘们，把她们拉进了底舱，指着那些鱼鳖虾蟹，你们随便拿，能拿多少就拿多少。一个姑娘用手比画着，17625 号，你们全是好男人。

山狼海贼，我们根本就不是人。一场本来有些苦涩的皮肉生意，做到头竟然有些悲悲切切，甚至有些怆然之感。

也是在这个码头，老大把他的钱全换成了好吃的，好喝的。什么口子窖，什么泸州特曲还有雪花啤酒，一箱一箱地往船上搬。

到了饭口，老大一反常态，让伙夫靠边站，他给大伙炖鱼烧菜。他不用鱼身上的肉，他剁下的，就是鱼尾巴向上一寸长的肉段。那鱼吃起来，鲜香而柔韧，真的叫绝。知道为什么好吃么？鱼身上最活跃的部位就是尾巴，所以，鱼尾巴也最好吃。再吃鱼肚，山珍海味里面就有鱼肚。为什么？鱼肚的肉最柔软，脂肪也都在肚子上。但是，并不是所有的鱼肚子都好吃，要吃就吃渤海湾的刀鱼，要吃刀鱼，就吃肚子。新鲜的刀鱼肚子也不剖开，直接下锅炖就可以，只放油盐醋、葱姜蒜，什么调料也不要放，那吃起来，啧，也只有出海打鱼的，才能吃到这一口。还有更绝的，鲜活的海参，舀上一瓢海水煮，那才称得上是真正的原汤原汁。

吃饱了，喝足了，话题自然又转到了女人上。天下的男人都一个德性，吃着碗里的，瞅着盆里的，还不忘锅里的。其实都是男人的错觉。不管天南地北，也不管国内国外，女人都是一个样也是一股味。从前，咱们海头上有一个男子汉，他什么都好，唯一的毛病就是经常背着老婆在外面拈花惹草。老婆本来想同花心的丈夫干一仗，又一想，还是让他本人醒悟为好。于是，老婆想出了一个办法，这天，丈夫出海回家，老婆端上了一盘刀鱼。丈夫吃了，老婆问他，好吃吗？丈夫说，好吃。片刻，老婆又端来了一碗刀鱼，丈夫吃了，老婆问，好吃吗？丈夫回答，好吃。老婆说，其实，鱼都是刀鱼，一个味道，只不过我用了一只碗和一个盘子盛鱼……丈夫明白了老婆的意思，从此不在外面找女人了。

吴建国虽然没有触碰过女人，但他也明白，江南的文静女子，怎么能与蒙古大漠善骑追风的女人相比。来到船上这么长时间，吴建国的身体健壮了，脑子开窍了，从前懵懵懂懂的有关女人的谜题，他也十分懂得了。他也想好了，这一年下来，他能剩下两万多块钱。待在老家，靠着那几亩地，几年也挣不到这么多的钱。他想好，回去之后，他就把妈给接来，他已经租了房子，他不能让妈一个人在东北老家过孤独冷清的苦日子。再过几年，他相信，他能当上老大。到那时候，他一年能挣到八十万，一百万。他甚至庆幸自己放的那把火才使他到了海边来，到了船上来，他放火放对了，不然哪有上船出海这一天。

17625号已经驶离了码头，再过一会儿，手机就没有信号了。船上的人们都抓紧时间与亲人朋友通电话。他们也不害怕公安追捕系统的信号锁定，漂在海上的船就是他们的自由王国。船开进了远海，信号就会消逝。

葵英随身揣着手机，平时，除了海龙，几乎没有人给她打电话。正挖着泥沙里的蚬子，手机响了，还是海龙打来的。海龙在电话里问，你在做什么呢？葵英说，正挖蚬子。海龙开着玩笑，想尝鲜？是不是害口（妊娠反应）了？葵英也不客气，就是害口了，让你吃醋了。海龙收住了笑，咱说正事，明后天，你过来一趟。葵英问，有什么事吗？海龙说，没事就不能来看看我吗？

女人一辈子，有海龙这样的男人爱着罩着，真的是扬眉吐气。因为她与海龙这段有点儿畸形的爱情，人们对她指指点点。葵英不在乎，当年，姑舅结亲很正常。嫁给韩山，是无奈，也是解脱。韩山对她做的那些说不出口的折磨，算是对她不忠的惩罚，她也认了。谁让她作践下了，而且怀了孩子。他怎样折磨她惩罚她，她都毫无怨言。说重一点儿那是她罪有应得。她没有想到韩山会死，按说应该是她去死。韩山一直当老大，而且他也算是一个不错的老大。大前年，韩山的那条船一直开到了白令海，到那儿去捕黄条鲥。咱们的近海已经没有鱼可捕了，只能到远海。她吃过韩山他们打回来的黄条鲥。黄条鲥生的模样就很可爱，肚皮是白的，身子是蓝的，圆圆滚滚的身子就像小胖孩。它的肉质很细也很鲜，几乎没有腥味，无论生吃熟吃，几乎用不着烹调。吃着黄条鲥，她还忍不住说了一句，咱们这儿的海，怎么没有黄条鲥。韩山说，咱们海里的船比鱼还多。咱们的海里要有黄条鲥，何苦跑到白令海去打鱼。

韩山那条船到底出了故障，失去了动力，已经在海上漂了好多天了。远离老家，失去动力的船正随着流子朝着北冰洋的方向漂去。船上的人已经看到了不时漂近的巨大冰块。蓄电池剩下的最后一点儿电能，韩山让船工们与家人通了最后一次话。韩山是最后与葵英通话的，到底还是老大，从接近北极圈那遥远的海洋传输过来的信号，有些断断续续，葵英听到了，韩山说，他在这不属咱们的海里打的黄条鲕太多了，他注定这辈子要把自己喂给黄条鲕。葵英啊，我对不住你，我还是心小，没度量，记住我的好，忘掉我的坏……船就要“倒”了，那一刻，葵英什么也说不出来，她的心真的要碎了。与一个即将不再存在的亲人通话，那是什么感觉，如果能够做到，她真的能与他一起沉到大海的深处……没有人知道，韩山那条船最后是怎样“倒”的，应该是悲壮的，悲惨的。她的脑海里出现过这样的画面，在大船“倒”下的那一刻，韩山同他的船工把自己牢牢地捆绑到了船上，他们不能让自己的尸体随着海流漂走，他们死也要同船在一起，将来有一天，有人打捞起这条“倒”下的船，还会找到他们的遗骨。那儿的天气有多冷，那儿的海水就有多凉。想象不出，一个清醒的人一步一步走向死亡，那是一幅怎样的场景……

葵英把韩山的不幸归罪于自己，用岛上人的话说，她就是一个丧门星扫帚星，说到底，她就是一颗灾星。她恨不得自己也能去死，去与韩山到阴间里做夫妻。她和韩山没有孩子，她披麻戴孝，来到海边为韩山招魂，她呼喊着，韩山，你回来吧，我这辈子欠你的太多了，你就这样走了，我哪辈子能还上欠下你的……韩山啊，你回来吧……

按海岛上的规矩，引回来的魂要装进一口小棺材里面，里面放上衣服和裤子。那衣服和裤子都是她亲手缝的，穿针走线时，针尖好几次把葵英的手扎破了，血珠子都滴到了衣服上，这样才好，这样她与韩山能更近一些。因为他们俩没有孩子，她为她的丈夫扛着灵幡，为他送葬，也为他立下了石碑，石碑上面刻上了韩山的名字。她让石匠在石碑上面留出了刻下另一个名字的位置，她想好了，将来她死的那一天，就把她的名字刻在那个空白处。她铁了心了，她要用这种方式，来向韩山忏悔，来弥补她做过的那些对不起丈夫的事情。

海龙亲自把一百万送到了葵英的面前，她看都没看一眼，她只是摇头，人不在了，钱还有什么用呢。假如钱能救韩山，她宁可砸锅卖铁卖房子。

海龙说，别不要，你不要，韩山的爹妈呢，收下吧，这是韩山应该得到的。

海龙为韩山办了人身意外保险，保险金额六十万。也就是说，韩山如果遭遇了意外，作为妻子的她就可以名正言顺地得到六十万的赔偿。那四十万，是大象集团对于韩山的抚恤。海龙说得对，她可以不要，但是，韩山的爹妈不能不要，他们要生活，他们要养老。她以第一受益人的身份，接受了这些钱。葵英把这一百万全部给了韩山的父母，但愿老人心里的创伤能够得到些许的抚慰。

这次意外，并没有给海龙的大象集团造成多大的损失，相反，他们还是个受益者。每个人都办了人身意外险，渔船也保了财产险。韩山船上的船工死了，没有几个家属来到海岛找他们不幸遇难的儿子或者是丈夫或者是兄弟。因为他们留下的家庭住址都是不存在的，是他们编造出来的。海龙他们也查找过，都没能找到。对于死去的人不能说他们的坏话，他们真的都不是什么好人。船“倒”了，出了这么大的事，除了老大韩山，没有一个本地人。大象岛上一片平静，没有哭天嚎地的场景，没有人蓬头撒野地向海龙要儿子或者丈夫。

“倒”在了白令海的那条船，也是一条又老又破的船，早就该报废了，可海龙硬是让它再发挥余热。大船“倒”了，一个折旧了几次，早就没了原值的固定资产却得到了上千万的保险理赔。海龙确实了不起，他表面上鲁莽，其实，他的心比女人的头发丝还细。什么他都想到了，什么事情让他做起来都是滴水不漏。

海龙虽然早就不再当老大，但他有着太多太多出海的经历，他是与大海最为亲近的人。想当年，他在船上当“渔眼”的时候，别瞧他才十来岁，是个孩子，但是船上的那些闯海汉子们却谁也不敢小瞧他……

有一回，海龙他们那条船在海上遇到了大雾，白茫茫的大雾将整个大海都笼罩了起来，船就像锁在了云雾之中。海面上一丝风也没有，只要有风，风会吹散大雾。船在海上随着流子已经漂了三天了，再漂下去，船不知要漂到什么地方，再漂几天，船上的人也即将渴死，饿死。

这一天，天又黑了下来。大雾时的黑天，更增加了恐怖气氛。船上的人都躺在了甲板上，闭上了眼睛，等待着死神降临的那一刻。

这时候，海龙爬到了桅杆尖上，他望啊望啊，忽然，他叫了起来，快看哪，那儿有大红灯笼。船上的人都跳了起来，朝着海龙指示的方向望去，黑茫茫的一片，哪里有什么红灯笼。本来就很心焦的人纷纷骂道，小兔崽子，再瞎嚷嚷，小心挨揍。海龙固执地叫着，就是有红灯笼，我看得清清楚楚的。船上的人真的火冒三丈，看来你是皮紧了，给你松松皮，省得你胡说八道。

这时候，老大说话了，海龙没有胡说，他真的看见了才说的。他跟我们不一样，他是真正的真童男子，他的天目未关，我们凡夫俗子看不见的东西，他能看得见。赶紧的，架起大橹扬起帆，咱们就朝着海龙所指的方向开船。

摇啊摇，不知摇了多长时间，终于，雾散了，天也亮了，船上的人们看见了前方那一溜淡淡的山的影子，他们的船要靠岸了，船工们把海龙抛过了头顶，欢呼了起来。

这件事情过后，凡是好吃好喝的，本来老大应该先吃，他不先吃，他让海龙先动筷子。平安回来以后，海岛上就传遍了，他们这次能平安回来，多亏了海龙。说起海龙那双眼睛，有人还开过这样一个玩笑，他们指着一个大肚子怀孕媳妇对海龙说，你能看得出来，媳妇怀的是男孩，还是女孩。海龙嘎巴溜脆地说，她肚里装的是个男孩儿。过了些日子，那个媳妇生下的果然就是个男孩儿。海龙可不得了，他哪里是“渔眼”，他生的是鬼眼。海龙能看清大海里谁也看不清的东西，他真的与众不同。他小时候就被大伙捧为神明，一直到当老大。从半大小伙子一直当老大当到了壮汉，选举村长时，岛上的人们全部把票投给了他，可谓众望所归。

海岛上没有多少地，也没有人愿意种地。靠山吃山，靠海吃海，大象岛四周全是海。大海承包了之后，海龙用钱把这老大的一片海一块接一块地买了下来。所有人都无法理解海龙的这一举动，大海啊，全是水，为什么要为它而花钱呢？海龙没有理会别人的那些议论，他不仅把大象岛的海域买断了，他还把手伸向了周边的岛屿周边的海域。大海属于谁？老天爷的。海能卖钱了，何乐而不为呢。那些承包大海的人纷纷把承包权卖给了海龙。海龙也不亏待他们，他付出的都是大价钱，而绝没有欺诈。

海龙已经把海看透了，大海里的船真的比鱼鳖虾蟹还多。照这样打下去，用不了多久，鱼鳖虾蟹就会消逝消亡。守着大海生活的人们，只有发展养殖，才是一条出路。从前养海带，后来养裙带菜，养贻贝，养文蛤。渐渐地，养起了牡蛎，养起了虾夷贝，直到名贵的海参鲍鱼。大海就是一片蓝色的牧场，就是一片辽阔的蓝色土地。当人们意识到了的时候，这老大一片海已经属于海龙了。海龙此时此刻才不无得意地说，我们不能像大城市里的那些大开发商，他们所以发达了，是因为他们拥有大块的土地。我们不买城市里的地，因为我们山狼海贼不会盖房子。但是，我们可以买大海。开发商盖起大楼挣钱，大海给予我们的，是世世代代永不枯竭的海水潮来的钱。

要论官职，海龙不过是一个小村长，恐怕是小得不能再小的官了。镇里让他去当副镇长，他摇头拒绝了。因为他本来就是个渔民，只能当村长。因为手里握着海参鲍鱼，从县里到市里直到省里，都有他坚硬如铁的官员朋友。占有欲就是最好的权力欲，在天高皇帝远的海岛之上，他做他的轻松自在的土皇帝。

男人也一直会牢记着他第一次占有的女人。海龙一直未婚，人们以为，他很挑剔，一直未能遇见那个意中人。海龙一直没能放下的就是表妹葵英，因为她是他的初恋，他随意割舍了，他也就不是海龙了。都说男人往往栽在女人的手里，海龙这样的男人肯定不会栽在女人的手里。他与表妹因为血缘关系不能在一起，取代他的是韩山。对于娶了他心爱表妹的韩山，他一直关注着韩山的举止，甚至他的表情。闯海的汉子，不挣有数的钱，要占九妻十妻十一妻……偏偏他很在意韩山的面部细微变化。

韩山不是坏男人，他也不是糊涂人，他知道自己娶的媳妇曾经与海龙有过一段恋情。不仅仅是因为孩子死于难产之后葵英再也没有怀孕，他也说不出究竟为什么要采用那种方式对待葵英。他也一直想让海龙知道，他怎样对待他从前的恋人，他也知道，让海龙知道了这件事情会有什么样的反应。他一直憋屈着，一直忍耐着。直到有一天，韩山喝醉了酒，醉得恰到好处，正是临界之时，酒友在高谈阔论如何驯服女人之时，他一吐为快，将自己与葵英独特的床第之欢讲与众人。表面上是消遣，其实他是向众人传达一个态度，他并不珍惜自己的这个已经被人嚼过了的馍馍。他像是奚落了自己，其实，他奚落的是海龙。韩山清醒以后，他也后怕过，怕有人将戏言传递给海龙。看到海龙并没有什么反应，他也就放下心来。

海龙怎么可能不知道，即便狗腿子不说，也会有人告诉他。玩人算什么本事，有本事玩玩大海。这个世界绝对不会有第二个人知道，海龙动了什么手脚，便将韩山堂而皇之地送进了龙宫。在白令海的深处，永远也不会有人打扰他了。韩山走了，连同那十几个并不真实的人一起走了。他们安静地睡在了海底，再也不会与人争夺生存的空间，争夺金钱和女人。亲人就是想寻找他们，也无处可寻。

一场精心导演的“戏”结束了，头一年，还有人念叨韩山，讲起船“倒”了这桩事。再过一年，也就很少有人再说起此事。三年后，已经没有人说起“倒”船这件事了。潮起潮落，潮水冲淡人的记忆是那么容易。没有忘记的，只有葵英一个人。在她的心底，深藏着赎罪的念头。因为她在遭受折磨的时候，曾经在心里诅咒过丈夫韩山，怎么能这样对待自己的老婆，简直不是人，去死吧你……谁又能想到，偏偏她的诅咒灵验了，她的丈夫真的死了……她不敢想下去。她付诸实施的，就是再也没有与海龙发生过肉体的接触，真的没有。

整整三天三夜，吴建国终于好起来了。他喝了一大碗花蚬子做的疙瘩汤，里面有葱花，有鸡蛋花，还有香油，还有石花菜。那股鲜味，让他喝到额头冒出了汗水。

这时，吴建国才想起告诉女主人，她走了以后，电话响了。

你接了吗？

吴建国摇了摇头。

你的高烧退了，肿也消了，你该告诉我，你是怎样落进大海的？发生了什么事情？

吴建国哽噎了好一会儿，好不容易才说了出来，船，“倒”了……

从大象岛传来了一个海头上的人最不愿意听到的消息，17625号“倒”了。船上的人一个也没能活下来。

电台报了，报纸也登了，电视上也播了。说的是17625号渔船在海上失踪了，十名船工也没了下落。除了胡老大的儿子，没有人来找海龙。海龙安慰着胡老大的儿子，再等等看，你爸会回来的。这个世界，什么奇迹都可能发生。

初冬季节，海上还有渔船作业。天气太冷时，渔船就不再出海了。趁着海水还没有彻底冷透，鱼群还没有往深海里迁徙，出海的人们还想捞碗底下的那块肉，撒下最后一网，能打上一个满仓，再回家猫冬过年。

17625号哼哼唧唧的，像个衰老败落的风情女子。胡老大也有些心不在焉，打上来的鱼，挑出真鲷或者石斑这些能卖几百块钱一斤的鱼，打鱼人先饱了口福。好鱼也要好人来做，老大挽起了袖子，他要亲手做鱼，让不懂鱼的人来做，可就做瞎了，糟蹋了鱼。这么新鲜的鱼，内脏也不能扔掉，烟袋锅是鱼肚头上的那疙瘩肉，是鱼肚子里最好吃的美味，船上只有老大才有吃烟袋锅的资格。可这一回，老大把盘子里的烟袋锅用筷子夹到了吴建国的跟前。你年轻，你吃吧。

吴建国也很懂事，我年轻，吃的机会有的是，还是老大吃吧。

老大说，你的意思我吃一回少一回了，是吧？

吴建国连忙解释，我说秃噜嘴了，我的意思，你是长辈，应该你吃，真的。

老大又露出了赌性，也好，咱们钉钢锤。

钉钢锤就是石头剪子布，就是一种简易的赌博形式。他们在船上，为了一个先后，或者要争个大小，采用的就是这种简易的赌博。比方说，今天谁值班，用钉钢锤来决定；今天谁打扫卫生，也钉钢锤。钉钢锤就钉钢锤，老大是下过大赌的人，小小的钉钢锤哪里在话下。两人钉钢锤，结果，他输了。他要起赖来，赢家吃吧。明明是谁输了谁吃，哪里有赢家吃的理儿，真的成了葫芦炖茄子。最后还是吴建国吃了烟袋锅，老大跟他说了，他这辈子吃的烟袋锅数也数不清。你吃吧，你肯定没吃过。他真没有吃过，他把烟袋锅吃进了嘴里，除了鲜，还有香，柔韧性极好，很有嚼头。

大家都觉得老大像变了一个人，本来他是赌博的高手，可这一个航次，他在牌桌上总是输。赢钱的人高兴，他也跟着傻乐。

天气越来越凉，海上的船也越来越少。17625 号原本就是一条老旧的破船，早就应该退休了，可船主一直不愿意放弃，一直让它老当益壮。王明远说的裤腰带下面的那疙瘩事也引不起大伙儿的兴趣了，船工们所关心的，就是什么时候收山（返航）。立冬前后，肯定会有一次寒潮，17625 号真的应该收山了。看老大的意思，他就那么不紧也不慢。急性子的华树林不能再忍耐了，老大，我们什么时候收山哪？

老大回了他一句，什么日子收山，是我的事，不是你能操心的。

船工们也不再说什么，老大才是船上的权威，他金口玉牙，说话一口唾沫一颗钉。

已经过了立冬时节，船工们已经无心撒网打鱼，打上船来的鱼也是寥寥无几。大伙儿也看出来了，老大似乎并不着急收山。他驾驭着 17625 号在海上像是掉了魂儿一样，东一头西一头地横晃，三天过后，果然从收音机里传来了今年的第一次寒潮已经在西伯利亚贝加尔湖生成，正从北向南袭来的消息。可是老大还没有表现出要收山的意思。华树林李虎生马家俊他们几个私下里已经串通好了，想搞个“政变”，把船上的大权从老大手里夺过来。如果他们几个说出了篡夺老大权力的事，大伙儿一定会支持的。多少天在海上颠簸，思维正常的人也会颠出精神病来。就在大伙儿摩拳擦掌之时，王明远说，我劝你们不要轻举妄动，老大之所以是老大，有他的道理。我们在海上漂着，天海茫茫，你们谁能分得出东西南北，废了老大，你们谁驾得了船？你们哪个知道回家的航线？

刘明光不服，我们有导航仪。

就咱船上的导航仪，我早就留意了，它早就不灵了，它指示的北，说不定偏到了西边。

那怎么办？

办法总比困难多，老大他不是个坏人，他心里想的什么，咱们不知道。我想过了，咱们跟老大来横的根本不行，当老大那么多年，敢下十万百万赌注的人，你说他会怕什么？

那老大就是横竖不行，汤水不进，咱们一点儿办法也没有了？

平时，船上的人只会嘲笑这个有过强奸罪名的人。到了节骨眼上，王明远还是有心计的。咱们少安毋躁，让吴建国一个人跟老大说，他想家了，他想妈了，他跟妈说好了，等拿到了工钱，还有分红钱，他就回老家过年。

老大以为，听到寒潮的消息，船工们会聚集到舵楼子跟前，吵嚷着要收山。他知道，大伙儿也一定知道了寒潮即将来临的消息，可没有人找到他的头上。山狼海贼，那都是什么脾性，那都是敢杀人越货的主儿。没有人出面，没有人说要收山，时时在他面前说要收山的，偏偏是那个小生瓜蛋子。他说一回，就遭到老大呵斥一回，偏偏这小子记吃不记打，呵斥过后，他还说。他挺稀罕这孩子，有点儿跟老婆带走的自己的那个亲生儿子相像。他上了船，身前身后都是山狼海贼，人家就没跟着他们蹚浑水，不喝不赌也不嫖，能做到这三条的闯海汉子，那他真的就是一条好汉。这孩子，性情绵软，可人家是绵里藏针。上船出海，那是多苦多累的活儿，可人家什么时候也没有叫过苦，总是默默地承受。孩子再一次乞求他的时候，他稍稍动了恻隐之情，将船头调向北。船工们都会看星星，看着他们的船直直地朝着北斗星的方向，大伙儿那颗悬着的心终于放了下来。这些天，没有吃多少蔬菜，大伙儿的嘴角都溃烂了。舱里还有点儿冻西红柿，用马面鲛熬西红柿。一大锅腥不腥甜不甜的鱼汤西红柿，让大伙儿吃出了汗水。

儿子很小的时候，他妈带着他就离开了自己。他年轻的时候有多么狂妄，天大的赌注他也敢下。老人有话，赌对半，意思就是赌有输也有赢的时候。说心里话，他算是高手，自从输掉了老婆孩子，他也曾经想过戒赌。一个老赌棍告诉他，你就是为赌而生的，你不可能戒除赌瘾。有几次，因为赌他想剁掉自己的手爪子。不是因为发誓不赌才下的狠心，而是因为数日没有赌局而产生的焦躁念头。他挣过大钱，他也赢过大钱，到头，他欠下了一大笔债。债主就是海龙，因为没有人肯借钱给他，不借钱给他的人是为他好，同时也不想自己借出去的钱肉包子打狗。多年不见的儿子曾经来找过他，儿子要结婚了，老婆让儿子找到他这个当爹的。身为人父，平时可以不管儿子，但是，儿子的婚姻大事，当爹的不能不管。他输得屌蛋精光，他拿什么给儿子结婚？没有办法，他只有硬着头皮去见海龙。听说儿子要结婚，海龙也很大度，我可以给你钱，但是，钱不能给到你的手里，你把儿子领到我跟前，我看看你儿子是不是真要结婚，我把钱亲自交到你儿子的手里。他把儿子领到了海龙跟前，海龙很随意地就把一百万的银行卡给了他的儿子。海龙叮嘱儿子，这钱，是你爹挣的，存在我手里的。你拿着钱，头也不要回，赶紧张罗着结婚去吧。海龙是怕胡老大拿着钱又去赌。皇帝爷买马的钱他敢拿去赌，可儿子结婚成家的钱，他真的不能拿去赌。海龙真的是大丈夫，一出手就是一百万，给足了儿子钱，也给足了他的面子。他欠海龙的钱，也利滚利的有上千万了。海龙从来也不提及此事，他也只有忠贞不贰地给海龙当老大，认认真真地当他的马前卒，才能报答恩比海深的海龙。

胡老大原本以为自己一辈子也就死性子了，赌徒哪里会有好下场。他早已给自己设计好了人生的结局，自己出了一辈子海，当了那么多年的老大，打了那么多的鱼鳖虾蟹，多少性命毁在他的手里。日后，不能动弹的那一天，他就葬身大海，把自己的这点儿血和肉喂给大海里的鱼鳖虾蟹。

老大怎么也没有想到，第二年，他的儿子和儿子媳妇抱着孩子来到码头上，让他看一看他的孙子。他的心硬了一辈子，想当年，自己的儿子，他也没正儿八经地看过一眼，可他看见了包在被子里面的那个胖乎乎的婴儿，他的心醉了，也碎了……他一个人躺在舵楼子里，咬着嘴唇，哽咽了好一阵子。

尽管老大比海龙年长二十岁，再见到海龙的时候，他也不管旁边有人没有人，扑通一声，他就给海龙跪下了。我这辈子，上跪天地，下跪父母，唯一我跪的一个人，就是海龙你。我什么也不说了，这辈子就给你当老大，你指到哪里，我把船开到哪里。哪怕碎尸万段，哪怕葬身大海，我也在所不惜。

海龙一伸手，把老大从地上拉了起来。这么多年的哥们儿弟兄，何必要说这些不吉利的话。咱们就是实打实，闯海的汉子也不玩虚的。从今往后，不要提起这件事。过去的，就过去了。海水不干，钱就不干。好好干吧……

老天爷什么时辰刮风下雨咱不知道，谁大谁小，咱知道。老大知道，海龙就是管他生管他死的那个人。老大是个生死置之度外的人，天南海北，大大小小的赌场他下过注，也与那些黑道的赌棍比试过。赌到白刀子进，红刀子出的时候，他眉头也没皱一下。一条人命值多少钱，赌一把，他现在身价就值一千多万。眼瞅着到年底了，到了年底，利滚利，他就值两千万。他这辈子还不上这笔债，唯一能让他逃脱的，那就是两腿一伸，双眼一闭。债主也只有认倒霉。老大想到了这一步，但他一直梦想着那一步，他能押个大注，一下子来个天翻地覆，从坟墓再走回摇篮。这个概率也只有万分之一，万一他就是那个万分之一呢？这个世界，没有什么不可能。然而，这个可能多少年了也没能降临到他的头上。

如果没有 17625 号，他早就无事可做了，给谁当老大去。这条船在他的手里二十年了，他老了，船也老了。去年的六月二十三日，是祭龙王爷的日子。海龙让人买来几头肥猪杀了，割下猪头摆到了供桌上。海龙还跟众人开了一个玩笑，猪这种动物，天生是老天爷送给人吃肉的，瞧瞧这猪头，胖胖的，慈眉善目的，看上去笑呵呵的。要是把胡老大的脑袋摆上去，要多难看，就有多难看。一句玩笑，众人一阵哄笑。事后，海龙却认真地说了一句，17625 号，我给它保了一个全险。胡老大心里画了一个魂儿，17625 号，折旧十年，成本也就回来了。这条老船打了多少鱼，挣了多少钱，人不记着，龙王爷记着。

今年的正月十三，是祭海神娘娘的日子。这天晚上，要往海里放船灯。凡是出海的，都聚集到了海头上，等着天色黯然下来，然后放了鞭炮，把点着灯火的纸船放进大海里去。海龙是个天不怕地不收的山狼海贼，但他对待与海相关的祭祀仪式却是十分认真的。想当年，船遇到了大雾时，就是他亲眼看见了海神娘娘送来的红灯笼。社会进步了，纸船也不再是纸船，而是纤维板制作的。船上的灯笼也不再是蜡烛，而换成了电子感应灯。正月十三这天也怪，海面平静得像面镜子，寒风飕飕的，海面上却一丝波纹也没有。年年正月十三都是这样，谁敢不相信冥冥之中有神灵？庄严的祭海神娘娘的仪式结束了，海龙走到了胡老大跟前，过了二月二，你们就出海吧。

除了你，我给出17625号上的每个人都保了人身意外险。胡老大有点儿不高兴了，我这个当老大的，命不值钱？海龙笑了，你的命值两千万，保险公司不肯保，只能保在我这儿。你就把心放进肚子里吧……

海龙很少给他打电话，他也很少给海龙打电话。在海上，胡老大是海龙最放心的船长。船上的卫星电话，就在胡老大的手上。因为平时的航海日记、作业记录，都是读过高中的吴建国负责写，有一次，吴建国想家想得剐心剐胆的，胡老大开了一次恩，让他给远在黑龙江的妈打了一个电话。胡老大问他，有没有搞过对象？他摇摇头，想过，没有搞过。胡老大摇了摇头，不抽烟，不喝酒，白在世上走。要是没和女人干过那事，更是浪费人生。上回在那个小码头靠帮，他给这个小生瓜蛋子找了一个小姐，没有等到动真格的，他倒是先崩溃了。从这件小事，能看出来，这小生瓜蛋子没有给污染。他跟自己的儿子也相差不了几岁，想到这儿，他的心不禁抽搐了几下。

葵英驾着她的那艘小橛子来到了大象岛，与海龙相见时，她看见，海龙的眼睛里面射出了一种似水的柔情。海龙抚摸着她的脸庞，她心里也很快慰。一辈子能被这样的男人爱过，她真的很知足。她就是那种情愿跟着好汉牵马坠镫，也不愿意跟着赖汉子当祖宗的那种女人。

海龙说，这么多天没去看你，我不给你打电话，你从来也不先给我打个电话。怎么样，过得好吗？

好，没有事情，我也就不打电话了。

舍不得电话费？小老鼠来月经，多大点屁事。往后，你的电话费我来给你交。

哥，你叫我来，是有什么事吗？

海龙给了葵英一个牛皮纸信封，里面装的是葵英的身份证，还有另外一个人的身份证。那个人身份证上的照片有些面熟，也有些稚气。信封里还有一份保险合同书和两个红皮的结婚证。结婚证上的照片就是她与那个稚气男人两个人的。一时看得葵英有些糊涂。

海龙看出了葵英正犯糊涂，这些都是我一手经办的，全是真的，没有假的。再过一段时间，17625号还没有消息，就可以认定失踪。到时候，保险公司会去找你的，我与他们沟通过了，他们会与你联系的。这份人身意外的保费，应该是六十万，你留着吧。韩山的意外险，你全给了他父母。我一直心里不安，这次，算是补上吧。

葵英认真地看着身份证和结婚证上的照片，那个名叫吴建国的男人，不正是她从海里救起的、正病倒在她家炕头上的那个年轻人吗？海龙几个月前，就从她的手里要去的身份证，并且在那时候就为她与那个年轻男人办了结婚证。神通广大的海龙别说办张结婚证，他想办什么，还有办不成的吗……脑子一阵空白，一阵混沌，开什么玩笑啊，哥，谁不知道，我一直孤身一人，怎么就结婚了呢？你怎么也不跟我说一声，就拿我造了天大的一个假……

海龙没有让葵英再说下去，什么是真的，什么是假的？放心，什么事情也不会发生。哥就是好心，想让妹子多得点儿实惠。

我手里的钱，花不完的花，我真的不需要钱。哥，你缺钱吗？

我缺钱，真的缺钱。

咱们方圆百里，谁不知道，海龙是天底下最有钱的人。你怎么会缺钱？你在说假话。

海龙也不想跟葵英解释，大象岛的这片海，已经让海龙给买下了。还有海马岛，他也买下了。还有海猪岛的海，他也要买下。他要把这老大一片海域统统地买下。万里海疆不敢说，千里海域他敢说。不久的将来，就是他海龙一统天下。从贻贝到美国的扇贝，再到日本的虾夷贝，直到如今的海参鲍鱼。谁能想到，老天爷给老百姓的海水竟然成了生成财富的宝地。无边无际的大海，海龙恨不能全部包揽在自己的胸怀之中。

海龙看出了葵英似乎有什么心事，便说 17625 号已经“倒”了，船上人也全部遇难了……生死由命，谁也没有办法。葵英，17625 号上都是些什么人？他们连山狼海贼也不如，他们抢劫强奸杀人，他们是没地方可去，才逃到我们海岛，才上了船出海。到了茫茫大海之上，警察抓不到他们，他们再也犯不了罪。船“倒”了，那是老天爷容不得他们，而并不是咱们害死了他们。这份保险，你要还是不要？萝卜地瓜，干脆一点儿。

葵英没有想好，但她还是紧紧把那只牛皮纸信封抱在了怀里。看着身份证和结婚证，葵英意识到海龙好像早就知道 17625 号“倒”了……但是，还有幸存者。而且这个幸存者就在她家的炕头上。她从来也没有对海龙隐瞒过什么，她是他的人，她和他是事实的夫妻。不知为什么，她平生头一次做出了对他不忠的事，没有说出 17625 号还有一个幸存者。她急着赶回家去，她还是想核实一下，家里的那个人到底是不是那个 17625 号上的幸存者……

寒潮来了，能够主宰 17625 号生死存亡的，只有胡老大。当刺骨的寒风扬起鞭子疯狂地抽打海面时，海面上就会飞溅起一片片浪花。其实胡老大一直期待着，因为他的拖延返航，耽误了最佳的时间。他期待着的是船工们能够群起而攻之，他们能把他打倒在地，然后再踏上十多双脚。他把他们带上了不归路，在茫茫大海之上，这些心狠手辣之人，谁知道他们能使出什么样的恶毒手段来惩罚于他。与之相反，偏偏山狼海贼们安静了下来，没有一个人吵嚷着叫嚣着。大家都用眼巴巴的神情注视着胡老大，他们在乞求，他们就像饥饿的孩子乞求父亲能给孩子们一口吃的东西。他们就像身临绝境，乞求父亲能拯救他们的生命。死神已经降临了，他们想活命，没有人想死。即便谁都知道，是胡老大拖延了返航的时间，但没有人嗔怪责难。大家用沉默来乞求他的回心转意，也许，谁也不想在死亡之前，用仇恨度过生命的最后这一段时光。17625号让呼啸的风浪簇拥着，船舱里却显得十分安静。偶尔，一声细微的抽泣，那是从吴建国的鼻息中传出的。胡老大的心给揪了一下。他想起了儿子，也想起了孙子，儿子能抱着孙子来看他，看来，儿子已经宽恕了自己。他是17625号上年龄最大的人，相信过些年，船工们也会像自己一样，他们的儿子也会结婚，他们的女儿也会出嫁，他们也会抱着孙子和外孙送给他们看……他不想当断送他们性命的那个罪人。他调整了航向，朝着西北方向，顶着风，迎着浪，开始了返航的航程。

一个巨大的浪涌迎面而至，17625号船头朝上，就像一个艰难的登山者，一步一步攀登到了山的顶峰。紧接着，船头又向下，朝着谷底滑去。这时，举目四望，全是黑茫茫的海水。老大说了，在老洋子里，只要浪头不开花，多大的浪都不可怕。记住一点，风大的时候，千万不能偏离航向，要顶着风头，对准风向航行。一个大浪头盖将下来，17625号披着一身的浪花，又顽强地从浪里钻了出来。船体左右摇摆着，浪涌推搡着船头不时地向东或是向西。胡老大让大伙儿把所有的网具拴好，推到后面海里去了。船拖着网具，就像老牛拉着犁杖，一步一步艰难而沉重地向前跋涉着。一个突然从下向上蹿起的浪头，几乎将船打了一个趔趄。胡老大说，还是不行，把铺盖行李统统扔进海里。大伙儿七手八脚把被子和褥子全部推进了海里，被褥浸满了海水，变得沉甸甸的。船的航向倒是稳定了，但是，船的航行速度却降了下来。

呼啸的北风越吹越猛，17625 号鼓足了力气，也前进不了多远的航程。像有一只巨大的手，从半空里死死地顶着船，就是不想让 17625 号往前行进。17625 号就像一匹身陷绝境的动物，声嘶力竭地呼唤着，希望它的同伴能来救它。除了风的呼啸，就是浪涛的咆哮。平时他们祭祀祈祷的神灵们也不知躲到了什么地方。

经过了一夜的挣扎，17625 号几乎用尽了所有的气力，它已经有些奄奄一息了，马达声也渐渐地有些有气无力了。胡老大真的想把船上所有的山狼海贼们带出风浪，带出寒流区，带他们靠帮上岸……然而，他尽力了，他也只能做到这个份儿上了。全速大马力的航行，17625 号已经耗尽了燃油，那盏灯火黯然了下去……

虽然阴云笼罩着大海，胡老大也看出他们已经航行到了近海。如果再有一些燃油，17625 号就不会失去动力，他们就能靠帮，就能上岸，所有的人都能活命。然而，他们必定就是这个结局。每个人把自己要交代的事情写下来，比方说，自己银行存款的密码，比方说还有什么重要的事情要交代的。写成字条，装进一只塑料瓶子里面，然后拧紧盖子。但是，不能让瓶子随波逐流，要用一根细细的绳子拴在将要沉到海底的船的桅杆上面，以后，有人寻找沉船打捞尸体的时候，人们就会发现这只瓶子。没有人急匆匆地写这遗嘱式的字条，因为大家早就写了，带在身上。真的需要了，也很平静地拿了出来。

胡老大拿出了卫星电话，电源足够你们每个人跟家里的亲人通一次话的，来吧。从年龄大的开始……吴建国只觉得耳朵里面嗡嗡响，他什么也没听清，他也不知该做什么。胡老大来到他的跟前，把一块大硬泡沫绑在了他的身上，你年轻，火力旺盛，能不能活着漂到岸上，就看你的造化了。

华树林说了，他回去以后，第一件事就是到公安局自首。他不难为老婆了，她可以带着孩子改嫁走道，但是孩子要跟着他的姓……他不想再说了，他把电话交到了吴建国的手里，他拿着电话，他听到了妈在那一头的说话声，他嗓子里像噎了一块棉絮，一句话也说不出来。听到了妈的声音，他委屈极了，就是想哭，可他连哭也哭不出来。妈一个劲地问，你是谁呀？说话呀，你是谁呀……卫星电话的电量耗尽了。

胡老大把电话扔进了海里。他紧紧咬着牙关，面颊上流淌的不知是眼泪，还是海水，他说，老少哥们儿，我胡老大，对不住你们了……

船工们也说，老大，你也尽心尽力了，这是天灾，这不怪你。

胡老大抹了一把脸上的水，天地良心，事到如今，我再不说实话，就是死了，你们在阴曹地府里也不会放过我的……你们听好了，你们都是我害的。你们把我一刀一刀地剐了，也不为过。我欠下了大笔赌债，我这辈子也还不清的债。从开春时起，我心里就装进了这个念头，那就是让船“倒”了。船“倒”了，会有一大笔的保险，会有一大笔赔偿。我罪孽深重，害了你们，害了你们的家人。你们成了殉葬品，有人将得到一大笔你们的人身意外保险金。来吧，你们一刀一刀把我的皮扒了，把我的心肝肺掏出来，扔进海里……胡老大拿出了一把冒着寒光锋锋快的鱼刀。

船工们都怔在了那里，相信，不相信，他们的眼睛直了，直直地盯着他们的老大。胡老大平静地说，我说的都是真的，等到下辈子，我托生成了牲口，当牛做马，给你们家出力吧……

一个巨大的浪头盖将了下来，所有人都坠落入海了。入海的一刹那，吴建国与胡老大同时从浪里冒了出来，他俩面对面。胡老大说了最后一句话，漂回去了，千万不要回到咱们那湾水，不要说你是 17625 号上的船工，回家去吧……

他是从那个很遥远的地方回来的，正是因为他年轻，他火力旺，他的生命力才无比地坚强。如果不是那块大硬泡沫，他也不能活下来。没有人与他争夺，这是 17625 号上最大最厚的一块泡沫。伏在它上面，借着它的浮力，顺着海流子，他回来了，他活下来了。

葵英的小橛子离海耗岛越来越近了，她似乎没有想得太多，她想把身份证交给她从海里救起来的那个年轻人。有了身份证，他就可以坐上班轮离开海岛，回到大陆。她还想告诉他，不久，他还会得到一大笔保险金，属于他的，人身意外险。有了这笔钱，他可以过上幸福生活。她还要叮嘱他，永远也不要对任何人说起 17625 号“倒”了的事情。因为那条船上的人已经全部遇难了。对了，她想起来了，回到大陆，他要再办一张身份证。不过，他不能再使用吴建国的名字，因为这个人已经在海难中沉入了大海。她更要叮嘱他，千万千万不要报警。船“倒”了，没有一个幸存者。如果有一个幸存者，接下来不知会发生什么事情……

葵英打开锁头，推开家门。炕头上空空荡荡，屋子里也空空荡荡。人呢，她从冰冷的海水里救上来的那个年轻人呢？窗户是虚掩的，人是从窗户离开屋子的。他去了哪儿？他是自己溜走的，还是让协警黄毛给带走的……

他应该感谢那件朱红色的作业服，这种作业服是防水的。如果不是身上穿着作业服，他早就会让海水浸透，冻死在了海上。还有那块大泡沫，那是他的生命之舟。没有人与他争，船上的人都知道，他年龄最小，他是唯一没有结婚成家的人。他也知道，大家把活着的希望给了他。说句心里话，他是17625号上学历最高的人，17625号就是一艘贼船，上了贼船的他不得不与一群贼在一起。在这条承载着罪恶的贼船之上，除了警惕、恐惧，他会时时地冒出委屈的念头。在大船“倒”下的那一刻，胡老大说出了这次海难就是一次人为导演的灾难时，那些为了躲避灾难而来到船上的罪人们都很平静，没有人横眉冷对，没有人拔刀相向。大家都超乎寻常地宽容，甚至没有人责怪胡老大。也许大家想到了一起，过不了片刻，他们一起会到一个地方，或者是天堂，或者是地狱。想想与他们相处的这些日子，他们给他起的绰号就是小生瓜蛋子。应该说这是个亲昵的称呼，将来开博客的时候，他就使用这个昵称。

那个救他的葵英大姐走了很长时间，他也决定离开了。他沿着海边走着，他想找到那只塑料瓶子，那里面装着17625号上的闯海汉子们留下的最后的遗愿，或者是他们最后要对亲人们交代的事情。他记得很清楚，那只瓶子并没有绑在桅杆上面，有人提议，让瓶子顺着流子漂吧，总有一天，会有人发现它并且拾起它的。海耗岛是个小岛，吴建国走了好一会儿，也没能发现那只瓶子。他相信，总有一天，也许是他，也许是别的什么人会从海里拾起那只瓶子。他不想在这儿再待下去了，他要离开这个海岛。他会记住这个海岛，因为岛上有个女人把他给救了。他记着她的名字，她叫葵英。她没有丈夫，她的心眼儿真好。为了能挽救他的性命，她脱下了衣服，用自己的肉体，用自己的体温，把他从死神的手里抢了回来。葵英是个好女人。有首歌里唱的，好人有颗好心，好人也会得到好报……他远远地看到了葵英驾着小船到了岸边，他躲到了一块礁石的后面，他看着她把船拴好了，急急地朝家走去。

当了一年的闯海汉子，吴建国也会摆弄船了。从海水里拉过了那条属于葵英的小船，跳上去，一下子就发动起了船，他要走了。回头望了一眼海耗岛，天快晌午了，雾气还没有散尽，海耗岛笼罩在一层薄雾之中。这个季节就是这样，天气冷下来了，天空就会放晴。心里隐隐有一丝愧疚，那就是他走了，他没有跟葵英大姐当面道谢当面道别。他相信，他还会回来的。他只念叨了一句，对不起了……

替天行孝

何医生告诉我，我父亲的病确诊了，是肺癌，而且到了中晚期。我不相信我父亲这样的人会生病，而且得的是这样的绝症。何医生还告诉我，因为太晚了，手术已经没有意义了。

我问何医生，我父亲，他还有多长时间？

何医生说，两个月左右，最长不会超过三个月。

要不要把病情告诉父亲，我觉得无所谓。一个当过侦察兵的男人，他还不到六十岁。我不想对父亲隐瞒任何事情，把悲伤表露在脸上不是我的性格。尽管我没当过兵，可我骨子里流淌的是当兵人的血液。入院以后，父亲从来没有问起过他的病情，我能做到的，就是帮助父亲走完他人生的最后这一段路。那天傍晚，就在我做出决定之后，我跑到了大海边，放开喉咙，痛痛快快地大哭了一场。平时雄壮的海潮声也不再喧嚣，而是跟随着我在呜咽……

已经记不清是哪一年的腊月底，爸爸让我坐到他的桑塔纳的副驾驶的位置上。临行前，他让我系好安全带，他把车棚上的出租汽车标志灯取了下来，我们一路向北飞奔。桑塔那至少开出了一百五十公里，下了公路，开上了乡间公路，再到山路。无论怎样颠簸，在寒风中，爸爸和我赶在中午之前，在大山怀抱里的一个破落小院前停下了。爸爸手里拎着一堆年货，我帮着他拿着两瓶酒。三间石头房子里面迎出了两位老人，爸爸给他们跪下了，大爷，大娘……老头老太太搀扶着爸爸，快起来，关连长，怎么好这样……爸爸没有站立起来，反倒按着我的头，让我也跟他一样给老人跪下了，叫爷爷，叫奶奶……我叫了爷爷也喊了奶奶，爸爸和我才从地上爬起来。老奶奶用棉袄袖子擦了擦眼泪，关连长，看见你，就像看见了我们家大山一样。爸爸说，我对不起你们二老，没有把大山给带回来……老爷爷说，大山他为国尽忠了，就不能给爹妈尽孝了。爸爸说，你们二老放心吧，从今往后，我就是你们的亲儿子，我替大山为你们尽孝。爸爸的话让二老流下了眼泪。那天中午，我和爸爸吃到了老奶奶做的农家饭。临走的时候，爸爸塞给了老人二百块钱。老人执意不收，爸爸又要给老人跪下，爹妈能拒绝自己儿子的钱吗？他们这才收下了。做饭的时候，老奶奶给我煮了十个红皮鸡蛋，让我在路上吃。我记得桑塔那发动起来的时候，老爷爷趴在车窗上对爸爸说，关连长，你一定要保重自己啊！爸爸说，放心吧，当兵的身子骨是铁打的。

铁打的身子骨怎么就这样脆弱呢？我总感觉父亲心知肚明是有预感的，记得那天走在路上，我问爸爸，我哪里来的那么多的爷爷奶奶？爸爸说，我当连长，有一百多个兵，你也就有一百多个爷爷奶奶。怎么，你嫌爷爷奶奶多了？我说，那我自己的爷爷奶奶呢？爸爸说，你的亲爷爷和亲奶奶早就不在了，他们就是你的亲爷爷亲奶奶……等到有一天，爸爸不能为爷爷奶奶们尽孝了，你要记住，你一定要替爸爸为他们尽孝……如今回想起来，早在好几年前，爸爸似乎就有预感……

记事时起，爸爸是个解放军。懂事时，爸爸脱下了军装。让我曾经自豪的是，父亲参加过西南边陲的那场战争。同学们羡慕我，老师也高看我一眼。战争结束时，我爸爸回到了家里。学校方面一再恳请我的爸爸给同学们讲一讲战斗故事，讲一讲英雄们的事迹，爸爸都给拒绝了。不知为什么，那年月，凡是到过老山前线的人，哪怕没有参加过战斗，他们也都到处演讲，四下里做报告。而我的爸爸不但拒绝了我们学校，也拒绝了许多党政机关和单位的邀请。自从他转业回到家里，爸爸的脸上就弥漫着硝烟，他心里的战争阴云没有散去。也许受到了爸爸情绪的影响，我们一家四口人蜷缩在六十平方米的屋子里，不愿意走出屋子。这房子是妈妈单位分给她的，因为爸爸是个军人，她一个女职工才有了这个待遇。和平年代，亲历过战争是一种幸运，妈妈的工友们都鼓动妈妈再去要一套房子。无论他们怎么说，妈妈只是听，爸爸不下命令，她什么都不做。她听丈夫的，也听我这个当儿子的。

父亲住在特护病房，并不是因为他曾经立过战功。特护病房是市里局级以上干部才有资格住进来的，病房配备了最好的医生，设备是最好的，连护士的相貌也十分地姣好。父亲住进特护，是因为我的影响力。我让自己彻底平静下来，才走进了病房，走到了父亲的病床前。病床上躺着一个男人，他曾经很高大而英武。躺倒了，他深深陷进的似乎不是病床，而是一片白色的盐碱地。他是我的父亲，作为儿子，我要不惜一切拯救他的生命。本来我已经做好了准备，把真实病情告诉我的父亲。可到了他的面前，我改主意了。

父亲自己用手支撑着坐了起来，没有血色的脸上露出了笑意。他说，你的海参金胶囊真的比药片管用，吃了它，我的身上真的有劲了。

我说，你早就应该相信，我开始碰海的时候，有时候水喝光了，渴成了上甘岭时，我们就剖开海参的肚子，喝里面的海参精。其实，它是海参没有排出的卵子，是海参身上的精华。以前让你吃，你不相信它的功效。

可是，一千多块钱一盒，多贵呀。

再贵也是你儿子生产制造的，老爹吃点儿还不应该吗？

嗯，是，是到了你尽孝的时候了……你妈到哪儿去了？

你说，你想吃山麻楂包子，她到山后屯给你挖野菜去了。

给她一个棒槌，她还当真（针）认（引）了。

我妈就是一个拿着鸡毛当令箭的人，你的话，那就是圣旨。你说了，她能不执行吗？

我是个孤儿，我不知道爹妈是谁，他们是怎样丢下我的。当我记事的时候，我吃的是百家饭，穿的也是百家衣。后来，我长大了，中学毕业以后，有关部门把我送进工厂当了学徒。我不想当工人，我一心想当兵。一年一度的征兵开始时，我报了名，通过了政审，通过了体检，我来到了部队。从新兵连出来，我就跟着带兵的人来到了海岛上，成了守备连的一个兵。海岛上没有居民，清一色是身穿绿军装的当兵人。唯一的异性就是连长的家属，人家当年是个卫生兵，有一年上岛给战士们检查身体时，让郭连长看中了，他不知托了多少首长，还有多少关系，哄着人家嫁给了他这个连长。好么，在这海岛上的兵营里面，真正成了万绿丛中一点红了。

入伍半年后，我当了通讯员，往郭连长家里跑的机会多了，与连长夫人接触也多了。已经生育了三个孩子的她体态依然如初，穿上军装，还是一个英姿飒爽的女战士。只是海上的风海上的日头将她的皮肤磨砺得挺粗糙，显得更加壮实。因为经常给她送信，信封上面写着她的名字，所以我知道她叫董小娥。我对她如此关注，也许因为她是我情窦初开时接触的第一位女性。董小娥知道我的孤儿身世以后，她那同情怜悯的目光里面多了些许母性。她叮嘱我最多的话就是，好好干吧，留在部队最好。经过四年的努力，在我二十五岁那年，我提干了，当了排长。那天晚上，郭连长让我到他家里吃饭。我在连长家吃过许多次饭，这一次，连长拿出了酒来，我当了排长他高兴，你一杯我一杯，一瓶酒喝光了，我们俩也醉倒了。郭连长说，你小子有文化，出身也是根红苗正，将来肯定有出息，好好干，至少也要当个团长，别像我，顶多当个连长，家也只能安在海岛之上，连老婆孩子都得跟着我吃苦受罪。我借着酒胆，说出了自己的心里话，嫂子有多漂亮，你不知道连里的弟兄们有多么羡慕你吗？兵蛋子们都说，将来能娶上嫂子这样的媳妇，死也知足了。

守海巴沿生活的人们最忌讳的就是不吉利的话，受了感染，我们当兵的也不说“死”呀“翻”啊“扣”的之类谐音的话。那时候，正是“文化大革命”轰轰烈烈之际，政治的风潮也波及了海岛。也不知哪位积极分子读马列毛著头脑灵光一闪，搞出了迫击炮一弹多发的革新。如果各个连队掌握了这种一弹多发技能，就可以解决我们的基层连队火力不足的问题。这项革新据说已经通过多次试验，才推广到了各个连队。将来战争打起来，这个方法可以解决我们连队火力压制敌人火力的问题。可是，三发炮弹集中在一个炮管里发射，郭连长怎么也接受不了。可这是军区直接下发的命令，必须要执行。我们连长的抵触情绪这么大，营长亲自来到了我们驻守的海岛，亲自观看我们的训练演习。我永远不会忘记那天的情形。郭连长亲自上阵，他带领着战士们要完成第一次发射。一发二发三发，当第三发炮弹刚刚落入炮膛时，意想不到的事情发生了，三发迫击炮弹同时在炮膛里发生了爆炸。我的郭连长，还有一排二班的所有在现场的战士们，全部牺牲了。现场惨不忍睹，倒在地上的，没有一具完整的尸体。来到现场督察的任营长也身负重伤，我也受了伤，但比起那些牺牲的战友，我这伤算得了什么。记得有一个小战士，他的脑袋让弹片给割掉了，一些炸飞的胳膊腿，能在周边的树枝上，或者是礁石上面找到，而这颗头颅却再也无法找到。没有办法，战友们只好从海边捡回一块与头颅大小相似的鹅卵石，替代了小战士的脑袋，外面缠上了厚厚的纱布，再戴上了军帽。我不能忘记，小战士的母亲用手摸了一下孩子的脸，老人家什么都明白了，她一下子晕厥了过去。十一个战友，还有我们的郭连长……那天，郭连长似乎有预感，只要我一走出战壕，他就让我回去。他牺牲了，保住了他的兵，却没能保住迫击炮班的战士们。海岛成了哭泣的海洋，牺牲战友的亲属们纷纷来到了岛上，安抚成了我们的任务。我的任务就是负责安抚郭连长的家属，连长的小儿子郭空军只有一周岁，还趴在妈妈的怀里吃奶。丈夫的牺牲让董小娥不敢相信这是真的，她的精神已经有些恍惚，披头散发，胸怀也敞开着，她似乎什么都不管不顾了。一个带着三个幼小孩子的女人，丈夫不在人世了，仅仅依靠劝慰能够安抚她的心灵吗？悲恸之余，失去了亲人的人们想的是接下来继续下去的生活。

没有想到，按照规定，这次发生的意外，属于事故，所有牺牲的战友们都不能定为烈士，只能给他们的亲人发一笔有限的抚恤金。为了这件事情，任营长让战士们用担架抬着他直接去军区争取，结果就是没有结果。严重的意外事故，这不过是演习，如果真的发生在战场上，没有打到敌人，反倒炸死了我们自己，这不是给敌人创造了战机吗？任营长指着那个作训处长的鼻子，大声地骂着，你是个混蛋……

再激荡的浪潮也要平静，战友们那不完整的尸骨下葬之后，他们的亲属们也相继离开了部队，离开了海岛。没有走的只有郭连长的家属，董小娥和她的三个孩子。她没地方可去，到哪儿，回老家去？她和孩子怎么生活，依靠什么？连队房子让她们母子有个遮风避雨的地方。不离开，她们也有个吃饭的地方。但是，长此下去是不可能的。一年之后，我就是在这个悲伤已经渐行渐远时，人人要应对日复一日的现实生活之时，我走进了郭连长的这个家，走近了董小娥这个善良的女人，也接受了她的三个孩子。我下了很大的决心，也说服了自己，我更是心甘情愿的，因为我对家的渴望甚于所有的人，只要有亲人，有父母，有兄弟姐妹，有妻子儿女。虽然来得有些仓促，她是连长的遗孀，还有三个与我毫无血缘关系的孩子，但是，我愿意接受他们……

身体刚刚康复的任营长来了，他说了一句让我感动的话，我替九泉之下的郭可耕同志谢谢你了……说罢，他向我郑重地敬了一个军礼。

很多战友以为我一个未婚的男人走进连长的家门，替代连长尽未尽的责任，似乎付出的代价有些过大。连任营长也这样想。我没有对任何人解释，不排除同情和怜悯，还有战友的情分。战友们对我的敬意似乎因为我为连长付出了自己的青春和爱情作为代价。但我觉得，这不是牺牲，我得感谢郭连长，他直接送给了我一个家。也许没有人能够理解，但我愿意这样做。郭连长的大儿子郭陆军六岁，二儿子郭海军四岁，小儿子郭空军才两岁他们需要照顾。还有郭连长的妻子董小娥，她也很年轻，她需要丈夫，孩子需要父亲，必须要有人担当这个角色。我愿意担当这个角色，我想，我担当了，郭连长在九泉之下也会安心的。记得提干以后，郭连长跟我说起了以后成家立业的事，我永远也不会忘记郭连长说过的一句话，军人找的老婆，等于半个寡妇，一定要找一个守得住身的，守得住家的。在海岛这些年，我亲眼所见，你嫂子天生就是军人的老婆。以后，你就以她为榜样，漂亮的脸蛋只能给你惹是生非。

以前每次我到郭连长家，他就会把酒拿出来，董小娥就会炒鸡蛋煎鱼，孩子们就会扑到我的身上嬉戏。而今，郭连长走了，当我下定决心走进这个家门时，却遭到了董小娥的拒绝。我知道，她这是在试探我这一抉择的坚定性。接连几次的闭门羹，我没有改变自己的态度，我甚至将自己的打算告诉了董小娥。很多事情我也想过了许多遍，甚至做了许多最坏的打算。因为我进门就给孩子当继父，这恐怕比起一炮发三发迫击炮弹都要艰难。所以，进门之前我想好了。我决心要把郭连长的三个孩子养大成人，为了让董小娥相信，我会把她的三个孩子当成自己的亲生儿子，我可以不要自己的孩子。如果再不相信，我可以到医院做一个输精管结扎手术。董小娥瞪大了眼睛，那可不行，我当过卫生员，我知道，说是那种手术对男性没有影响，可能吗……

董小娥终于接受我了，我走进这个家。董小娥接受我，虽然有了一个过程，但我与她还是有些尴尬和拘谨。忘不了那顿算是我与董小娥婚礼的晚饭。我，她，她抱着小三，还有两个大一点儿的孩子团团坐在饭桌前。董小娥说，从今往后，关叔叔就是你们的爸爸，从今往后，你们就要叫他爸爸。在咱们老家，闺女归妈妈管教，而男孩子就要由父亲管教。往后，你们就要听爸爸的话，像以前一样。你们仨听明白了吗？陆军和海军眨着小眼睛，点点头说，嗯。董小娥给我的杯子里倒满了酒。从前，都是我与郭连长坐在这儿喝酒。今天这酒，是董小娥倒的，我也给她倒了一杯酒。我们俩互相敬了一下，洒在了地上，然后再倒满了杯子，一饮而尽。这算是我和董小娥的新婚喜酒，也算是我们俩的一个仪式，这酒就是我们表明心迹的一个象征……董小娥，她属于母性高于妻性的女人。我们一家人吃鱼的时候，她总是不声不响地把鱼头和鱼的骨头挑出来吃了，盘子里剩下的，都是鱼身上的肉，让我和孩子无所顾忌地吃。她不是今天才这样，我以前已经看到过许多次。她最大的长处就是顺从，她的顺从不仅是对长辈，对我和孩子，她也是无比地顺从。

没有人知道我们俩是怎样度过的新婚之夜……郭连长活着的时候，我在自己的梦幻之中曾经拥有过她，她是一个偶像，一个参照物，我甚至好多次窥测过她的那些让人心动的部位。但是，那天晚上，我们没有紧紧地拥抱，没有热烈地亲吻，我和她手握着手，坐在炕沿上说话。我把我的所有经历，统统讲给了董小娥。董小娥也把她们家她自己所有的事情都告诉了我。这些年，她对我也很了解，但她仍然不放心的，就是我的那个承诺，我不要自己的孩子，似乎有些不可思议。一个男人怎么可能不要自己的后代？我又说起去做一个结扎手术的想法。她说，你是男人，千万做不得。真的要做，也要我去做。

董小娥果真去医院做了结扎手术。接她回来的时候，她泪流满面地对我说，真的对不起你了，我也只能这样……我说，你做得对。我一个小排级干部，一个月才五六十块钱，我们五口之家，我是孤儿，可郭连长有父母，董小娥也有长辈，我走进的这个家，真的是上有老，下有小。

一切对于我来说来得太突然，幸好我有准备，也幸好我们连队驻守在一个海岛之上。靠海吃海，董小娥是个能干的女人，我们一家人日子过得下去。曾经发生的不幸，也许只有大儿子郭陆军有记忆，有过不幸经历的孩子似乎比他的同龄人更懂事。从前是个顽皮的男孩子，一夜间，孩子们似乎不再那么顽皮，他们好像一下子懂事了，也成熟了许多。

我是半路上从郭可耕连长手里接过扶养三个孩子长大成人的任务，我给自己定下了原则，那就是不能打孩子，哪怕他们再调皮，我也不碰他们一指头。尽管我没当过父亲，但我相信，我会成为一个好父亲的。

说句心里话，与董小娥结婚，连个登记手续也没办理。同志们默认了，上级领导也默许了。事后，任营长来过几次，最后一次来，他带来了几套旧军装，还悄悄地把钱塞进了我的手里。他当了团参谋长，要离开海岛了。任营长是个爱兵的人，他走了，我们少了一棵遮蔽风雨的大树。而任营长不这么看，他这棵大树永远会罩着他的兵。几年来，他一直向军区领导写报告，建议撤掉那些没有驻守意义的荒岛。因为生活条件太艰苦，我们指战员们也太艰难了。任营长调到团里不久，军区领导也采纳了他的意见，我们守备连便从这个荒无人烟的海岛上撤了下来……

对于当年我们家发生的事情，已经懂事的大哥有记忆。他接受了继父，我和二哥也就接受了这个曾经是我们叔叔的爸爸。一个家有三个半大小子，调起皮来，真能把屋顶捅个窟窿。记得我们造翻天的时候，妈妈也嗔怪爸爸，你为什么不管教他们？爸爸听了只是嘿嘿一笑，当兵人家的男孩子嘛，不淘不作的那是闺女。我把他们一个个管束成了闺女，将来他们当兵恐怕连娘子军也不如。

在我的记忆里面，爸爸从来没有动过我们一指头。他爱我们，但不是溺爱。我们犯错时，他总是给我们讲一些事理，启发和教育你怎样不再犯错。背地里，妈妈还是嗔怪爸爸，你是不是害怕担当后爹虐待孩子的骂名，才不肯教育孩子？爸爸说，小时候，因为他是孤儿，经常受到别人的欺负，所以，他痛恨骂人打人的人。他也发过誓，这辈子不骂人也不打人。妈妈逼问，难道你上了战场，连敌人也不打？爸爸说，那可是另当别论，就事论事，别不讲道理。打人是一种伤害，不打人才是对人的尊重。妈妈只能搬出当年电影里的一句话，“墨索里尼，总是有理”来回敬爸爸。

因为有了这样的爸爸，我是幸运的。多少年以后我才得知，他为了不分散对于我们的爱，他甚至没有要自己的孩子，一直守护着我们，守护着这个家。爸爸不但对我们好，他对他的那些兵也好。他从排长到连长，似乎走过了一段很漫长的历程，直到参加对越自卫反击战，他还是连长。那时的任伯伯已经是特种兵大队的政委了，正儿八经的正团级。在部队，等级观念是挺强的。部队的家属，也很看重等级。在学校也是这样，有人问起爸爸的职务，我总是有些不好意思。有一回，无意间说起这件事，爸爸挺神秘地对我说，我这个连长可不比一般的连长，我是侦察连的连长。特种兵大队的侦察连长，你想想，你爸爸有多厉害。

那年月的特种兵，是国内刚刚组建的部队。在军区，也只有一支特种兵部队，是部队的精英。爸爸他会开汽车，会开坦克，我想，他也应该会开直升机和汽艇。因为侦察兵需要这些本领。爸爸回家一次也不容易，每一次回来，我都央求他教我一些擒拿格斗的技能，爸爸也真的教我。每教会我一招，他都是这样告诫我，千万不能拿着爸爸教给你的这些本事去对付同学们。我说，要是大孩子们欺负我呢，我怎么办？爸爸说，那就是另外一回事，只要对手比你大，你可以与他较量。即便打不过他，也不能让他给吓倒。记住，你可以被人打倒，却不可以让人给吓倒。

那一次爸爸回家探亲，正巧碰上了学校要开家长会，爸爸替妈妈参加了我的家长会。家长会开过了，老师让别的家长都走了，把我爸爸留了下来。我知道，老师要向爸爸告状了。老师说，你这个孩子脑瓜聪明，没用多少功，学习还不错，如果他能再用一点儿功，再能完成作业，他的成绩会更好。

爸爸说，这孩子像我，我小时候读书就不用功。如果用功，我就是大学生了。

老师又说，这孩子有时候喜欢出风头，专门愿意与高年级的男同学打架。有一次，高年级的男同学都不愿意再打下去了，可他却不依不饶，非得打出一个胜负不行。

爸爸又说，这也怨我，怨我这样教他的。

回到家里，我想爸爸不会打我，但他会狠狠地批评我一顿。没有想到，进了家门的爸爸却像没事一样。妈妈问爸爸，老师是怎么说的？爸爸说，女教师喜欢的就是小绵羊式的学生。这种教育形式再不改革，中国的男孩子都让她们给教成了贾宝玉。我与那个女教师说不到一块儿，她说了，咱们家空军考不上大学，她不负责。我说，教育孩子难道就是考大学，当一个好兵不行吗？因为话不投机，我们没有再谈下去。妈妈还是嗔怪爸爸，你呀，就是太惯孩子了。人家老师为的都是咱们家孩子好，你可别凉了人家老师的心。

有一件事是不能忘怀的。有一次，已经上了中学的大哥跟我说，三儿，别再淘了，咱爸咱妈不容易，让他们省点儿心吧。大哥的话挺触动我的，眼前的大哥似乎一夜间成了大人，他的神情庄重，口气也很严肃，从前都是他带着我们淘，上了中学，大哥真的成了大人了。此时男孩子之间的交流已经有了男人的意味，大哥的话是有分量的。我头一次乖乖地顺从了，没敢反驳他装大尾巴狼，一句也没有争辩。三个半大小子，就是三头克朗猪，穿的吃的用的，还要读书，为了我们哥仨，爸爸妈妈已经尽其所能了。

对越自卫反击战的战幕拉开了，我们侦察连执行了几次侦察任务，潜入敌人的纵深地带，摸敌人的岗哨，端敌人的哨所，破坏敌人的通讯设施。每一次行动都是小股部队行动，侦察连作战的特点和风格也都发挥了出来。因为侦察兵都是兵中的尖子，一连几次行动，我们没有伤亡。行动过后，二十郎当岁的兵蛋子们谈论最多的就是姑娘。丁大山就说，这辈子最大的遗憾就是没有女朋友，不懂得女人是怎么回事。早知道当兵能上前线，在老家搞个对象多好。同班的一个战士把丁大山的话报告给了蔡指导员，好在蔡林不是个教条政治指导员，他反问这个打小报告的战士，你死到临头时，你最惦记的是什么？那个打小报告的兵嗫嚅着说，为党为国而牺牲。蔡林又问，除此而外呢？他说，是俺爹俺娘。惦记着爹娘没错，你不想姑娘吗？也不能说是不想，但是，说出来就不好了……

我是我的兵弟兄们的连长，无论经历怎样的战斗，我最大的愿望就是我的兵都能平安归来。好在我们是侦察兵，没有整连整营大规模进攻作战的任务。在自卫反击战拉开战幕之前，敌我双方的侦察兵早已在暗中较量过多次。战争大幕拉开后，我们执行几次任务，还都比较顺利。随着战争的深入，部队的伤亡越来越大，战斗也越来越残酷。经历过多年战争的越南军队不是纸老虎，因为同是一个信仰，对比战斗力，他们丝毫不逊色于我们。

那天，任政委和团长把我和蔡林一起叫到了指挥部。从前指传来的情报，在敌方纵深十三公里的哭儿山一带，突然冒出了一个师一级的指挥所。前指命令，要除掉这个指挥所。为了保证这次任务的完成，要我和蔡林同志一起带领侦察连行动。我们侦察连从来也没有全连执行一个任务的时候，我与蔡林对望了一眼。团长说，敌情并不明朗，因为我们多次偷袭，敌人也是恼羞成怒，他们会有防范。你们一定要记住，他们与我们一样，用的是同一个信念教育士兵和部队，所以，他们的战斗力绝对不容轻视。任政委也一再叮咛我和蔡林，也许这次行动会很艰苦，你们要有思想准备。

我和蔡林都说，请首长放心，我们保证完成任务。

团长说，一定要把战士们都带回来。我们的对手一直在国际上制造我们侵略他们的舆论，如果真的有掉队或者说负伤的战士，告诉我们的战士，千万不能活着落入敌人的手里。

我们这支侦察兵部队，早就引起了对方的关注。我们这次行动，是在对手的掌控之中。当我们连队借助夜色的掩护，悄无声息地向哭儿山靠近的时候，敌人不仅切断了我们的退路，也将我们团团包围了起来。那是一个并非形同虚设的指挥部，是他们事先做好的一个诱饵和陷阱。为了能让我们中圈套，他们做了许多逼真的伪装。这次行动，是前指的情报有误，但我们执行任务的人并不知道。战斗打响了，面对着数倍于我张网而待的敌人，我们一开始就深深地陷入了被动。我们没有重武器，敌人将我们团团围困在哭儿山上，步步向山上紧逼。战斗打响两个小时后，侦察连变成了战斗部队，我们连队伤亡很重。蔡林也负了伤，他的右腿被迫击炮弹炸折了，用止血带捆扎着，站立不起来。除了牺牲的战友，负伤的有十七个。我，还有八个战士完好无损。蔡林给我下了命令，我们掩护你们，你们撤出哭儿山。

我是一连之长，这样的关键时刻，我哪里能离开自己的连队？

蔡林有些激动，你我都明白，这不是战斗，我们是在执行任务。如果我们死抱作一团，我们一个也不可能活着，而且，不可能有部队前来救援我们。你带着战士们赶快撤出去，我和他们还有最后一点儿能力能够掩护你们。再耽搁下去，侦察连一条血脉都留不下来了。

哭儿山背阴处，有一条可以下到山底的险路，敌人没有在那里设防，而且没有埋设地雷。那些个留下来掩护我们的战友用眼睛跟我们告别，只有丁大山说了一句话，连长，你们回去以后，到了过年过节的时候，替我看看我爹我娘……

敌人利用他们对地形的熟悉，他们不打炮了，渐渐地围拢了上来。不行，我们不能走，要走也要一起走。我真的不能扔下你们……

蔡林激动了起来，老关，你真的糊涂了是怎么着？你们快走，回去向团长和政委报告，只要我们还有一口气，就不会当敌人的俘虏。走吧，老关，算我求你了，咱们侦察连，不能全军覆没啊……

就在我带着我的兵刚刚撤出战斗没有多久，响起了激烈的枪炮声。过了一会儿，一阵密集的重炮轰向了哭儿山，山上顿时炸成了一片火海，整个山体都在震颤。这样猛烈的炮火集中轰击一座山头，山上的人必定葬身火海。拂晓时，我们在一处灌木丛中潜伏了下来，直到第二天的晚上，我和我的八个战友回到了营地。看见我们，团长和政委愕然了，他们没有想到他的兵还有活着归来的，他们已经说不出话来了。

团长，我们没有完成任务……

团长说，能够回来就好，你们好好休整休整吧。

直到战争结束，我和我的战友们再也没有执行过任何任务。也许在上级首长的意识当中，这支侦察连已经全军覆没了。

过了不久，我们这支不复存在的侦察兵连队仅存的九个人，要转业或者复员了。分手的前一天晚上，我们相聚在一起，祭奠了战友，我们九个人抱在一起大哭了一场。九个战友，有山东、山西的，有河南、河北的，我是辽宁的，还有黑龙江和吉林的。我们一起发了誓，我们九个人的命是战友们给的，当兵时，要为国家尽忠，脱下了军装，我们不能忘记的就是为我们牺牲的战友。回到老家，我们要替他们尽孝。我们对天发誓，哪个人没有做到，让他不得好死，下十八层地狱，进不得天堂。我们把喝酒的大碗掼到地上，乒乒乓乓摔得粉碎，弟兄们，百年之后，我们侦察连的战友们在那个世界相聚首，希望我们都能做到扪心无愧……

当我和我的战友们即将离开部队时，任政委来到了营房。他的手里托着一个大大的红布包裹，他的神情也十分庄重。大兵团进攻开始以后，他也随部队进入了纵深地带，他去的是哭儿山。山上一片焦土，焦土之中有骨殖，有破碎的迷彩军服。他只能带回这些掺杂着泥土的东西。那泥土里也浸透着血水，虽说青山处处埋忠骨，但我不能让我的兵成为异国他乡飘零的孤魂。带着他们回老家吧，但愿他们的灵魂安宁。

我们每个人带了一包饱含着我们战友骨殖的焦土，回到他们的故乡，安葬他们……

我们自己的灵魂都不安宁，他们的灵魂会安宁？在这个世界上，最真诚的友情，最纯洁的友情，莫过于战友之间的感情。无论同学还是同事，他们不会有生与死的那种纠葛和检验。只有面对生死，才是对人性品德真正的验证。我的战友，除了几个连排干部，他们年龄最大的也不过二十出头。有多少事情没来得及做，有多少事情还在等待着他们。我活着，他们死了，无论为他们做什么，都是我分内的责任。我回到了临海，在这个城市和乡下，我有七个同乡牺牲在了异国他乡的土地上。他们没有做完的事情，就是对亲人们的尽孝尽责。接下来我要做的，就是他们没有做完的事情。

没有多久，当地政府给爸爸安排了工作。他可以到公安局当一名公务员，也有企事业单位可以选择。爸爸选择了一家工厂，市里的第二油漆厂，正连职转业的爸爸看中的是那个厂长的职位。要进工厂了，爸爸把他穿过的军装都整整齐齐地叠了起来，放进了箱子里。他把他的军功章包在一块手帕里，放在了箱子角。军人的习性就是整洁，那套便装穿在爸爸的身上显得那么可体而且精神。属于爸爸的新生活开始了，我希望他能变换一种生活方式。我相信爸爸他能够重新开始，开始他的新生活。

从前与爸爸在一起的时间太少了。他转业了，可以与我天天在一起。我知道，我的爸爸虽然脱下了军装，但他开始了新生活。他是让人放心的，我能感觉得出来，他对于新生活充满了信心。开始新生活的爸爸是有雄心的，他一心一意想把油漆厂搞好。我明白爸爸的苦心，他是想干一番事业，多挣钱。他不仅是为了我们和妈妈，他还为的是他的那些战友。然而，偏偏事与愿违，油漆厂只维持了一年多一点儿，工资就发不出来了。工厂面临着倒闭，工人面临着下岗。从来也没有抱怨过爸爸的妈妈说话了，转业时就应该进机关，不图别的，咱就当个公务员。国营企业的铁饭碗不行了，但公务员是金饭碗。爸爸说，这是他的选择，就像他当侦察兵的时候，在岔路口时，就需要做出选择，也许选择的那条小路埋满了地雷，你也只有认了。选择正确，那是你的幸运。

爸爸让妈妈把家里的积蓄全部拿出来，妈妈尽管心里不愿意，她还是顺从了自己的丈夫，她把家里的存折给了爸爸。加上自己转业的钱，爸爸东拼西凑的，买了一辆二手的桑塔纳，跑起了出租。那时候，我也不能理解当过连长的爸爸。爸爸带着我去过他的几个战友的家以后，我似乎理解了爸爸，当过兵的他为什么会心存一种多挣钱的想法。

爸爸会自我解嘲，开出租怎么了？开出租比当厂长挣的钱多多了。再说，出租司机也是上等公民，除了官员大款，出租司机也属于有车一族。在没有私家车的年月，出租汽车司机真的就是有车一族。平时爸爸也顾不上拉我，到了年关，到了节假日，他就让我坐到了他的车上。

在一个名叫穷八辈的山沟里，爸爸的战友秦光荣的家住在这沟帮子上。桑塔纳只能停在沟外，我和爸爸是走进沟里的。我不知道还会有穷成了这样的人家，窗户上面钉着塑料薄膜，土炕上面铺着水泥袋子，再上面，蜷缩着一个老人。老人的身上包裹着一床如同油墨浸过的破棉被，他瘦骨嶙峋，脸色蜡黄，一看就是有病缠身。

爸爸给秦光荣的父亲跪下了，他让我也跪下，让我叫他爷爷。我看见，爸爸的眼睛湿润了。家里困难成了这个样子，为什么不跟我这个连长说呀……

秦光荣的哥哥告诉爸爸，他不想给领导添麻烦，说出去，也是怕战友们瞧他不起。

家里贫困，父亲有病，当地民政部门救济过吗?

光荣牺牲的时候，他们来过，后来，就没有人过问。

你们应该去找他们。

找过，可他们说，光荣不是牺牲在战场上……

秦光荣确实不是牺牲在战场上，那天执行任务路过一个小村庄的时候，他遇见了一个老态龙钟的越南老头，老头坐在路边不能走了，秦光荣把他背了起来，他想把老人送到村口。可就在这时，颤颤巍巍的老头突然从腰里抽出了刀子，从秦光荣的后背捅了进去……

我能看得出来，爸爸的心里憋着一股子火气。他开着桑塔纳飞快地来到了乡政府，找到了那个民政助理。民政助理中午刚刚喝过了酒，脸蛋红扑扑的像涂了胭脂，他的眼睛眯缝着，一副色眯眯乐呵呵的神情，他似乎还沉浸在推杯换盏云山雾罩的乐趣之中。

听说爸爸是为秦光荣家的事来的，他说，穷光荣、穷光荣嘛，他们家穷了八辈子，至今仍然愿意受穷。我们对他家年年扶贫，结果，越扶越贫。

爸爸说，他们家作为军烈属，你们的抚恤金经常发放不到位，你没有责任吗?

他们家是个填不满的窟窿，不要倚仗着军烈属头衔，就来讹政府。

不管怎么说，秦光荣同志是烈士。他的老父亲生病，家里的生活困难成了这个样子，咱们应该伸出手帮他们家一把。

哼，我们知道秦光荣是怎么死的，他有点儿像东郭先生，把他说成烈士，已经高看了。

爸爸再也忍不住了，我们的战士，在前线流血流汗，把生命都搭上了，你竟然这样污蔑我们。知道有你这样的民政干部，秦光荣的牺牲真的不值得。

谁让秦光荣是个兵蛋子，当了军官，不就好了吗?

爸爸再也无法忍受了，他上前一把揪住了民政助理的衣领，今天，我要不揍你，我都对不起我的兵。操你妈，我不操你妈，你不知道谁是你爹。

话音刚落，爸爸的拳头已经砸在了民政助理的脸上。侦察兵的拳头有多重，一下子砸得那张粉团大脸绽开了一朵红色牡丹花。这个民政助理是乡长的小舅子，在乡政府打人，可以给爸爸戴上一顶扰乱办公秩序罪的帽子。

乡派出所来了两个民警，要拘留我爸爸。我多么希望爸爸能反抗，因为那个民政助理已经坏得头顶上生疮，脚心里冒脓。可民警竟然站在坏人一边，我气不过，上前要与警察撕扯，我要咬他们，我要解救爸爸。不过，我没有咬警察，我喊他警察叔叔，我爸爸是侦察连的连长，他为了能够帮助他那些牺牲的战友们，如今开起了出租车。不相信，你可以查一查，出租车就停在外面，真的，那个民政助理太坏了。警察叔叔，你应该把坏人抓起来呀。

那个警察看了看我爸爸，又看了看出租车，他还是把我爸爸带到派出所。我跟在爸爸的身后，不能让他们把爸爸怎么样。

坐在办公桌前的那个中年汉子是派出所所长，我窜到他的面前，大声地呼喊了起来，警察叔叔，我和爸爸来看望他牺牲战友的爸爸，军烈属家的抚恤金让那个民政助理都给买酒喝了。我爸爸揍了那个坏助理一拳，他就让警察叔叔把我爸爸给抓到这儿来了。

我的呼喊果然打动了那个派出所所长，他让爸爸坐下，让别人出去，他们说了很长时间的话。送爸爸出来的时候，他还抚摸着我的头，他说，好小子，像是当兵的儿子。你走吧，带着孩子快走。我也是当兵出身，可现在我也只能帮你到这儿了。

坐在爸爸的身边，我觉得我们是胜利者。爸爸拍拍方向盘，问我，你要不要试一试？

我向往手握方向盘，驾驶风驰电掣的汽车。可爸爸从来也不让我动方向盘，我在他的眼里是个孩子。也许我今天的举动感动了爸爸，他才破天荒地让我开车。开车不算是本领，开车应该属于技能。在乡间公路上，我在爸爸的指导下，第一次发动起了汽车，第一次挂上了挡，第一次踩了油门，第一次把车子开动了。尽管我的动作生疏，尽管车子开得生硬，在爸爸的指导下，我还是在短时间内学会了驾驶。我知道，爸爸的脚一直放在刹车踏板上。

爸爸半假半真地说，这下可好了，再过几年，我就有了能够顶班替班的司机了。所以啊，还得生儿子。都说闺女是妈的小棉袄，能顶天立地的，能扬眉吐气的，还要靠儿子。今天的事儿，爸爸给你记上一功。

董小娥给我带来了山麻楂包子，为了不扫妻子的兴，我强忍着吃下去了一个包子。下咽的时候，那样地艰难，也许我的食道、我的胃肠、我的咽喉里已经长满了癌细胞。

我的妻子，她已经老了。跟她在一起做了这么多年的夫妻，我竟然是头一次这样细细地端详自己的妻子。董小娥的长相不算漂亮，也不算丑陋。当年在海岛上，眼睛里的她就是一个仙女。一场意外事故，我成了她的丈夫。她在我面前，就像我的兵，任凭我发号施令，而她却毫无怨言。为什么呢？她为的是我们这个家。鲁迅先生说过这样的话，女人只有母性而无妻性。因为母性，妻性是被逼出来的。但她却是母性十足，妻性也十足，她是一个好女人。如果我想跟她生一个孩子，我相信，也会生一个男孩子。

那年冬天，我把正在生病的秦光荣的父亲接到城里看病。住进了医院，董小娥就成了老人的陪护。她天天往医院里跑，顿顿要给老人做饭。刚来医院时，老人身上都有些发臭，她把老人的衣服脱下来洗了，把老人的身子也给洗了。她明白事理，她知道，我不会平白无故接一个老人当父亲一样孝敬。我尽不到的孝道，她替我尽到了。

我的全部时间都用在了开车运营上面，我的战友们，他们的家庭生活都不富裕，他们需要帮助。如果他们活着，也许我还没有这么大的责任。我们生死离别之时，虽然没有托付和遗言，但是，我有誓言。在我的车上，放着一瓶水，还有几个包子。别的出租汽车不敢跑的长途我敢跑，哪怕到了下半夜，我也敢跑，侦察兵出身，难道还怕几个抢出租汽车的地赖子。

那天，我拉了一个跑长途的大活儿。整整一天，到了半夜，我才从省城回到了临海。那天，我实在太困了，连家也没回，就趴在方向盘上睡到了天亮。醒了才想起来，我已经两天没有去看秦大爷了。我赶到了医院，只有妻子两眼发呆地坐在病床边上，病床上面空空荡荡。

秦大爷呢？

他走了，他悄没声地走了。

你是不是扔脸子给大爷看了？

委屈的泪水从董小娥的眼睛里流了出来。

那一瞬间，我知道自己错怪了妻子。恰好这时，护士长走了进来。她说，那个老爷子自己走的，他不忍心再让你们这样费心。他感觉也好多了，跟我要了一些药。我劝他，没有劝住。他说给你们添的麻烦够多了，他真的不忍心。你爱人够可以的了……说句良心话，我天天在病房，听得见得多了。我还以为，她侍候的是自己的亲爸爸呢。

我说，病要治好了为算，好事要做到底。

护士长说，人生在世，坏事不能做绝，好事也不能做绝。

同病房的一个病友插嘴说话了，这世道，坏事不能做绝好理解，好事为什么不能做绝？

接着，病友讲起了二十四孝当中的一个故事，有这样一个媳妇，她十分孝敬她的婆婆，婆婆嘴里的牙齿都掉光了，不能吃饭。媳妇就用自己的奶水喂婆婆。这够孝敬吧？可是，到头来，雷把媳妇劈死了。为什么？因为好事做过头了，媳妇把婆母当成了自己的孩子。

这有什么不对吗？我记得，在我们临海，一百年前，就有一位县令。他在当地做了一辈子的清官，调任时，临海的老百姓都舍不得这位县令离开，大家纷纷相送，一直送到城外几里远。县令对百姓们说，大家回去吧，送得再远，还是要分开。老百姓说，大老爷呀，你走了，我们再也见不到你了，你给我们留下几句话吧，以后，我们就照着你的话去做人做事。县令说，好，我给你们留下三句话吧，一是，穷死别偷人的东西；二是屈死别打官司；三是，要拿自己的父母当儿待。一百多年前，这三句话管用。一百年后，一千年后，这话依然管用。真的能拿着自己的父母当儿子对待，那就是最大的孝道。我不想用这个真实的故事去反驳病友的那个故事，我知道我对待自己的亲生父母没有当儿子对待，但对待战友的父母，我一定会尽到自己最大的孝道。

如果我好好读书，考上名牌大学是没有问题的。尔后，再谋得一个好的工作，也不会成为太大的问题。升入中学以后，我不那么热衷读书了。我喜欢游泳，曾经有过当游泳运动员的梦想。我居住的城市靠海，喜好游泳让我走近了大海。我渴望着自己能够像鱼一样，在大海里面飞一样地游动。海水将人束缚得很紧固，想挣脱这种束缚必须借助外力和工具。于是，我省下了午饭钱买了脚蹼，买了水镜和换气管。我可以游得很快了，我也可以下潜到很深的海底。靠海吃海，我们这儿有不少以大海为生的人，他们活得潇洒自如。因为他们捕捉的不是鱼虾，而是大海里面最为珍贵的海参。人们生活越来越富裕的时候，便更加注重自己的身体健康和生命的长短。渐渐地，人们发现大海里的海参是增强体质，延年益寿的最佳补品。于是，海参的价格越来越高。一头好海参从几块到十几块钱，再到几十块钱，甚至上百块钱，海参几乎与黄金等价齐身了。

上高中的第一年，下午的自习课，我逃课了，我追逐着潮流下海了。潜到了海底，我从礁石的缝隙里捉到了第一头海参。那一个潮汐，我捉到了二十多头海参。从海水里爬上岸的时候，我的身体快让冰冷的海水乍透了。我要做的，就是暖暖身子。但是，站在我面前的是几个身上文着虎和龙图形的秃头。小子，你要下海碰参，也不先打听一下这海是谁包的吗？

对不起，我真的不知道有人包了海……那么，我把海参放回去吧。

放回去它们能活吗？你是谁呀？

我说，我是八中的学生。

他们也看出了我是个学生，如果我不是个学生，这些人是不会放过我的。他们走了，我没走，我跟在他们的后面，不远不近地跟着。

他们发现了我，小子，跟着我们干什么？

我想跟着你们干，收下我吧。

其中有一个小个子一直没说话，看我如此固执，他说，你说个理由，为什么放着书不读，要跟我们一起混？

我就是想帮我爸爸一把，我爸爸他太难了，他有好几个战友的父母需要他帮助照顾……他的战友死在了战场上没能回来，我爸爸是连长，他对他的战友有承诺，要替他们尽孝……

小子，看你是个孝子，我对你说几句真话。别再下海碰海参了，伤身子，年轻的时候觉察不到什么，岁数大了，什么病都找到身上来了。你也包不起海，真的，哪里来的那么多的钱？你更不要跟着我们混，你小小年纪，跟在我们身前身后，学也学坏了。我给你指条道吧，只要你用心干，我包你能挣到钱。你去倒海参，如今大款吃海参，富婆富姐吃海参，高考的学生也吃海参，城里城外哪家饭店不要海参，说句不好听的话，如今是人不是人的，都在吃海参。中国人也真的奇怪，当年全中国人都在打鸡血，喝红茶菌，如今又开始吃海参。照我的话去买海参卖海参吧，认真地去倒腾。你就能帮你爸爸了。

后来我才知道，那个鼓励我倒腾海参的小个子就是临海的黑道老大。

在以后的日子里，刚开始，我的一半时间用在学习上，另一半时间则用在了买卖海参上。我发现，我与海参有缘，不长时间，我便与大海深处的这种软体腔肠动物有了感情。它浑身上下一根筋骨也没有，它吃的是海洋里面最小的生物，它的动作迟缓，没有进攻能力，也没有防御能力，它属于最古老的生物，进化到了今天，尤其到了近两年，它居然成了中国人最崇尚的海珍品。当海参的作用被无限放大以后，它便披上了神秘的色彩。

这年头，无论做什么，都需要本钱。我哪里来的本钱，没有本钱，什么雄心壮志都无法实现。这关头，我的女同学，也算是我的女朋友史可新伸出了援助之手，她把她的压岁钱无私地捐助了出来。三千块，在二十世纪八十年代，这不是小数目。接下来发生的事情不是按照我预想的那样发展，海参这家伙不仅没让我挣到钱，反而让我接连吃亏上当，我把史可新的三千块钱赔进去了，钱没挣到，反倒欠了债。史可新没有心疼钱，她劝慰我，算了吧，生意场上到处是陷阱，咱们还是学生，好好复习，准备高考吧。

我可不想就那么简单放弃，几千块钱的学费搭上了，再退出，就是前功尽弃。经过这段时间与海参打交道，我也摸出了其中的一些蹊跷。想做大，想垄断，需要金钱和权势。我不可能做大，但我能做精。记得有一个海参行家跟我说过，无论怎样作假，海参脊梁上的刺不可能做假。海参脊梁上生出五垄刺，需要三年。六垄刺的，需要三年以上。北方的刺参，品质最为优良的，就产自北纬三十九度线。北方的海洋，有一个小岛叫海猫岛，因为那个小岛不通航，因为有风险，极少有人去过。海猫岛距离大陆很远，至少也有一百海里。想要上岛，只有找到海猫岛的渔船。我天天放学以后就到渔码头上转，希望能找到去往海猫岛的渔船。有个船主告诉我，那个小岛是部队驻守，至今仍是军事要地。部队有一条往来于海猫岛的交通船，十天半月才跑一趟运送给养。我要上到岛上去，离开这么长时间，老师不会放过我，家里人也不会让我这么做。但是，我的决心已定，我给爸爸写了几句话，告诉他，我会失踪几天，不要担心。我去了海猫岛，老师果然找到了爸爸，就要高考了，我的学生，你的孩子却不见了，没有音信。这可是关系到孩子的人生大事。爸爸却很平静，他说，读大学固然重要，但读不读大学并不能决定人生。我相信我的孩子，至少他不会去做坏事。

既然家长都说这样的话，我的老师也不再多费心神了。

我赤条条的一个人来到了海猫岛，我要下到海里去碰海参。海猫岛的海水有多险恶，有多深奥，不是海猫岛土生土长的，敢在这儿下海，胆儿实在有点儿肥。那海水看上去就有点儿阴森森的，灰黑而深蓝，散发着恐怖气息。既然来到了这儿，我无论如何都要下海。海底下有我需要的海参，而且这里的海参是世界上最好的，我要用它来完成我人生的第一桶金。那年，我刚满十八岁。我凭借着自己风华正茂，靠着自己的胆量和体魄，第一次潜入了深不可测的海底……在离我不远的地方，有一个人一直注视着我。很久以来，我都十分自信，我的游泳技术，我的潜水能力都是最好的。可是真正到了原始的海洋，我却难以潜到海底。四下里全是原始雨林一样的巨大海藻，海参在哪里？一股巨大的暗流险些将我卷入无底的深渊。我挣扎着爬到礁石上，我依然不肯死心，我想再潜下去，那个一直注视我的汉子喊住了我。海底有流子，让流子把你抽到了老洋子，谁也救不了你了。小伙子，拉倒吧，跟我到家里去吧。听人劝，吃饱饭。我乖乖地跟在他的后面，走进了海头上的那个小院落。他说，我不喊你，今天晚上，你连个住的地方都没有。年轻人，太毛躁了不行。你以为在大海里扎猛子就那么容易，你以为这里是你们的那个海边吗？海头上的规矩，见面分一半。碰海汉子真就把他网包里的海参分了一半给我。我是无功不受禄，我不能平白无故地要人家的收获。他执意要分，我也只能收下，心中说不出的感激，能够感受得到大海滋养的人们的朴实厚道。人间是有真诚的，只要你能真诚对待人间。这个碰海的汉子叫米老三，他的水性出众，他的为人也仗义。我遇见米老三，有一见如故之感。后来，我与米老三就成了好朋友。

我从海猫岛带回来的海参全都是后背上生着六垄刺，至少也是五年生的老参。就同大山里的老山参一样，生长的年份越久，越是珍奇稀缺。我把从海猫岛带出来的海参送到了一家会所，那些极其会享受生活的会员们都是识货的高手，他们一眼就被这与众不同的海参镇住了。多少钱一头？你们看着给。那个厨师长给出了价钱，一头二百元。会所是近年才兴起来的有钱人和有权人的私人俱乐部，他们不在意钱的多少，他们在意的是吃得玩得用得和消遣得高档不高档。我没来得及做出反应，他们立刻又加了一百。如今的人们，管海参叫“干活菜”，意思就是吃了海参这道菜，就可以有充沛的体能与女人做爱。出入俱乐部的人很看重海参的质量，难得的六垄刺，他们舍不得放手。那个厨师长告诉我，只要是六垄刺的海参，有多少，他们会所就要多少。

我这第一桶金，是别人的施舍，回到海猫岛时，我把钱一分不少地给了他，他要推辞时，我说，见面分一半，你说这是规矩。于是，他留下了一半，给了我一半。从此，我包下了海猫岛的海参，因为我没有本钱，我可以不付钱把海参带出岛，卖了现钱以后，再付给他们。因为信誉好，我的海参生意从无到有从小到大渐渐地做起来了。

在这个世界上，你不可能海参与高考兼得。因为我走上了海参生意之路，我不得不放弃高考。老师找到了我爸爸，真的不能因为眼前的利益而毁了孩子的一生。我爸爸说，从前，我也认为，人在世上，一定要把书读好。现在我不这么看了，读书未必是人生唯一出路，人生的道路有许多条可以选择。记得刚刚拨乱反正之时，许多青年人拥挤在了文学创作的小路上，而成功者，如同凤毛麟角。而今，人人都考大学读大学，马路两旁走的都是大学生，可大学生们连工作都难以找到。为什么非要当大学生，当个商人我看也是不错的选择。

因为我放弃了读书放弃了高考，从没发过火的妈妈怒不可遏。即便是放纵，也不可以如此放纵。倒腾海参的，都是黑社会的人。咱们的儿子现在是小地赖子，等他成了黑社会，你说，让九泉之下的老郭知道，他将作何感想啊？

爸爸也没有客气，说小军是黑社会就黑社会吧，他敢想敢干，敢做也敢为，有什么不好？

我感谢我的爸爸，在我人生的选择上，他给了我自由。我是军人的儿子，我身上也有资本家的基因，我是因为海参而接触社会的。同时，我也是为了不让爸爸太辛苦才这样做的。用一句约定俗成的话说，如果我参加了高考，也许大街上多了一个名大学生，但是，商海之中就会少了一位手把红旗旗不湿的弄潮儿。

任政委看我来了，他是在师政委的位置上退下来的。政委也苍老了许多，不久前，他还动过一次大手术。我告诉他，我想动一次手术，人家医生还不肯呢。病入膏肓，没救了。

别小题大做了，枪炮没把你怎么样，小病小灾就能把你放倒？

首长，感谢你能带回他们的遗骨。这总比长眠在异国他乡的山野间好，甚至比安葬在西南边疆要好。魂归故里，亡者的灵魂会安宁的。

关山岳，你是一个好连长……不少首长想留你在部队再干几年时间。

作为一名军人，为共和国而战，为共和国而牺牲，是无上的光荣和自豪。我觉得，那次战斗过后，我的军人使命结束了。团长找我谈过话，那就是要留我在部队，要把我们侦察连的九个人同时留下。我知道这是不可能的，我说出了一个无理的要求，我这样说的一个目的，就是我要和我的战友们一样，解甲归田。

那时候，我真的有些不敢面对你、你们……

我没有抱怨，我活下来了，我要好好地活着，为我的亲人，为我的战友。另一种使命感产生了，在我们居住的这座城市，只有我一个人活了下来，战友们没有做完，或者是没有做到的事情，我要接着替他们做下去。当我不再是军人的时候，我带着我的儿子去看望蔡林的妈妈。在乡下，老人家一个人过日子，蔡林是她多年守寡抚养大的唯一的儿子。儿子是她活下去的精神支柱，是她的希望寄托。蔡林牺牲了，跟我不同的是，我成家了，也有了儿子。可蔡林他还什么都没有，他跟我说过，他一直在寻找，一直想寻找一个真正能够孝顺母亲的姑娘做自己的妻子。蔡林是个寻求完美的人，他的寻求标准有点儿太高了。我和蔡林的性格有些不同，但是，在特种兵大队这些年，我们的血性是一样的。在哭儿山，我们俩最后诀别的那一刻，从他的眼睛里射出的目光，我这辈子也难以忘怀。那种深深的期盼和寄托，在那短短的一瞬间全部传递给了我。他说，老关，我们不可能都活着，但我们的人不能全部战死，能突出去的，一定要突出去，要活着，活下去的任务也很艰巨，为了我们，为了我们的亲人……

蔡林的母亲，那是一位多么慈祥的老人。儿子牺牲了，老人一直挺着，没有倒下去。部队，还有当地的民政部门，请老人去做报告，也授予了这位英雄妈妈许多荣誉。当问及老人有什么困难和要求，老人摇头拒绝了。儿子都为国捐躯了，她还有什么可要求的？荣誉的光彩褪去之后，老人依然默默地居住在她那三间老房子里面。我带着儿子去看过老人几次，看到她那夏天漏雨、冬天透风、看上去摇摇欲坠的老房子。我问她，为什么不向民政部门提出来，修修房子。老人摇摇头，透风漏雨，生产队就会来人帮我修补修补，能不麻烦公家，就不麻烦。记得那是一九八六年，老人居住的那三间老房子终于支撑不住了，在一个风雨交加的夜晚坍塌了。我不知道老人在那个夜晚是怎样度过的，土地承包了，生产队已经不复存在了，乡亲们想起了当年请老人去做报告的那个部队。记得有个首长说过，只要老人有什么困难，就到部队来找他。于是，几个乡亲们带着蔡林的母亲来到了那个部队。可是，进了营房大院才发现，原来的那支部队已经换防了，许下诺言的那位首长也不知去了哪里。毕竟是当兵的，这位新来的部队首长听说了蔡林母亲的情况，他能做到的就是给老人一些吃的穿的和用的，可以帮助老人搭建一个临时的住所。这样的住处，应付夏天的风雨可以。可到了冬天怎么办？部队已做到了仁至义尽，是因为没有这笔经费，发生了这样的事情，属于当地民政部门管辖，天经地义，是由他们解决。

老人再也不愿意到处求人了，她宁愿待在那个部队为她搭建的临时住处。就是那年冬天，我带着空军去看望老人。看到在寒气逼人的屋子里，说是屋子，真不如说就是一间简易住所。我心里的那种愧疚感一下子变成了负罪感。我说，婶子，你跟我走吧……到我家去吧……

老人起初不肯，但她看到我跪在地上不肯起来，老人的心软了，她把我从地上搀扶起来，她说，我知道你们城里人，住的房子就像鸽子笼子似的。再说，我一个人孤独惯了，会给你们添不少的麻烦。

任政委说，蔡林这小子，是全团晚婚的楷模。我听说，他好像也谈过对象。是不是他挑剔太多，没能婚娶，牺牲后，留下了他的终生遗憾？

我与蔡林共事时，说起过婚姻大事。他说过，他并非属于过于挑剔的那种类型的男人，他曾经有过几个心仪的姑娘。可是，当他把姑娘领到妈妈的面前，都遭到了母亲的拒绝。其实有一个姑娘相当地不错，出身于知识分子家庭，姑娘长得也漂亮，通情达理，人也干净利落十分能干。可就是这样一个好姑娘，蔡林的妈妈还是看不上眼，总是横挑鼻子竖挑眼。蔡林也试过跟母亲表明自己的想法，他应该拥有属于自己的生活。可话没等说出来，母亲就铁青着脸，再也不说话。不仅如此，更让蔡林不得不做出让步的是，他如果不顺从母亲，她就不吃也不喝，天天连话也不说，就是认一个死理。蔡林不想因为自己找一个可心的姑娘，让母亲做出什么意想不到的事情来。他就是弄不明白，自己选择的这么好的姑娘，母亲她为什么就看不上？他不能因为自己的婚姻，让母亲伤心，让她老人家不高兴。于是，就这样拖了下来，一直拖到他牺牲。蔡林曾对我说，他总算弄明白了，母亲为什么一直不肯接受他领进家门的姑娘，就是因为母亲多年守寡的一种病态心理。

任政委说，你是我的兵，我也曾经是你的首长，跟我说说你的憾事……

从哭儿山回来以后，我觉得自己心里那些虚幻的东西少了，多了使命责任。我要好好地活着，并且要做出一番事业来。为了我的亲人，也为了我的那些牺牲的战友。我踌躇满志，诚心诚意做事，可天不助我。我选择当厂长，工厂倒闭了，工人下岗了。没有了工作以后，幸亏我选择了开出租汽车，才使我有了帮助我的亲人们的可能。虽然微不足道，但我尽心了……那年年底，我想把蔡林的母亲动员到我家里过冬。在我的一再恳求之下，固执的老人就是不肯答应。我没有别的办法，我给老人跪下了。蔡林不在了，我是不是你的儿子？既然是你的儿子，我能不能眼睁睁地看着自己的老娘住在一个简易房子里面挨冻？我知道，你愿意一个人住。住到我家里，就过一个冬天，来年开春，我就帮着你把房子盖起来。不就三间房子吗？在乡下，盖三间房子也要不了多少钱，这钱，我也拿得出来。老人不从，我就跪在她的面前，我的儿子也给老奶奶跪下了。

儿子说，奶奶不到我们家，我就跪在这儿不起来。

孩子是容易打动老人心的。蔡林的妈妈是个刚强老人，在听到儿子蔡林牺牲的噩耗时，也没有当着众人的面流下眼泪。我儿子的举动和话语，让蔡林的老母亲流下了眼泪。老人没有抱怨谁，在乡下，以前可以指望着集体，集体已经不复存在了，她只能靠自己。已是古稀之年的老人，她想靠自己，可她支撑生存的能力也越来越虚弱了……

说到此处，任政委感慨了一句，如今，一对夫妻一个孩子，捧在手里怕碎了，含在口里怕化了。将来，我们共和国的御敌之兵在哪里啊……

老奶奶把一只长命百岁的银锁挂在了我的脖子上。她说，这只银锁是你蔡林叔叔小时候戴过的，她一直留着，想赶明儿，留给她的小孙子。儿子没有了，哪里来的孙子。我知道，我那一声对奶奶情真意切的呼唤，老奶奶动了真感情。爸爸几年来的孝心也打动了奶奶，老人答应了到我们家里住。但是，这只是暂时的，只住一个冬天，她还是要一个人生活，而且生活在乡下。爸爸答应了奶奶的要求，让她生活在乡下。但是，必须要有一座新房，让奶奶住进去，爸爸才会放下心来。奶奶知道要盖一座新房子并不容易，但是，她不答应，爸爸会更不答应。

本来爸爸已经给自己定下了出车时间表，早晨早一点，也许拉个到机场的，或者有什么急事的。到了晚上，爸爸要拉到十点左右，因为这个时间大多的酒局饭局已经结束了，再等下去也是耗时间。因为要筹钱给奶奶盖房子，爸爸在外面奔波的时间更长了，常常过了半夜。我替他担心，妈妈也为他担心。虽然爸爸是侦察兵出身，可他毕竟不再年轻了。爸爸这样奔忙，他就是惦记着蔡奶奶的房子。那些日子，我们全家的生活费用，就是妈妈一个人的工资。爸爸把他拉活的钱全都积攒了起来，就等着钱数够了，就动工给蔡奶奶盖房子。

山不转水转，接连往弗兰特会所送了几趟海参过后，一个吃过我海参的会员把我叫到了跟前，跟我说起了海参的事，他想让我带他到岛上看一看。我以为这个人是想见识一下，我送到他们面前的海参真正的来历。于是，我答应了，带他到海猫岛上去一趟。

这个人叫李大年，是个靠养殖海产品发家的大款。多年来，他对海产品有一种敏感。吃了我倒腾来的海猫岛海参，他冒出了一个念头，他想在海猫岛包下整片海域，然后在那儿投放海参苗，在天然的海水里进行野生的海参养殖。海猫岛是个尚未开发的岛屿，商海的铜臭潮流尚未污染到这儿。我带李大年来过后，我看得出来，他有想法了……他先是问我，你想不想跟着我干？我也问他，我跟着你干什么？他说，以后，别倒腾海参了，那有多么出力费劲，我把海猫岛的海包下来，在这儿投苗养海参。你呢，就给我看海，看住海底下的海参。我有些不相信，海是谁的？怎么可能承包呢？李大年笑了，这年头，什么不能承包？我说，只要你能承包下来，我就替你看海。

这年头，没有办不成的事情，时间没有多久，李大年果然把海猫岛一带的海域承包了下来。开春时节，他往海水里投放了五百万尾的海参苗。他说了，两年之后，这五百万尾海参苗将给他带来上亿元的财产。替我看好了，你也记住了，有好处了，我不会亏待你的。

那年入冬时节，海水凉得能乍透骨头。这个时节，也是偷盗海参的那些混子们蠢蠢欲动之时。本来这个季节已经不能下海了。可那些人，他们身上穿着潜水服，背着氧气罐，潜到海底下，就能对一大片海底进行扫荡。

我知道这些混子也是黑道老大包养的打手，但我必须要忠于自己的职守。这海底下的海参是我的管辖范围，我不允许任何人窃取它们。当我上前去阻止他们的时候，一场打斗不可避免地发生了……因为寡不敌众，我让他们给打倒了。但我没有躺在海滩上不起来，我不顾一切地与他们拼命，直到我真的爬不起来了。如果不是米老三带着部队的战士们跑过来救我，也许我这辈子真就再也爬不起来了。

这件事发生后，李大年在别人面前感慨，这年头，能遇见一个死心塌地为你卖命的人真不多见。这小子行，我没看走眼，忠诚可靠，很难得。接下来的几年时间，我就把自己打拼成了一个年轻的有钱人。当我有了支配财富权利的时候，我做的第一件事，就是帮助蔡奶奶盖房子。在乡下盖三间房子，就地取材，泥瓦匠也是自己村里的熟人。我把盖房子的钱给了村里的支部书记，他是蔡奶奶本家的侄子，我告诉他，别说盖房子的钱是我出的，就说是县里的民政部门帮助军烈属的。这样，蔡奶奶才会心安理得。

记得蔡奶奶家的房子上梁的那天，爸爸和我一起来到了乡下。从前，乡下人把买地盖房子娶媳妇当成是人生当中最重要的三桩事情，如今也是。新房子上梁是一个重要的仪式，房梁上面要拴上红布，要系上铜钱，要放鞭炮，要摆供品，祭拜天地，祭拜土地老爷。接下来，就是大摆酒席，热热闹闹地把街坊邻居请来同喜同贺一醉方休。

当爸爸知道了建造房子的款项是我出的时候，他什么也没说，脸上浮现的是释然的微笑。因为我和爸爸经常到蔡奶奶家来，村里的乡亲们对我们父子已经不再陌生了。他们让爸爸坐到了上座，爸爸也没有谦让，他就坐到了本该属于蔡林叔叔坐的那个位置。爸爸跟我讲过，蔡林叔叔是家里的独子，跟着守寡的母亲一起过日子，逢年过节，家里有个大事小情，母亲总是让蔡林坐到那个一家之主的位置上。以前，他还有些腼腆不好意思，可是，渐渐地，蔡林懂事了，他知道，这是他的担当和责任。蔡林叔叔的牺牲，爸爸说起过好多次，并不总是怀念战友，他也惦记着战友走后留下的那些未了的心事。过去，独生子是不当兵的。蔡林是个独生子，他不在了，他留给母亲的除了伤感，还有艰难生活的困苦。

也是在这一天，蔡奶奶知道了盖房子的钱是我出的。老奶奶抱着我的头，什么也没说，那浑浊的眼泪砸在了我的面颊之上。

爸爸那天喝了很多酒，一直压在他心头的那个疙瘩终于解开了。他从来没有这样坦然过，心安理得地倒在车座上，让我驾驶着他的那辆桑塔那。爸爸知道我的驾驶证尚未下来，但他也毫不在意，放心大胆地让我开车。在他的引领下，我小的时候就有过开车的经历。

从前，得了癌症，人们都有些大惊小怪。如今患这种病的人多了，也就不那么在意了。谁都知道，癌症只有三分之一是真正不治的绝症，有三分之一是能医治得好的，还有三分之一是吓死的。我恐怕很难医治了，但我绝对不会给吓死。既然不能手术，我也不可能接受化疗。留给我的时间，我要自己支配。于是，我要出院。几个儿子顺从了我的意愿。我曾经对他们三个表示过我对人生法则的理解，孝顺孝顺，你可以不孝，但你必须得顺；服从服从，你可以不服，但你得从。他们的顺从，我很高兴。更让我感到欣慰的是，这么多年过去了，我拿他们当自己的亲生儿子，他们也把我看成了自己的亲生父亲。有些遗憾的是，三个儿子都还没有结婚，但他们都有了自己的恋人。空军的恋人就是那个史可新，当年借钱给他的那个姑娘。如今，人家史可新大学毕业了，他们俩一直保持着恋爱关系。史可新父母都是国家干部，对于女儿的恋爱，他们表现出了强烈的反对情绪和举动。我对史可新这个姑娘没有多少了解，但我能感觉得到，她也是个有个性、敢作敢为的女孩子。也许与我们家的老三有着“臭味相投”的缘分，她对父亲表现出来的就是宁死不屈、这辈子非我们家空军不嫁的铮铮铁骨。

看到姑娘与父母闹得有些不可开交，我亲自出面，找到了这一对公务员夫妇，我问他们，为什么看不上我的儿子？我的儿子，他到底怎么了？

史可新的爸爸妈妈道出了真心话，一是因为空军没有大学的文凭；二是因为他是做海参生意的，似乎有点儿黑社会的背景。

民间把溺爱孩子叫作“护小头”，我不是袒护我的儿子，从小到大，孩子在我的眼睛里长大成人。到了他谈婚论嫁时，他与史可新性情相投也有几年了。我相信史可新不是无缘无故与我儿子好的，我儿子是没有大学文凭，难道实际能力比不上一纸文凭？说我儿子是黑社会，我的儿子不就是敢于冒险，有些敢做敢当的侠义之举吗……这许多年来，我最不能忘记儿子的一句话，爸，我怎么那么多的爷爷和奶奶……其实孩子的亲爷爷和亲奶奶早就不在人世了，他的爷爷和奶奶都是我战友的父亲和母亲。我在为我战友的父母尽孝，开始我并不是有意地让儿子陪着我一起来做这件事情。可是，许多年来的耳濡目染，儿子已经接过了我的担当，他也进入了他应该担当的角色，他也在替我，不，他是在替天行孝……我很欣慰，我死也能闭上眼睛了，因为儿子的骨子里洋溢着大善……

史可新的爸爸和妈妈也缄默了。

躺在病床上的那些日子，我想了很多，也想过自己最后享受人生的去处。大海，只有大海，那儿才是我的归宿。我出生在海边，我当兵在海岛上。说句心里话，心情不好的时候，只要看到大海，只要听到大海的潮声，一切都释然了，一切都化为了乌有。

三个儿子当中，只有小儿子空军最能理解我，他早就为我找好了这个地方，就是海洋岛，那个渔民很少，军人却很多的偏远小海岛。因为远离大陆，那儿的海水尚未被污染，那儿的空气也清新无比。那儿有他一个好朋友，可以住到他的家里。他家出门就是大海，直接能把鱼钩甩进海里，钓上来的鱼直接下到锅里炖上。儿子想证明的，就是那里一切都是原生态，他就是让我回归大海，回归大自然。

儿子的心情我能接受，更能理解。但我有些事情要做，我想到各地去看望一下我的那几位活着的战友，还要看一看我应该尽孝的那几个战友的父母和亲人。

我的儿子空军答应了我的这一愿望。那天，他开车拉着我，用不着我给他指路，他轻车熟路，直接开到了战友家的门口……我知道，有一天我不在这个世界了，我的儿子他会替我做我没有做完的事情。我的心真的很欣慰，也很释然……

稻　谷

稻本到莲花乡来正是初春时节，嗖嗖的小北风像剐刀子一样，割得人的脸颊生疼，没有一点儿春天的气息。稻本与这里的庄稼人一样，他能够感受到春天的气息已经悄悄地潜入了脚下的土壤深处。此时的寒气，冻人不冻地，曾经坚硬如铁的黑土开始松懈了，土层里的阳气带着一股热量无声无息地向上渗透。

稻本选择了乡绅乔德秀那三间门房作为他的住所和办公的场所。方圆八十里的莲花乡只有他一个警察，警服与军装一个颜色，都是锅底一样的黑色。因为胸前悬吊着的那条金光闪闪的绶带，中国人管日本警察叫“大金线”。只要他在乡里村里一出现，老百姓都会立即把脑袋缩进去，悄悄地躲开他。哭闹的孩子也会立刻闭上嘴巴，就连树梢上的鸟雀和路边的野狗也不敢张扬，闭上了嘴巴夹起了尾巴。稻本十字披红系着武装带，腰里挂着洋刀，别着手枪和手铐。那双坚硬的皮靴磕击地面发出的声响，似乎能够传到很远的地方。“大金线”所到之处，看到他的人就像看到了狼一样，后脊梁上汗毛就会阴森森冰冰凉地竖立起来。

在莲花乡，只有一个人不怕他稻本，他就是稻本的房东，莲花乡小莲泡村的乔德秀。不仅仅因为乔德秀是稻本的房东，他不怕稻本这个“大金线”，他甚至不怕日本的将军。论秉性，乔德秀本不会把房子租借给稻本，莲花乡会的巴会长告诉乔德秀，如果他不肯租借房子，那就得全乡老百姓出钱，给稻本建造一所警察署。于是，乔德秀只好应允了下来。乔德秀膝下无儿，只有一女。女儿名叫乔兰，年过二十了，尚未出嫁，这在乡下极为罕见。按当地的风俗，闺女十八岁未出嫁，就有嫁不出去的危机。乔家的闺女不一样，乔家本来就是读书人，乔德秀本人就是一个闲云野鹤式的人物。家里地不多，也有七十来亩。钱财也不多，就是书多，三间书房也装不下的书籍，都是祖上留下来的。乔家父女没有太多的奢望，有衣穿，有饭吃，再有书读，闲下来尚能写写兰亭画画松竹，也就神融笔畅了。对于住在自己门房里的这个日本警察，乔德秀总觉得像口腔里含着一只苍蝇。国家尚未灭亡，他和他的乡亲们却成了亡国奴。一个日本警察就能统治一个乡镇。中国人再是一盘散沙，消灭一个身在穷乡僻壤的日本人，不应该是件难事。但是，消灭了稻本，会招来什么样的后果？所以，这个念头一冒出来，就让乔德秀压了下去。

因为稻本的到来，莲花乡有了一个“大金线”，地面上倒安宁了许多。乔家办的学堂里又传出了孩子们琅琅的背书声。莲花学堂是乔家办的，也有年头了。乔家的学堂，乔家人也就是学堂的先生。这两年，乔德秀的女儿乔兰给孩子们当了先生。那年月，都说未出阁的大闺女不能抛头露面，可乔德秀没有那么多的规矩，乔兰也愿意和孩子们在一起。到了学堂的孩子们管乔兰不叫姑姑也不叫姨，管乔兰叫先生。平日里，乔兰教给孩子们读书写字，背《三字经》《千字文》《弟子规》，到了夏天挂锄、冬天猫冬的日子，孩子们放了伏假和冬假，学堂里坐的不再是孩子们，而是大人们。他们到这里来听乔德秀讲孔子，讲孟子，讲秦始皇，讲汉武帝，再就是讲东周列国……村子里的事，邻里之间的事，也经常在学堂里说道说道。

一天临近中午，乔兰正在教孩子们吟诵唐人杜甫的一首诗。本来一起一伏一张一合韵律掌握得好好的，可是，乔兰觉得孩子们的腔调一下子杂乱了起来。抬头一看，原来是那个“大金线”稻本出现在窗口。胆小的孩子有的捂起了眼睛，有的竟然尿湿了裤子。乔兰板着脸走过去对稻本说，请你离开，我们正在上课。

稻本想微笑一下，可看到了乔兰铁青着脸，他也没能笑出来，他说，我就是想听听。

你已经把我们学堂的秩序扰乱了。请你离开吧。

稻本只能悻悻地走开了。

没过几天，春天一下子让风给吹来了。那个倦怠之意袭人的下午，乔兰正指导孩子们用毛笔在高丽纸上写大楷时，稻本又出现在窗口。因为孩子们都低着头，乔兰先发现了他。乔兰刚要把稻本赶走，稻本竖起右手食指，示意乔兰不要吭声。稻本换下了身上的警服，而穿着一身的便装。他走进了学堂，走近了孩子们的书桌，孩子们聚精会神地写字，把所有的注意力凝集到了笔端。平时先生教导，写字时，要目不斜视，要用心一也。所以，这一次，稻本的出现没有引起孩子们的恐慌。稻本踮着脚尖，轻轻地走进学堂。乔兰牵着稻本的衣袖，将他拉出了学堂。

乔兰说，我教孩子们读书写字，不会教他们反日情绪。以后，希望你不要再到学堂来了。

稻本说，自从来到中国，我一直学习汉文。我到学堂来，就是想学习读书写字，不是想要监督你们的。收下我，做你的学生，拜托了！

说着，稻本挺直身子，给乔兰深深地鞠躬。并且学着孩子们那样，喊了一声，乔先生！

乔兰毕竟是一个二十岁的大姑娘，她的脸一下子涨得通红，她说，我只能教孩子，不教大人，何况你是个日本人。

稻本说，学生不分大小，文化也不分国度。我可以不经常来打扰你们，但你必须当我的先生。可以吗？

乔兰直视着这个固执的日本人，她没有回答。

稻本又是深深的一个鞠躬，他说，我，真的喜欢汉文化。请乔先生放心，我说过，我不会经常到学堂来。

虽然乔兰没有答应，但是，从那以后，只要不是执行公务，稻本都不会穿那一身警服，也不佩戴军刀和手枪。他剃着光头，一直保持着剃光头的习惯。在众人面前，不戴警帽，他就戴上一顶草帽。乍看就是一个年轻的庄稼汉。

莲花乡平静了没有几日，那天未到中午，在乡间那条官道中间，一个东倒西歪的人在横晃。这个人不过三十岁，浑身的酒气，两只眼睛里面空空荡荡一点儿内容也没有，来来往往的车马行人都要绕他而行。稻本走上前去，想教训一下这个横行霸道阻碍交通的人。到了跟前，那人直直地盯着稻本，他嘴里的舌头已经僵硬了，他却认出了稻本，小鼻子，你以为你戴了一顶草帽，哥、哥们儿就不认得你了？你是狗戴草帽，人的不是。日本鬼子，哥们儿不尿你，我要操你姐姐，再操你妹妹，后操你妈这块老帮子……

稻本问身边的“腿子”，这人是谁呀？

“腿子”说，这人叫吕三，平时不喝酒的时候，也还像个人样。只要二两小酒喝进了肚子里，便借酒耍疯，闹得四邻不安，打爹骂娘。可这个吕三连睡觉的时候都忘不了喝上两口，一天到晚从来也没安生过。都说酒没喝进驴肚子，喝进了驴肚子里还好了。

稻本听懂了吕三骂他的话，骂他的人如果喝大了酒，他不会计较，但是，借酒闹事，更有甚者不但妨碍公共秩序，还要打爹骂娘，这很难理解。他走到吕三的跟前，俯下身来问他，听说你喝醉了酒还要打爹骂娘？

吕三骂骂咧咧地，打爹骂娘？嘿嘿……我还要操你姥姥。

稻本示意了一下“腿子”，带走，带到警察署去，给他醒醒酒。

在警察署，吕三依然骂个不停。上至天王老子，下至他不论遇见的谁，遇不见人，哪怕是牲口野狗、路边的草树和墙头，他也要骂上一阵子。稻本吩咐“腿子”，舀些稀粪汤子来，给他灌下去。“腿子”真就舀了一勺稀粪汤子给醉鬼吕三灌进了肚子里。很多人都目睹了这一幕，很多人也都遭到过吕三酒后的谩骂，很多人也都诅咒吕三，南死北死，你这号酒鬼怎么不死。可真的看见吕三被灌进了稀粪汤子，很多人又有些同情吕三。

五天过后，吕三的爹娘，还有他的哥哥姐姐，手里提着益昌糕点的核桃酥和沙琪玛来到了警察署，看见稻本，吕三的家人齐刷刷地给稻本跪下了……吕三他娘说，真的，为了这孩子喝酒闹事，我们操了整整二十年的心。我们老两口子发过誓，谁要是能把咱们儿子喝酒闹事的毛病整治好了，我们俩就给他跪下磕三个响头。今天，我们两口子就兑现诺言来了。

怎么样，那天“腿子”只给吕三灌下去半勺稀粪汤子。真的是应了中国人的那句俗话，酒喝在人肚子里，没喝进驴肚子。一直不露声色观察稻本的乔德秀当然不会因为这件事改变对日本人的看法，但是有一点，日本人的洁净，日本人的礼节却让乔德秀心里佩服。稻本一直穿着白色的衬衣，衬衣的领口总是洁白如雪。还有他戴着的白手套，总是一尘不染。进进出出，只要遇见乔德秀，稻本都会鞠上一躬。开始，乔德秀不予理会，可几次过后，他也不由自主地朝稻本也躬躬身子，以示回敬。对于那个酒鬼吕三，吕家人也央求过乔德秀，亲情打不动他，让德高望重的乔先生给他讲讲道理。乔德秀给吕三也不知讲了多少道理，吕三没醉的时候还好，只要喝醉了，也骂了乔先生，捎带着乔家的祖宗。对于吕三，乔德秀也是心灰意冷了。这样一个刺儿头无赖，让日本“大金线”一下子整治好了，作为乡绅，他也有些不明白。

女儿乔兰跟他说起稻本要做她的学生时，他说，他愿意学，你就教吧。教化教化，只有教化，人心才能向善，不管中国人，还是日本人。日本人本来就是没有教化好的东洋蛮子，所以，他们杀起人来不眨眼睛。有本事，你就把日本人教化成中国人。

莲花乡自从有了这个稻本，像吕三那样的地痞无赖没有了，小偷小摸也少了。稻本把“腿子”打发走了，连吃杂八地的“拿片子”的也不要了。上午，他一身警服，沿着莲花乡巡视一番。莲花乡毕竟几代人都是乔家学堂熏陶出来的，多少都识文断字，通晓孝悌忠信，礼义廉耻。那个醉鬼吕三消停了，乡间也就宁静了许多。稻本是个勤快人，他闲不住。乡里没事时，稻本就走出乡村，来到了庄稼地附近，看地里的高粱，看地里的玉米。离村子最近的地都是乔家的，乔家的伙计长生经常在地里做农活。闻着庄稼地里散发出来的那股清香，稻本忍不住了，下到田里，帮着长生耪地、锄草，做些农活。

看着稻本做农活手一点儿也不生疏，长生问他，从前，是不是也种过地?

稻本说，在老家时，他就是一个种地的农民。不过，在老家，他种的不是高粱、苞米和谷子，而是稻谷。

长生听不懂，稻谷是什么庄稼?

稻本说，等我种出来，你也就知道稻谷是什么庄稼了。

掌灯时，稻本就伏在书案上，一笔一画地书写乔家祖上编纂的写字范本，有着十足老颜体风骨的天地玄黄，宇宙洪荒……

乔兰下学回到家里，走到门口时，稻本就恭恭敬敬地候在那里，然后奉献上自己书写的作业。乔兰拿起朱笔，在她认为书写得体的字上面画红色的圈。画一个圈的，表示尚可；两个圈的，表示良好；三个圈的，那就是优秀。在学堂上，乔兰都会发给学生一颗小而圆、黄豆粒大小的糖豆，以示奖励。

开始的那些日子，稻本书写得一般。那时候，乔兰心里还想，汉文化是属于中国人的，外国人再努力，也难学好学精。稻本的字写得真是一般化。可是，没出半个月，稻本写出的字却是大有长进。乔兰手里的朱笔也由一个圈两个圈，渐渐地增加到了三个圈。

这时候，稻本朝乔兰伸出手来，乔兰开始不明白，他这是什么意思？稻本说，先生对待学生，应该一视同仁。你能奖励给他们糖豆，为什么不奖励给我？

乔兰恍然大悟，笑了起来。她这是头一次在稻本面前笑，当她意识到失态时，已经收敛不起来了。乔兰的笑让稻本很感动，她离开时，他凝视着她的背影。乔兰虽然不那么漂亮，但她很端庄。她所以没有出嫁，因为她没有裹脚而生着天足。对于中国女人把脚裹成三寸金莲，她实在有些不明白。

庄稼地里玉米和高粱长到了能把人淹没的时候，几个骑着高头大马的人走进了莲花乡。走在前面的那个老人是福岛安正，日本陆军大将。如今他已经解甲归田，要告老还乡了。临行前，福岛要来看看稻本。稻本是福岛的部下，他们是同乡，并且他们两家是隔着一条小街的老邻居，福岛从老家带稻本出来的时候，稻本的妈妈一再叮嘱福岛，一定要多多关照她的儿子，一定……稻本负伤了，作为军人，经历过战争负伤不奇怪。但是，稻本的睾丸一串家什让枪弹击碎了。性命是保住了，但是，本能和欲望彻底丧失了。战争结束了，日本军人完成了使命，如愿以偿地把辽东半岛从俄罗斯帝国手里夺了回来。日本军人们要回到国内，回到自己的家乡。稻本选择留了下来，稻本当兵以后，妈妈生病，为给妈妈治病，家里的那块水田也卖给了别人。妈妈病逝了，老家已经没了亲人，自己又丧失了做男人的尊严。当占领地战后的治安需要警察时，稻本选择留了下来……做这个决定的时候，福岛告诉稻本，在日本国内，有一个妇人自愿救助会，救助会的姑娘们自愿嫁给丧失了生活自理能力的伤残军人，而且侍候他一生。他希望他的同乡能够回到日本，在日本国内，肯定会有一位姑娘与他相伴终生，相信他会幸福的。稻本还是拒绝了将军的好意，他愿意留在中国，这儿与他的故乡、日本的山口县气候与风光是那么相像，连从海面上刮来的风的气息都是那么熟悉。他在这儿流过血，与他并肩作战的同伴全部战死在这儿，他们的骨灰也存放这儿的纳骨祠，这儿留给他的记忆太深刻了，他想，他应该留在这儿。

福岛算是稻本的父辈，既然不能将他带走，他只好与他的部下，他的老乡告别了。福岛说，我要回到老家去了，我要回到老家去种稻谷了。硝烟消散以后，我已经闻到了稻米的清香。我们老家的秋月稻米，是最香的稻米。我度过半生的军旅生涯，到头来却是一世的农夫。

稻本说，我也想在这儿，种我们老家的稻谷。

福岛问，这儿的土地，能生长出稻谷？

稻本说，这儿的土地是退海之地，属碱性地，我已经尝试过了，盐碱度并不算高，稻谷是耐得盐碱的，其实有盐碱的田里生长出来的稻谷才会更加清香。

福岛说，你真的是个有心人哪，你不仅是个好士兵，你更是一个好农民。我回到老家以后，我会派人把我们老家的秋月稻种带给你的。

福岛临走的时候，他给稻本敬了一个军礼。稻本感动得泪水涟涟，他紧紧地咬着嘴唇，没让自己发出哽咽的声音。他选择给将军回礼的方式，是双膝跪在了地上，以中国式的礼节，给将军磕了头。因为在老家，稻本跟福岛是街坊，他一直将福岛看成长辈。

对于福岛，乔德秀并不陌生。早在十年前，日本陆军第一次踏上辽东时，曾经路过莲花乡的小莲泡村。看着这秀美的山川，看着这富足的田地家园，他只有羡慕，尚未萌生杀戮的念头。这时候，他派出去的尖兵，也是侦察行军路线的士兵，被当地红枪帮的人给杀了。脑袋砍掉了，还把生殖器给割掉了。红枪帮的人居无定所，抓不到他们，只有距离最近的这个乡村成了他发泄的地方。他要把这个村子的人统统杀光。杀人这种念头的产生对于军人来说，无需什么理由，就是瞬间油然而生的念头。于是，他把小莲泡村的人们统统地抓到一个打谷场上。打谷场上支起了一口铁锅，日本军人把老郭家的大儿子抓了出来，将他大头朝下吊在大锅的上方，然后割破了他脖颈上的动脉血管，让那鲜红的血水喷射到铁锅里面。福岛说了，他要让这口锅里盛满血水，以祭奠他遇难的士兵。老郭家大儿子的血水流尽了，日本人又要抓人的时候，乔德秀站了出来，他走到了福岛的跟前，他说，这个村子里住的都是安分守己种地的农民，你们军人打仗，不能拿老百姓出气。再说，杀平民百姓，也有损于军人的尊严。

入侵中国以来，福岛还是头一次遇见敢于直面日本人的中国人。他从上到下好生地打量着身材并不高大的乔德秀，你是谁？

乔德秀振振有词，吾生于斯，长于斯，姓乔名德秀，字芝蕙。家里有几十亩薄田，草屋八九间。本人认字读书，不敢说知书达理，但懂得些道理，于是，这乡村里大事小情，都是我来替乡亲们做主。你们随便杀人，我不替他们说话，也有愧于我的父老。所以，我替我的乡亲们说句话，我们是庄稼人，没有冒犯你们。

你不怕死？

我怕死，我知道早死晚死都是一死。到了刀架在脖子上的关头，我就不怕死了。

当一个人不怕死的时候，偏偏他就不会死了。福岛安正放过了乔德秀，当然，他也是有条件的，他希望得到乔德秀的帮助。因为连日行军，有的士兵生病了，影响了行军的速度。于是，他希望乔德秀给提供几辆大车，拉着他的伤员和病号。乔德秀答应了，找几辆大车并不是难事，只要能放过乡亲们。

记得那天，小莲泡村逃过一劫，乡亲们，不分男女老少不论辈分高低，大家统统都给乔德秀跪下了。没有乔德秀的胆量和气魄，全村的人都活不成了，那口大铁锅，能装得下全村人的血啊。全村人目睹了乔德秀如何在日本人面前慷慨陈词，以自己的性命，拯救了全村人的性命。这样的大恩大德，足以让全村人敬重景仰。乡亲们发誓，乔先生百年之后，一定要把先生的牌位供进咱们文庙的圣德殿里面，让先生世代享受后人的香火。

听说稻本与乔德秀这样一个中国人为邻，福岛倒是替稻本有些担心。都说中国这湾水深得很，掉进这个水潭，渐渐地会让中国人给同化了。

稻谷永远是稻谷，玉米也永远是玉米，世道可以改变，万物的本质是不会改变的。请将军放心，我不回到国内，是有原因的，我们那么多的年轻士兵战死，才把辽东从俄罗斯人手里夺过来。我们胜利了，让那些有父母、有兄弟姐妹、有妻子和儿子的士兵们回国吧。总要有人留下来为国家继续做事，我什么牵挂也没有了，我是情愿留下来的，我要为天皇陛下尽忠，我要为国家效力。

战后幸运遗存下来的人的使命就是要把这块浸透着日本士兵鲜血的土地建设成为大日本的第二祖国。我就是一名士兵，士兵能做到的，我做到了，一个日本国民要做到的，我还远远没有做到。福岛深深地为稻本这种精神感动，临分别时，他摘下自己的军刀送给了稻本。将军的军刀，是天皇陛下赐予的。他说，我已经卸任了，我会告诉刚刚上任的大岛义昌将军，让他关照你。

关东州是十几万年轻日本军人的生命换来的，战争打得如此惨烈，但是城市却完整地保存了下来。俄国人赋予这个城市一个美丽的名字，叫“达里尼”，一个富有诗意的名字，“达里尼”在俄语里是遥远之意。“达里尼”距离圣彼得堡足有十万八千里，为了这个远东的出海口，这座美丽的城市，尼古拉二世派出了太平洋舰队，派出了西伯利亚兵团。到头来俄国人战败了，但是，派到这里的第一任达里尼市长萨哈洛夫设计规划了这座城市，并且建造出了城市的雏形。他的一个理念，就是让“达里尼”成为东方的巴黎。俄国人有音乐、诗歌，也有绘画，他们属于欧洲。既然“达里尼”成了日本的领地，作为新的统治者，日本人已经把俄国人命名的“达里尼”改为关东州，在战场上，日本人胜了俄国人；在战后的建设上，他们也绝对不会输给俄国。即将告老还乡的福岛将军叮嘱后来的继任者关照一个退伍的士兵，他远在乡下，他仍然在为帝国服务，千万不要忘记他，他就是稻本畦田。

这时在小莲泡村的稻本正在开垦一块不属于任何人的荒地，他向乔德秀的伙计长生借来了一把镢头，在一块长满了野草的荒地上，他抡起了镢头，重重地刨了下去。好长时间没有干农活了，手掌上面的老茧子已经变成了嫩嫩的细肉。当他刨开第一镢头土，那黑黑的土，散发着一股泥土的芳香。土里面除了草根之外，还夹杂着白色的贝壳。这边的土地升高了，海水便退到远处去了。开荒的时候，稻本沉浸在了劳动的愉悦之中，镢头刨下去，翻上来生土，用力向下，再向上翻起，筋骨抻得咯咯作响，血液流动得快了，一股热浪渐渐地从骨子里面向外涌动，流到体外的是汗水，身体内的污垢让汗水冲刷了出来。春天的太阳一点儿也不留恋人间，她正向大海里坠落。天色黯然了下来。稻本停下手里的镢头，脱光了衣服，跳进了旁边那条哗啦啦流淌的小河套里。冰冷的河水一会儿就乍透了他的皮肉，浑身上下泛出了一片红晕。他一边啊啊欢快地叫着，一边将全身沉浸在河水里面。当破碎的河面恢复了平静，借着河面的倒影，他猛一抬头，河对面站立着一个人正吃惊地看着他赤裸的身体。稻本慌乱地用衣服遮住了他那残缺的身体，偷窥他的那个人跑了，他就是伙计长生。长生家就是当伙计的，从他爷爷那辈子起，他们家就给乔家当伙计。据说是因为这一家人忠厚老实而且能干，几代乔家人才一直雇用他们。

长生住在牲口棚旁边的那间小屋子里，这个年轻人秉性像老牛一样。他没有多余的言语，每天除了干活，他的头总是低着，喜欢用眼角的余光看人。通过几件小事，稻本断定长生这个人并不老实。月黑之夜，他曾经看见一个黑影趴在后窗偷窥什么。屋里住的正是乔兰姑娘。稻本渐渐知道了，乔兰姑娘并不是嫁不出去，她是不想出嫁。她的长相并不妖冶，眼睛不大，而且单眼皮，但恬静之中蕴含着高傲之气。如今的乔兰成了稻本的先生，与她偶然相遇时，他总是垂下头，让她先从自己的身边走过。他也在偷窥乔兰，他偷窥的是姑娘的气质。她就像盛开的稻花一样，一点儿也不张扬。她的身上似乎散发着一股淡雅的清香，闻起来也像稻花，不懂稻谷的人似乎闻不到这股奇特的香气，这股香气能够沁人肺腑，甚至能够沁入到骨子里。偏远的乡村里能有这样一个姑娘，稻本心里甚至觉得不那么孤独了。怪不得她没有出嫁，山野乡间，哪里有她能嫁的人。

稻本走进长生居住的小屋子，长生缩在墙角旮旯里抱着肩膀瑟瑟发抖，不敢抬头。

你，看到什么了？

我，什么也，也没有看到。

稻本用手指着那扇后窗，不，你看到了。

是，是，是看到了……她，她在洗脚……乔兰姑娘小时候裹过脚，那是用一根很长的布条子，用力缠住尚在发育之中的脚，让它日后成为三寸金莲。可乔兰姑娘生性倔强，她不愿意让人把她的脚缠起来，她也吃不了这样的苦头。于是，她反抗，她挣扎。挣扎不过，就等到眼前没人的时候，再把脚上缠着的裹脚布解开。结果直到最后，乔兰的脚也没能裹成。对于女儿的不愿意包脚，一向严厉的乔德秀采取了宽容的态度。妻子不在了，乔兰是他唯一的亲人。乔兰那曾经裹过的脚似乎变得更加美丽，圆而丰满的大脚趾微微翘起，曾经裹过的五个脚趾紧紧地并拢，细嫩得如同春天的葱芽，白皙得犹如春天的芦笋心……

这几年，稻本也知道，脚对于中国女人意味着什么……一个女人能不能嫁得出去，人们要看的就是她的脚，如果生着大脚，生着天足，这个姑娘就有嫁不出去的可能。所以，一个新娘子要下轿了，围观的人们瞧的不是她的脸蛋，而是死死地朝下盯着她的脚。如果人们看到的是三寸金莲，人们就会欢呼起来。

长生说得津津有味，嘴角挤满了唾沫星子。

一双脚对于一个女人说来，真的有那么重要吗？

真就那么重要，甚至比女人的脸蛋和身子还要重要。

他的梅美和子生着一双小巧玲珑的脚，走起路来总是脚尖先着地，像蜻蜓点水一样。她的长相与乔兰有些相像，身子骨似乎挺单薄的，看起来有些弱不禁风。但她性格却十分地倔强。在他临出国前，梅美和子就跑到街头十字路口，她双膝跪下，手里高高擎着一副千人带，让路过的行人替她在千人带上缝上一针。她的未婚夫就要出国打仗了，只要在这副带子上面缝上一针，那就会留下一个美好的祝愿，她的丈夫就会活着回来。临行前，梅美和子把千人带系在了他的腰上，她悄悄地告诉他，他会平安的，会活着从战场上回到家乡的。因为她已经数过了，整整有一千个过路的行人，在她的千人带上缝下了针……他是活下来了，可他的那整整一个联队的士兵全部战死了……他们的尸骨不能运回日本，不能安葬在故乡，只能火化，他们的骨灰只能装进陶制的瓦罐里安放在纳骨祠。负伤的时候，有人说他阵亡了，并把这个不真实的消息传回了老家。听到这个消息，梅美和子就会嫁给别人……

长生以为，他的话打动了稻本，他的胆量也膨大了起来，有滋有味地描绘起衣服遮蔽下的乔兰，他瞧过她的胸，瞅见了她的腿……长生没有看见稻本的脸色渐渐地变成了灰白色，血水涌进了眼睛里面……长生打着哆嗦，站立了起来……

你的良心，坏了。你忘了，她是你的主人，你是她家的仆人……

稻本戴上了白手套，狠狠地抽打起长生的耳光，三宾的给，三宾的给……

稻本打骂长生的声音惊动了乔德秀，他走进了门房，看见了自己家的伙计垂着双手，挺着胸脯，任由“大金线”打他的嘴巴子。

乔德秀火了，记着，你打狗也要看主人。

我，我没有打狗。

长生是我家的伙计，他犯了什么错，你应该先跟我说。你不能在我的家里，打我的伙计，懂不懂？你说，长生犯了什么错？

稻本看看乔德秀，瞧瞧长生，他噎着了似的，什么也没说出来。

长生打着圆场，乔先生，是我不好，是我惹怒了稻本先生……

事情过去了几天，乔德秀依然惦记着这件事。有一天，长生赶车拉着乔德秀进城。乔德秀问长生，你到底冒犯了稻本什么？

沉默了一会儿，长生说，我说了，你一定不能再告诉别人，更不能让稻本知道。

乔德秀说，你还不相信你东家的做人品行？

乔先生肯定不会想到，这个日本鬼子，裆里没有男人的家什，像个怪物。他又追问了一句，说什么？

长生说，稻本在河套里洗澡的时候，我亲眼看见的，他真的没有男人的物件……

乔德秀有所思悟，怪不得他一个男人只想着干活，从没糟蹋咱们莲花乡的女人们……

长生说，黄鼠狼没有尖牙利爪，鸡也就安宁了。

乔德秀瞪了长生一眼。

稻本的那一小块荒地终于开垦了出来。恰好此时，他的同乡竹下田从日本来到了小莲泡村。他从老家给稻本带来了稻种。在老家，竹下田就听说了稻本开荒的事。这一回，受福岛将军之托，借着送稻种，他也顺便来看一看他的这位同乡。

看到稻本辛辛苦苦开出一块水田，竹下田说，你想种哪块田地，直接种就好了，何苦还要自己开荒。

稻本说，这儿的田地都有地主，想种地，只有自己开。荒地不属于任何人，谁开出来的，就归谁所有。这块水田是我开出来的，归我所有。

你想在关东州当地主？

稻本说，我只想在这儿种稻谷，我不想当地主。因为我的本职工作还是警察。

竹下田从来就没想种地，他一直想当地主。在乡下，他就是一个浪人，不想干活，不想种稻谷。想当地主那么多年，可就是没有当上。这次来到关东给稻本送稻种，他的脑子一下子开了窍，在日本，他当不成地主，可关东州却是日本人的天下。普天之下，莫非王土。关东州的土地，就是天皇陛下的。在关东州，他能够成为地主。稻种送到了，竹下田也不想再回日本，他要留在关东州，开始他当地主的梦想。

稻本的地紧挨着乔德秀家的地，有两亩半，地块的形状也不方正。开春时节，冰雪消融之时，莲花河解冻了，人们开始了春耕播种，像往年一样，长生在犁出的地里种下了高粱玉米，也种下了大黄米小黄米，还有谷子。冬小麦要等到六月先的早季玉米收了以后才播种。庄户人家，平时吃的就是玉米。只有过年过节，才能吃几顿麦子磨成的面。高粱耐旱耐涝，灾荒年也会有收成，种高粱为的是防灾，还能喂牲口。大黄米能蒸年糕，小黄米能酿酒。有了五谷杂粮，庄稼人的日子过得才丰富多彩，才有滋有味儿。

乔德秀一直关注着这个日本人的举动。他看见稻本把稻种下到了地里，上面覆盖了土。等到自己家地里庄稼苗钻出来的时候，稻本的稻谷苗也冒了出来，绿油油的，整整齐齐。长生给玉米间苗的时候，稻本把莲花河的河水引进了他的地里。清清的河水在他的地里成了一面镜子，本来好生生的田地成了一片水田。

太阳没露出脸面时，公鸡啼叫打鸣了。稻本就从屋子里走出来，赤着脚走进了他的水田里。他把稻苗三五一簇地插进了水田。他左手端着稻苗，右手的食指中指和无名指嗖嗖嗖，快而有节奏地插进水田下面的土层里面。稻苗与稻苗之间，横不过五寸，竖也不过五寸。横平竖直，如同事先画好的线一样，就像排列整齐的仪仗队。太阳快要升到了正午，稻本才从水田里走上田埂休息。

一直站在田埂上，注视着稻本劳作的乔德秀问，你能告诉我，你种的是什么庄稼？

我种的是稻谷，书本上叫它水稻。在我们老家，家家户户，祖祖辈辈，年年岁岁，都种稻谷，也吃稻谷。乔先生，我不明白，你们这儿为什么不种植稻谷呢？

乔德秀说，在中国，只有江南才栽种稻谷。南方水多，气候湿润，适合于种植稻谷，一方水土种一类庄稼，神农氏时就定了规矩。你在这儿种稻谷，到秋天时，也许只能收获稻草。

稻本说，这儿的气候跟我们山口县老家一样，所以，我才萌生了种稻谷的念头。我想，应该试一试。我想，也许会有收成的。

稻本真是个好农民，两亩多水田，他一天不到日头落下时就把秧苗插完了。

在小莲泡村，除了乔德秀，没有一个人晓得稻谷这种庄稼。村头乡里，吃过晚饭，大伙都聚集到场院上抽烟唠嗑，说着说着，就说到了稻本种的庄稼。小鼻子就是隔路种，在水里种庄稼，那水不把庄稼根泡得发霉才怪。

过了几天，大伙儿发现，稻本的镜面一样水田里秧苗没有发霉，绿油油的。再过些天，大伙儿发现，那秧苗已经覆盖了水田，整整齐齐，在水里还能映出倒影。关东山，三大怪，大姑娘，叼烟袋；老母猪，扎腰带；养个孩子吊起来。这下可是好，又出了一大怪，大金线，真奇怪，他在水里种庄稼，不用土埋用手栽。

天气越来越暖，天也越来越长，不等到鸡叫，稻本已经爬起身来。早早地赶到他的水田，把水田里冒出来的稗草除掉，他才离开。秧苗生长得越旺盛，稗草也越是疯长。稗草几乎与秧苗一模一样，不熟知它们之间的差别，也真就识别不出来。上午，他要处理上级转交下来的公文，他还要巡查乡里。日本的警察管理制度和模式，完全是照搬大英帝国的警察模式。巡查乡里，他要走到与莲花乡交界的魏家乡的地方，他要在巡查记录器上打上一个标志，魏家乡的警察也要在这儿打上一个标志才算他完成了巡查任务。两个不同地段的警察，也有着互相监督的责任。稻本吃中午饭从不浪费时间，他会在路上吃两个末吉（日本的一种甜食），匆匆赶到水田，去看望水田里的秧苗。趁着起早，村里村外没有行人，稻本把地上的粪拾起来，积攒起来。第一年开垦出来的荒地，需要施肥。哪里来的许多农家肥？村里养猪养大牲口的人家不多，家家户户积肥靠的就是老老少少的屎和尿，他们把自己茅房里的粪肥看得紧紧的。庄稼一枝花，全靠粪当家。粪肥就是庄稼人的宝贝，人人都看得紧紧的。

缺少粪肥的稻本把警察的薪水拿了出来，求到了乔德秀的跟前，请他帮帮忙，能不能卖点儿粪肥给他。新开出的地就像个营养不良的新生儿，需要养料肥料。

乔德秀明白，第一年开垦出来的生地，需要肥力。不是稻本需要粪肥，而是秧苗需要。乔德秀吩咐长生，匀出一些粪肥给稻本。

长生不愿意，先生是个仁人志士，怎么能把粪肥卖给日本鬼子?

因为稻本是在种庄稼，而不是杀人放火。

这一年，是稻本的幸运年，一年里风调雨顺，有钱难买四月旱，五月连阴吃饱饭。到了六月六，看谷秀，一口饽饽一口肉。真的到了六月六这一天，一年的收成就能看得出来。地里正在生长的高粱和玉米就像一个个大小伙子一般壮实，金黄的玉米，火红的高粱。再瞧那一小块水田里的稻谷，沉甸甸的稻穗已经弯垂了下来，就像害羞的大姑娘。站在田埂上，已经能够嗅到庄稼的体香，庄稼地的上空弥漫的都是这股子香气，大庄稼的香气。吸进肺腑，一下子会贯通全身的血脉，那般酣畅淋漓。

三伏过后，关东州警察总署给稻本送来了一匹东洋马。因为稻本所在的小莲泡村地处偏远，应该给他配备一匹警用马。马是枣红色的，很健壮，也很漂亮。这匹马也算是对稻本的奖励，在他管辖的地盘上，没有发生民事和匪盗刑事案件，稻本也是上司心目中的模范警察。

金风送爽的时节，小莲泡村的人都看见了，大洋马的背上驮的不是“大金线”，而是收割下的稻谷。

在场院上，乔德秀用双手用力搓了搓掌心里的稻谷，吹掉了金黄色的谷壳，手心里剩下的是洁白如雪的大米粒。

稻本显得异常兴奋，他跪倒在自己种植的稻谷堆前，手里捧着稻谷，眼泪哗哗地流淌下来。在这片陌生的土地上，他开垦出了属于自己的水田，种下了稻谷，稻谷扎下了根，而且茁壮地生长了起来，最后成熟了，结出了饱满的籽粒。捧在手心里嗅一嗅，与山口县自己老家的稻谷一个气息一种味道。

暮色降临了，村子里升起袅袅炊烟时，稻本把他刚刚做熟的大米饭用一只漆碗盛上，端进了他平时很少走进的上房。看见了乔德秀，稻本把碗举到他的面前，乔先生，这是我种的稻谷，刚刚收割的稻谷，希望你能尝一尝。

乔德秀用双手接过了稻本手中的碗，说了一声谢谢……这是他亲眼所见，这个日本人怎样开出了荒地，怎样种下了稻谷，怎样施肥，怎样除草，一直到收获。他也想亲口尝尝，在中国的田里长出的稻谷是什么味道。洁白晶莹的大米饭，一股清香的气味扑进了鼻孔。乔德秀拈起一粒米放进嘴里，他品尝出的却是另外一股滋味……

这稻种是从我们老家捎过来的，是最好的稻谷，它的名字叫秋月。山口县的秋月稻米在日本，普通国民是吃不到这种稻谷的。

那天晚上，乔德秀品尝出了秋月稻谷的清香和细腻，它那柔韧的质地，还有一种他说不清楚的感觉。这个日本人，到底在这块陌生的土地上种出了他们的庄稼。

门外响起了敲门声，乔兰打开门，是稻本站在门外。这一次，他手里拿的是他的作业，他双手把他的作业高高地擎过头顶。乔兰接过作业时，稻本说，对不起乔先生，因为这些天太忙碌，没及时让你批改作业，请多原谅。

稻本的字越写越好，甚至看不出是个初学者，或者说是个日本人写的。他有警察的工作，还要开荒种稻谷，他一天忙到晚，如果不是天天挥毫临帖，他绝对不会把汉字写得这样到位。如果面前站着的人不是稻本，乔兰肯定会大加赞赏这个书写者。不过，看着稻本那双期待的眼睛，她忍不住说了一句，你写得很好。

稻本说，乔先生不给我画圈儿了吗？

乔兰说，下一回补上吧。

辽东的秋天很短，秋收的粮食刚刚进了囤子，天上就飘落了雪花。这年冬天格外寒冷，隔个三五日，老天就要下雪。不管多么寒冷的天气，稻本天天雷打不动要坚持的一件事情，那就是用冷水擦身。尽管稻本擦身时躲开别人的目光，但却收进了乔德秀的眼底。一个人能够持之以恒做一件事情，他将没有做不成的事情。

大年三十的晚上，乔兰煮好了饺子，把饺子端到了饭桌上。乔德秀端了一盘饺子，走到堂屋，面对写着乔家祖先名字的宗谱，端端正正地把饺子放在先人们的面前。他一直惦记着一件事，他叫过乔兰，让她给稻本送点儿饺子，让他也过个中国人的大年。

乔兰端着一盘饺子，敲开了稻本的房门。门打开的那一瞬间，稻本看见门口站立的是乔兰，他立刻挺直了身子，低下头，嘴里说着，谢谢，谢谢乔先生，十分感谢…… 一边说，一边给乔兰鞠躬。

乔兰也看到了，稻本刚刚沐浴过。他似乎也刚刚哭泣过，他的眼角还挂着泪珠，在大年三十的晚上，一股莫名其妙的恻隐之情油然升起。因为她看见了，茶桌上方，悬挂着一幅老女人的照片，也许，那个老女人就是稻本的妈妈。不是妈妈，稻本不会哭泣。在中国人过大年的夜晚，孤独的他想家了，想妈妈了……乔兰明白，她和父亲一样，对于侵入中国的日本人一直恨之入骨。但近两年的光阴，父亲似乎让自己身边的这个稻本不知是感动了还是感化了。虽然父亲嘴上没有说什么，但她能够感受得到父亲心里的微妙变化。他吃了日本人送来的稻米饭，他还要回送给日本人饺子。如果稻本不是日本人，一切都在情理之中。但是，稻本毕竟是日本人，她也亲眼目睹了日本人杀中国人是多么残忍。父亲能够对稻本释怀，她认为父亲一定是这样想的，日本人堆里面也是有好人的。通过稻本在莲花乡近两年时间的所作所为，乔兰也认定，稻本是个洁净，严谨，勤劳，执着，而且心存不二的人。

乔德秀让乔兰也尝一尝稻本送来的大米饭，乔兰吃大米饭，那还是好多年前，是父亲在福州做官的朋友托人捎过来的。那稻米一年能生长两季，吃起来有米味却没有米香。江南的庄稼人又苦又累，一年里有两次插秧和收获。一年两季，过多地消耗了地力，那稻米也不觉得有多香。稻本的稻米饭的香气溢满了屋子，再瞧瞧那洁白如玉的米粒，晶莹剔透，有黏性，有韧性，如同无数个精灵聚集在一起。食欲消失了，随之而来的，却是无穷无尽的遐想。

稻本种出稻谷的消息让“狗腿子”“拿片子”还有“跟包的”传扬得方圆几百里的人都知道了。那些有些脸面的人物纷纷找上门来，肯出五倍于玉米的价钱买稻本手里的稻谷。稻本摇头拒绝了，他收获的稻谷不多，他还想着把这些稻谷当作稻种，真正的农民宁可饿肚子，也不会吃掉明年的种子。稻本把他在小莲泡村开出的荒地里种出稻谷的消息，写信告诉了身在故乡安度晚年的福岛安正将军。他精心挑选出一束金黄色的谷穗，寄给了福岛将军。

福岛安正也给稻本回了信，你能在关东州种出稻谷，这是一件十分了不起的事情。一切仅仅是开始，稻谷也是头一年在荒地上生长出来。希望你能继续努力，让咱们的秋月稻谷真正在关东州的土地上扎下根来……

稻本没舍得敞开肚皮吃他种的秋月稻米。记得小时候，稻谷成熟的季节，妈妈会做一顿白白的稻米饭。在此之后，妈妈再做稻米饭的时候，总是在米饭锅里加一些白萝卜胡萝卜。那时候的他，多么想饱饱地再吃上一顿没有萝卜的稻米饭。他央求过妈妈，妈妈说，等到我们国家不再因为战争的需要征购我们的稻米了，咱们就可以吃上没有萝卜的稻米饭了。饭里没有了萝卜，稻本的身子骨应该壮实了。

稻本打算好了，他要把小莲泡村的土地改造成为水田，他留下的这些稻种，就播种到水田里去。老大一片退海之地就会形成一片稻谷的海洋。到了秋天，稻田就会变成一片金色的海洋。海风吹来的时候，金黄色的稻浪就会随着风势起伏跌宕，就会滚滚翻腾。田头会竖立起一个戴着草帽的稻草人，稻田的上空，会盘旋着一群一群鸟雀，它们啁啾啼叫着，觊觎着那沉甸甸的稻穗。在太阳的烘烤下，稻谷会洋溢一片大庄稼的香气，弥漫在空中，连白云也让它给迷醉了……

第二年的开春时节，乔德秀居然接受了稻本的建议，他要把自己家的地变成水田，然后在水田插上稻谷的秧苗。

乔德秀的举动遭到了全村人的反对，一向受到全村人敬重的乔先生也没有想到乡亲们会这样反对他的举动。真的，从神农氏开始，咱们就这样种庄稼，老祖宗就是这样一辈一辈传下来的，怎么能改变呢？

村里辈分最高的三爷爷说，德秀啊，咱们不能种日本人的庄稼，真的不能种。你不记得老祖宗留下的告诫了吗？想当年，日本人跟咱们中国人斗，小日本人少，小小的岛国，才有几个人，根本斗不过中国人。所以，日本人就想了一个阴损的招数，来对付咱们中国人。日本人把地瓜引进了中国，让中国农民栽种地瓜。可是，吃地瓜烧心，久而久之，就会种下病，人也就渐渐地枯萎而死。中国人病了，咱们的地盘自然就到了日本人的手里。可是，日本人忘记了，关东地盘上的中国人都是从山东逃荒来的，日本人能引进地瓜，咱们也引进了山东的大萝卜，大萝卜专门能够对付烧心这种病。于是，日本人的地瓜阴谋让中国的大萝卜给化解了。谁知道在这稻谷里面，日本人藏了什么坏心思。

乔德秀给父老乡亲们解释，这稻谷与地瓜不一样，朝代和当年也不一样了。中国人称稻谷为大米，在咱们关东，乃至东北，大米都是稀罕物，有的庄稼人一辈子也没能吃上一顿大米饭。你们也看到了，稻本种出的稻谷，有人肯出五倍于玉米的价钱购买。咱们这儿的地，是一马平川的退海之地，适合于种稻谷。稻本已经给咱们做出了榜样，我也想过了，这是一件好事，是好事，咱们为什么不做呢？

大家心里还是有些忐忑，谁知道日本鬼子的肚子里装着什么坏主意。

乔德秀反问乡亲们，咱们不种稻谷，日本人的心里就没有坏主意了吗？

咱们种了多少辈子高粱和玉米，能种成稻谷吗？

咱们没种过稻谷，为什么不试一试呢？

这一年，乔德秀引来了莲花河的河水，把自己家的地改成了水田。乡亲们都在观望，他们想等乔德秀的稻谷种成了，再跟着他的步子学。

稻本也不再劝说他的辖区的农民们跟着他种稻谷，他知道，老实巴交的庄稼人还是把自己看成瘟神，只要他的身影一露面，人家就纷纷躲开了他。任凭他说破大天，也不会有人跟着他学种稻谷。于是，他一心一意帮助和指导乔德秀家种稻谷。他深知乔德秀在小莲泡村人心中的地位，只要他种了稻谷，自然就会有人追随。乔家的地都是平整肥沃的好地，平整起来也费不了多少劲。筑高了田埂，通了水渠，安装一架水车，河水也就引进了地里。

插秧那天，稻本也亲自上阵。为了能让秧苗插得横平竖直，距离一样，稻本在水田里扯起了一根麻绳，麻绳上面结着同等间距的标志。人们按照这样的规矩去插秧，秧苗就会整齐划一地竖立在水田里面。清晨时，水田上空还弥漫一层薄雾。太阳升到一竿子高了，雾散去了，风和日丽，水田洋溢着一片春天独有的气息。很少下地的乔德秀也挽起了裤腿进了水田，手里握着秧苗，跟在稻本的身后，一丝不苟地插起了秧苗。稻本就像一架插秧的机器，他弓着腰，双手唰唰唰，绿油油的秧苗挺立在水田里。田埂上面围着里三层外三层瞧热闹的人们。看着看着，有人忍不住，也脱下了鞋子下到了水田里，跟着稻本学起了插秧。有人带了头下水田插秧苗，也就有人跟在后面，下到水田里的人越来越多。开始手生，插着插着，也渐渐地像模像样有了起色。不下水田的人们往水田抛秧苗，一扎一扎的秧苗在空中飞来飞去，煞是热闹。干活的时候，大家似乎都是劳动者，乡亲也忘了稻本是个“大金线”。

看到乡亲们这么帮忙，乔德秀也是连声喊着，谢了，各位乡亲，谢了。

大伙儿应和着，乔先生，你可不能光用嘴巴道谢，咱们来点儿实惠的谢意。

乔德秀说，也好，今天晚上，咱们全村的父老乡亲们，统统都到场院上，我请大伙儿吃大海蛎子做的阳春面。

乡亲们欢呼了起来，大海蛎子擀面好，开春时节的大海蛎子味道最鲜美。好，乔先生，今天晚上，你管饱不管饱?

乔德秀说，请人吃饭不管饱，那还不如不请。

行，那我们可要敞开肚皮吃了。

我管吃管添，你能吃多少，我就添多少。

乔兰急了，她悄悄地告诉乔德秀，咱们家的粮囤子哪里来的那么多的麦子？你要管全村人的饭，这可怎么办?

赶紧进城呀，到德记面铺去买现成的面条呀。

插秧那天晚上，太阳刚刚掉进了海里，场院中央便燃起了一堆篝火。小莲泡村的男女老少手里拿着粗瓷大海碗，聚集到了场院上。老人在前面，孩子在老人们的身后，接下来才是女人和男人。那白里透青的大海蛎子，绿的是春天的发芽葱，黄的是鸡蛋花。几十户人家几百口子人，人人手里都捧着大海碗，人人都低着头，吃着碗里的面条，场院上空响起了一片吃面条的响声。男人吃面，呼呼噜噜，如大海涨潮般地流畅；女人和孩子吃面，声音细微，好像小河流水般地细腻。大伙儿也忘记了稻本的存在。此时的稻本坐在人群的后面，他手里端着碗，瞧着人们海吃海喝的场面，心想，这算得上是天底下最大的宴会了。多么大的一家子人啊，一顿饭，吃得他惊心动魄，全村人吃下了多少面条啊！

有人高声喊叫着，乔先生应该给酒喝。

乔德秀站起身来，等到秋天，我收了稻谷，我还在这场院上，我请全村人吃大米饭，我还要给大伙儿酒喝。

好啊，乔先生就是咱们小莲泡村的福星。

错过了插秧季节，小莲泡村的人们都有些后悔，大家应该步乔先生的后尘。岁岁年年，家家户户也不是种一种庄稼，什么高粱玉米，谷子糜子，什么都要种一些。为什么不听乔先生的话，也种一些稻谷。错过了节气，只有等到明年了。

稻谷开花后不久，稻谷就要秀穗了。此时的稻谷，不再风姿绰约，它变得像一个婚后的少妇，丰满而稳重。腰身不再窈窕，而变得粗壮，似乎有了身孕。

到了农历六月六这一天，站在田埂上，已经能够看到丰收在望的景象了。乔德秀从来也没有像今年这样关心地里的庄稼。因为今年他们家的地里种的不再是玉米高粱，而是稻谷。多少年来，这块地里，从来也没有种过稻谷，今年种下了，而且是在乡亲们怀疑的目光当中种下的。老庄稼稳成，有了新庄稼，为什么不试一试呢？本来就是好地良田，种下去都会生根发芽，开花结果。六月六，看谷秀，这是一个节日。这一天，乔德秀在心里就打好了主意，等到秋收那天，他不光请乡亲们吃大米饭，还要请乡亲们吃肉，吃肥猪肉。

全村的人都跟乔德秀一样的心情，都盼着秋收割稻谷的这一天。秋天不知不觉就来到了，开镰的前一天，一些老庄稼把式都站在地头上，估算着地里的稻谷能有多大的收成。大伙儿估算得八九不离十，这一亩稻谷，至少也有五百斤的收成。开镰这一天，小莲泡村能下地的人统统都下到了乔家的稻田里，挥舞起了镰刀割起了稻谷。秋天的风把云吹得老高，蓝天和大海成了两面对映的巨大镜子，让天海浑然成了一体。稻谷在人们的镰刀下面齐刷刷地倒下了，后面的人把稻谷捆扎了起来，然后用牛车马车拉向了场院。稻本的大洋马背上也驮着稻谷，一路上，鸟雀飞上飞下，也忙着偷吃掉在地上的谷粒。莲花学堂的孩子们放了学，也下进了稻田，拾起落在地里的稻穗。

为了开镰，乔德秀买下了两头肥猪。没有下地的女人们在场院上帮着朱屠户忙碌着杀猪焖大米饭。大米饭怎么焖呢？同焖小米饭一样，添的水适当，烧开了锅，就用小火焖上。大铁锅里咕咕嘟嘟地煮着猪肉，飘出一股肉香；那焖饭的大铁锅里冒出的，是一股米香。场院上弥漫着香气，飘向很远。

天黑了，灯亮了，篝火也烧起来了，小莲泡村的人吃着稻米饭，就着肥猪肉，腮帮子都鼓了起来。这么热闹的时刻，人们却没有癫狂，大伙儿都在品尝着稻米饭的滋味。猫和狗也来了，它们摇着尾巴，讨好着主人，也希望能得到一口稻米饭吃。

三爷爷嘴里只剩下了一颗牙，他好不容易才吞咽下去一口饭，噎了半天才说，德秀啊，你不愧是咱们乡里的先生，今年你带了头，赶明年，咱们也跟着你学，不再种那些玉米高粱了，咱也改种稻谷。德秀啊，你一定要把稻种留好，到那时，咱们家家户户都能吃上稻米饭了。

就在人们欢天喜地地在场院上吃着丰收大餐时，稻本没有忘记向乔兰奉上他的作业。

乔兰也没想到稻本进步得这么快，她郑重其事地对稻本说，你的作业写得十分到位，甚至比我写得还要好。我已经教不了你了，你可以进入到更高的学堂去读书了。

可我是你的学生，永远都是。

你是一个优秀的学生，我真的教不了你了。乔兰感觉到，她已经让这个日本人一分一寸地给感化了。

第二年，小莲泡村的人家都从乔德秀家得到了稻种，家家户户都把地改成了水田，在水田里插上了秧苗，上千亩的稻田，与海相望，一边是蔚蓝色，一方是碧绿色，相映成趣，甚是好看。

这年少雨，因莲花河水源源不断，稻田里也未见干旱。到了秋天，也是一个好收成的年份。稻谷上场院的时节，村里村外，到处都洋溢着稻谷的清香。这使得稻本想起了他老家的那个小村庄，小村庄的名字叫稻香村。于是，稻本萌生了一个想法，把小莲泡村改称稻香村吧。要更改地名，乔德秀第一个不同意，前人留下的地名不能更改。小莲泡村这地名叫了多少年他不知道，但是，地名如同人名，是血脉的传承，有历史的渊源，不能随意更改。

吃上了今年的新粮，人们又长了一岁。今年的新禄不同往年，今年吃的是稻米。美美饱餐了一顿，稻米饭好吃，可村里的人家再也舍不得吃了。留下过年过节吃的，留下明年的种子，剩下的稻米，还是要换成玉米和高粱。不知怎么着，人们觉得还是玉米高粱耐吃，吃得硬实。既然一斤稻米能换五斤玉米和高粱，他们就赶着牲口驮着稻米到集市上去换粮食。

莲花乡小莲泡村人种稻谷的事情在和风细雨之中传扬了出去，关东州的人们都知道，这个地方种出了稻谷，这个地方的人也吃上了稻米。这件事惊动了关东州警察署，在关东州，只有日本人才能吃稻米，中国人吃稻米是犯罪，属于经济犯。

警察署长带着一队人马来到了小莲泡村，挨家挨户地搜稻米。一时间，村子里鸡犬不宁，老婆哭孩子叫，从春到秋，好不容易种出的稻米，你们说拿走就拿走，讲不讲天理？讲不讲公理？

稻本急忙跑到了署长面前，长官，是我让他们种稻谷的。

警察署长从上到下看着稻本，你是谁？

我是稻本，是莲花乡会的警察。

瞧你，哪里还像个警察，你不报告身份，我还以为你是个当地的农民。你有什么权利让中国人种稻谷？你有什么权利让中国人吃稻米？

我给福岛将军写过信，我告诉过他，我要在这里种稻谷。

给将军写信？你想告诉我什么？

稻种就是福岛将军寄过来的。这是我们家乡的稻种，是最有名的秋月稻谷。

身为警察，你已经触犯了关东州的法令。我要把你关禁闭，跟我走吧。

稻本穿上警装，牵出他的坐骑。看到这匹马，警察署长气歪了鼻子。原本一匹英俊潇洒的警用马，在乡下的农田里，它已经成了一匹地地道道驾辕拉车的牲口。

稻本，不要以为你有战功，你可以想做什么就做什么。这一次，我会把你送进监狱的。

稻本走了，莲花乡没有了“大金线”，一下子似乎少了许多东西。大伙儿头一次听说，种庄稼还犯了什么法。早知道有今天，当初就不该把旱地改成水田。

事到如今，说这话有意思吗？因为稻本，大伙儿吃上了大米饭。也因为稻本，大伙儿把稻米换成了五倍的高粱和玉米。所以，稻本犯了法令，咱们不能看着不管。

日本人的事情，咱们怎么管？能管得了吗？

咱们写一个联名折子，替稻本向关东州衙门求求情。

这主意可行，于是，乔德秀亲自执笔，写下了替稻本求情的折子。洋洋洒洒数千言，讲稻本在此地执行公务忠于职守，勤勉公正，身体力行，孝悌忠信，扬善惩恶，关心民生。乔德秀殚精竭虑，为稻本的解脱，用尽了溢美之词。

怎样才能把这万民折递交到关东州最高长官的案头，让他亲眼看到读到？乔兰自告奋勇，她愿意去替稻本开脱罪名。一个未出嫁的大闺女，抛头露面，是不是有些欠妥？乔兰说，我想好了，我去有理由。很简单的理由，稻本是我的学生，我是稻本的先生。

稻本毕竟是日本警察，关过禁闭，他在等候审查。乔兰以先生的身份见到了稻本，她告诉稻本，她已经向关东州衙门递交了求情的折子，衙门的人也收了折子。

稻本听了十分感动，这说明他管辖的地盘的人们对他产生了感情。他拿出了一封信，他叮嘱乔兰，一定要把这封信寄出去，这是他写给身在日本的福岛将军的，他的同乡，他的忘年交。只有将军出面，他才可以解脱罪名。

稻本告诉乔兰，关押在这儿，不能干农活，不能写大字，他浑身上下难受死了。

乔兰也叮嘱稻本，借这样一个机会，你也好好地休养生息，文武之道，一张一弛，养精蓄锐，接下来，你才会有更大的力量做以后的事情。

稻本笑着说，留得青山在，不怕没柴烧。

乔兰说，在我的心目中，从前你是个日本人，现在你就是个中国人。

稻本说，两千多年前，我们也是中国人。虽然徐福替秦始皇采长生不老的药是个传说，但我觉得就是一个真实的传说。

十天之后，关东州发生了很大变化。来了一位新的接任者，他的名字叫后藤新平。后藤就不主张采用强权高压的政策对待中国人。他喜欢用“文治”这个词，从中国孩子开始，让他们说日本语，唱日本歌曲，吃日本料理，穿日本的和服和木屐。总之，要从习俗入手，渐渐地改变和改造中国人。后藤上任的那天，接到稻本书信的福岛安正也从日本赶来了。退伍的将军因为老迈年高，已经不能骑马，他坐在一辆豪华车马上，他的身后，跟随着一百多名身穿礼装军服的日本宪兵。日本宪兵是天皇的亲兵，他们护送福岛安正，在他身旁的锦盒里面，放着天皇的诏书。稻本做梦也没有想到，天皇的诏书是专门为他而发，鉴于稻本忠于职守之余，勤奋耕耘，苦心钻研，将大日本的稻谷移植到了中国的东北、大日本帝国的属地关东州，并且获得了成功，意义重大而且深远，特赐封稻本为五等男爵。

稻本畦田痴怔怔地站着，竟然忘记了用双手接过天皇的诏书。我做的这些，都是微不足道的，怎么能惊动天皇陛下。天皇陛下给了我这么高的荣誉，我真的受之有愧。

后藤新平说，稻本君，从前，我也这么想，你做的这些，无非就是一个农民的举动，不足为奇，不足挂齿。你也许是无意识的，但是，这个无意识的勤劳举动对于我们的帝国意味着什么？一个能够影响历史，影响我们帝国下一步战略计划的实施……

稻本摇了摇头，他真的想不明白，他究竟做了什么？不就是开垦荒地种植了稻谷吗……

稻本君，从今天起，你不再是一个农民，也不再是一个普通的警察，你是有爵位的人，一个有贵族身份的人。关东州厅为你在达里尼市内建造了最好的房子，希望你能住进去。

可我就想住在小莲泡村，我也愿意住在这儿。

你还想种你的稻谷？

是的，我喜欢这样。再说，种植稻谷也仅仅是开始，稻谷在这儿仅仅是刚刚扎下根来，我还想看看秋月稻谷的生命力到底有多旺盛。

那就随你的心情，以后，你遇到什么事情，可以直接与我联系。如果你愿意住在这乡下，我可以在这儿为你建造一幢别墅。

稻本摇摇头，我什么也不要，我只想要一副犁杖，要一头拉犁杖的耕牛，还有一辆马车。

你要什么，我都会满足你的。

后藤新平从车里引下了一个身穿和服圆脸庞细眯眼睛的日本姑娘，她叫秋月云子，是大和宾馆里最好的女仆。她会做日本料理，也能歌善舞，留她在你的身边，让她解除你的孤寂，也能照顾你的日常起居生活。相信云子会给你带来快乐和幸福。

稻本摇摇头，不喜欢稻谷的人，不要让这样年轻的姑娘待在偏远的乡下。在这儿，只要能闻到稻谷的清香，只要能够闻到泥土的气息，我的心情就会好的，不会孤寂。将军，一切仅仅是开始，让我把应该做好的做得更好吧。

后藤新平与稻本也没有距离感，他紧紧地握着稻本的手，你们老家，不愧是将军的摇篮，稻本君虽然是个士兵，可你的思想和精神，还有你创造的业绩，已经称得上是功勋卓著的将军了。我们日本军队无往而不胜，正是因为有了你这样的军人。

福岛安正说，稻本君，我还要以将军的身份，再给你下一个命令。

稻本打了一个立正，请将军下命令吧。

福岛安正说，你把小莲泡村的土地面积，土质情况，以及你在这里种稻谷的详细过程，写成一份资料，交到我们总督先生的手里。

稻本说，将军放心，我保证做好这件事情。

福岛安正想起了一件事，你在信上告诉我，说你想改这儿的地名，把我们老家的村名移到这个乡村。是那个姓乔的先生不同意，是有这回事么？

稻本回答，有这回事，秋收时节，村里村外到处弥漫着稻谷的香气。于是，我产生了一个念头，咱们老家叫稻香村，我想管这儿也叫稻香村。可是，乔先生说，地名如同人名，不能随意更改。他说得有道理，地名都是有沿革的，有来历的，是历史形成的，不能随意更改。

稻香村，多好的名字……为什么不能更改？你带我去见见这个乔先生。

将军认得乔先生？

我们认识很多年了。我在哪儿能见到乔先生？

莲花学堂，这个季节，乔德秀会在学堂里给村里的大人们讲述历史。稻本带着福岛安正来到了莲花学堂，福岛与乔德秀在故地再一次相逢了。江山依旧，乡村依旧，两个人却都衰老了许多，各自的面颊上面都长出了许多铁锈一般的老人斑。两个人也没有寒暄，就是面对面站立着，福岛说，我听说，你不希望把小莲泡村改成稻香村?

是，是我，不是不希望，而是不可能。

看到书案上面有笔墨纸砚，福岛走上前，拿起笔，蘸饱了墨，在纸上写下了稻香村三个大字。福岛汉学功底深厚，他的书法在日本军界十分有名气。也许腹腔中有一股子气在怂恿着他，稻香村这三个碑体大字写得有些杀气。放下笔，他期待着乔德秀的评判。

乔德秀说，没想到将军的书法这么出色，但是，这地名写在纸上，似乎无法经得起风吹日晒。我们应该写在石头上，或者写在木头上。接下来，乔德秀吩咐他的伙计长生，到老孙头棺材铺去，请孙掌柜刨出两块木头来。

老孙头来了，他肩膀上扛着两块厚厚的木板。

福岛安正把稻香村三个大字写在了木板上面；乔德秀也把小莲泡村四个大字写在了木板上面。想不到，两位了不起的人物字写得真是让人叹为观止，那种刚正，那种苍遒，把人的精神和气度都融入了墨迹里。

接下来，乔德秀对福岛说，我们可以把两块木头竖立在村口，让它们历经风吹雨淋日头晒。让时间检验，留下来的，就是这个村的地名。

福岛摇摇头，这样做，是不是太漫长了，我不想等得太久。

乔德秀说，也有可以眼下就见分晓的办法。

乔德秀让老孙头走上前来，用他手里的木匠刨子，刨木头上面的字。老孙头按照他的吩咐，开始刨木头上面的字。哧，哧，哧，薄薄的木屑形成了一个个花儿滚落到了地上，带着淡淡的墨香。人们都睁大了眼睛，看着木花，瞧着木板。写着稻香村的那块木板经过几次推刨，墨迹渐渐地淡了，渐渐地没有墨写的字的踪影。而那块写着小莲泡村的木板，刨了一层又一层，每一层的木花上面仍渗透着累累墨痕。寸把厚的木板一直刨去了五分，仍然依稀能见到淡淡的墨痕。

福岛安正身不由己地躬了躬身子，他似乎明白了，什么叫力透纸背，什么是入木三分。他站立起来，走了出去，稻本替他向乔德秀鞠躬道别。

第二年的秋天，地里的庄稼又成熟了。乔德秀写的那个木头村名牌子不翼而飞了。换上的却是福岛安正题写的稻香村地名石碑，竖立在了小莲泡村的村头。村口的影壁上贴了一张关东州的告示，告示上说，小莲泡村所有的土地已经被关东州征用了，包括庄稼地和房基地，告示上写得很细，连地下的基石，上至砖瓦都写得一清二楚。一亩地，关东州给补偿三十块小银洋。那年月，整个关东花的都是日本的小银洋。一块小银洋能买得到一袋子四十斤的宝船牌洋面。三十块银洋，也就是一亩地五年的收成。不管多少，这地可是自己的祖宗留下来的，多少辈子庄稼人守的就是这块地。

小莲泡村的人们几乎全都眩晕了，春种秋收，夏天歇伏，冬天猫冬的秩序给打乱了，甚至是颠覆了。从晕头转向中回过味来，父老乡亲想到了乔先生。于是，他们纷纷聚集到了乔德秀家，希望从他那儿得到主意，或者说是什么消息。

一张告示就改变了小莲泡村人的命运，乔德秀也没想到他和他的乡亲们会遭到这样的变故。

乔先生，你要给俺们乡亲做主啊，俺们要是一直种高粱种玉米，日本人就不会盯上咱们的地。这不是你带头鼓动的，俺们才改种了稻谷，这才让日本人红了眼珠子，动了坏心思。没了房子没了地，往后，俺们该怎么活呀。

乔德秀已经问过了稻本，是不是他出卖了乡亲，出卖了小莲泡村，才换来了他得到天皇的赐封。这突如其来的变故，稻本真的一点儿也不知道。他要写信询问他的同乡，他尊敬的司令官福岛，关东州颁布的征地令，到底是怎么一回事。

自从稻本在小莲泡村开荒试种稻谷，福岛安正与另外几个退役的将军一直在关注着这件事。他们虽然身不在其位，但是，他们的心却一直为了帝国的事情在操劳。关东州，这个远东最美丽的出海口，日本牺牲了十一万年轻士兵的生命才从俄国人手里夺了过来。想要永久地守住关东州，不是构建多么坚固的堡垒，不是配备多大口径的火炮。只有一个办法，那只有把关东州变成真正的大日本帝国的国土。是的，如今的关东州已经成了日本的领地，可这里仍然是异国他乡。决策层苦思冥想，也想不出什么对策来。稻本的举动触发了他们的灵感，移民，只有移民，让真正的日本国民在关东真正地扎下根来，唯一的办法就是让日本国民能在关东的土地上种他们日本的稻谷。当小莲泡村人渐渐地接受了稻本的秋月稻谷，把自己家的旱地改成水田的时候，福岛在山口县的老家稻香村头戴一顶草帽，脚上穿着一双木屐，手里拿着稻本种出来的稻谷，以一名长者的身份，挨家挨户地动员他的乡亲们到关东去种稻谷。关东州那地方，也有一个叫稻香村的小村子，那儿的土是肥沃的黑土，握在手里能攥出油来。大家看一看，也尝一尝，这稻谷就是咱们稻香村的稻本种出来的秋月稻谷。关东州的稻香村，水田旁边就是一条小河，可以旱涝保收。只要大家到了关东州，政府可以为大家提供免费的住房，提供不收税费的水田，种出的稻谷都归大家所有，至少五年都是这样，不会改变……先是那些没有土地的佃户们动心了，后来，那些贫穷的农民也动心了。动心归动心，但是，漂洋过海，到关东州去种稻谷，大家心里还是没有底，就是感觉不踏实。福岛感慨地说，我呀，就是老了，退回去几岁，我会带头带大家到关东州的稻香村去种稻谷。在家乡种稻谷，我们是为了自己，到了关东州种稻谷，我们是为了国家，为了天皇……说到这儿，已经年过八旬的福岛将军已经老泪纵横。乡亲们被老将军感动了，大家都安抚着福岛，将军不要怪罪大家，你也知道，故土难离，关东州再好，那毕竟不是我们的家乡。既然将军把话说到了这个份儿上，作为乡亲，我们不能再无动于衷了。福岛说，中国有一句老话，叫树挪死，人挪活。我们日本人，如果老是固守在自己的国土，那就是一个岛国，资源贫乏，观念落后。等待我们的只有僵化萎缩，只有最后的自取灭亡。当我们知道了在小小的岛国之外还有广阔的外部空间，我们还能固守下去吗？西方是怎样强大起来的？中国人说了，马无夜草不肥，西方人不就是靠着掠夺靠着强权，才使自己强大起来的吗？我们刚刚迈出了一步，就不再朝前走，我们国家富强不起来，我们也还会再穷困下去。中国人所说的小富即安，我们尚未达到。到了关东州，大家可以尽情地种地。当大家把关东州所有的土地改成水田，种上我们的秋月稻谷，整个关东州就会成为真正的日本国土，大家都会成为庄园主。乡亲们说，别说了将军，我们听从你的吩咐，你说何时动身起程，我们就跟着你走。你的话，就是下给我们的命令。福岛深深地给乡亲们鞠躬，谢谢大家，谢谢了……

稻本给福岛写信已经来不及了，他只有询问关东州总督后藤新平。他是有爵位的人，他有资格过问这件事情。

后藤这时向稻本原原本本地端出了早已谋划了许久的策略。如果我们在关东州有二十万的移民，我们就不怕与俄国人发生第二次战争。如果我们在这儿完成了八十万的移民，关东州就是我们的国家。在世界上，我们日本帝国还会惧怕英国、德国、美国？

你们的策略没有错，可我不明白的就是，你们为什么就不能含蓄一点儿，或者说更人性化更有人情味一点儿。我在莲花乡当了那么多年警察，我了解中国人。

后藤说，别忘了，我在台湾当了二十年的总督，我比你了解中国人。

我想说，我在关东州开荒种稻谷，别人以为我骨子里脱不掉农民血统。我想，他们在这儿种了千百年的庄稼，一下子怎么可能刨掉那么深的庄稼根。于是，我想渐渐地改变他们，比方说，用我们家乡的稻谷，替代他们的高粱和玉米。让他们从吃粗粮改变为吃细粮。循序渐进，潜移默化，我相信，他们会渐渐地演化成我们愿意看到的归顺于我们驯服于我们的人。总督先生，甲午年间，我们第二军团占领旅顺的时候，将军们也曾经下令，把旅顺人全部杀光。旅顺确实让我们屠城了，可是，到了第二年，城里城外，又全是中国人。我想过了，靠着杀人，不可能征服一个国家或者是一个民族。想要真正地征服，只有潜移默化地改良，将中国人改造成为日本人，这样的征服是多么高雅的智慧。

我也曾经设想这样过，可时间，时间来得及吗？我们这样做，是因为时间不允许我们慢腾腾逍遥自在地做事。时不我待，明白吗？稻本君，你现在是有爵位的人。

距离搬迁的日子越来越近了，经过福岛将军的动员，日本山口县稻香村的农民们在竹下田的带领之下，拖儿带女，千里迢迢来到了关东州的小莲泡村。在这里住了千百年的小莲泡村人却没有搬迁的意思，没有谁愿意从老家搬出去。这几天一向平静和谐的小莲泡村发生了一系列怪事，村里的一口饮水井里掉进了一只死猫。朱屠户家的酱缸里不知谁屙了一泡稀屎；孙家的棺材铺的木料堆不知怎么着起了火。乡亲们都惶惶不可终日。发生了这样案件，稻本感到十分愧疚。接连两个晚上，稻本没有合眼，他躲藏在一个隐蔽的地方，等候着干坏事的人出现。过了半夜，几个鬼鬼祟祟的黑影出现了。稻本没有想到，做坏事的那个带头人竟然就是竹下田。他震惊了，怎么会是你，你怎么能做这样的事情？

竹下田一点儿也不惧怕，他所以敢这样做，是有人指使他做的。眼下，中国人住在房子里，而我们日本人却没有房子住。他们这样做，就是为了让中国人尽早搬迁，腾出他们的房子，腾出他们的稻田。作为一名警察，你要做的，就是维护帝国的利益，而不是成为帝国利益的障碍。

稻本一点儿办法也没有了，他真的茫然了。

如果再不搬迁，日本人就要强行拆迁，将小莲泡村的人赶出村子。怎么办？乡亲们都来到了莲花学堂，让乔先生拿个主意。

乔德秀也没有了主意，他说，这就是日本人的阴谋，从稻本来到咱们小莲泡村的那天起，他们就有了预谋。稻本在我们这儿开荒种水稻，就是要看一看我们莲花乡适合不适合种水稻。真的适合了，日本人就要把我们赶出故土家乡，然后他们鸠占鹊巢，他们成了房主，他们成了地主。

小莲泡村的人心已经横了下来，他们知道，跟日本人讲理打官司，那是不可能的。眼下，他们只有抬出乔先生，因为是他带头种的稻谷，如果大伙儿都不种稻谷，也不会引来这样的祸事。怎么办？事到如今，也只有乔先生出面，替大伙摆平这件事。

最后动迁期限到了，小莲泡村没有一户人家按照告示上的规定，搬出自己的家园，让出自己的土地。大家都在观望，都在等待，等待一个转机的到来。

期限过后的第一天，十分平静。第二天，依然平静，村里村外一点儿动静也没有。小莲泡村像窒息了一样，鸡不叫，狗也不吠。男人们都聚集在场院上，你瞧瞧我，我瞅瞅你，也不唠荤嗑、拉闲话，面面相觑，无话可说。

到了第三天，正当乡亲们以为是不是日本人改变了主意，不再征用小莲泡村的土地和房子而让他们搬迁了……后藤新平率领着大队的警察和宪兵来到了小莲泡村。在前一天，后藤已经签署了强制动迁的命令。警察和宪兵的身后，就是头戴斗笠身穿和服的日本农民。

双方对峙之际，乔德秀像甲午年时一样，他又站到了日本人的面前，他想还像当年那样，当着众多乡亲们的面，在日本将军面前据理力争慷慨陈词，替黎民百姓说一句公道话。他也抱定了一死的准备，年过花甲了，他也真就不怕死了。

可是后藤新平没有给乔德秀这个机会，他不等乔德秀开口，他抢先说话了，来呀，把乔先生请上我的马车。拉先生到大和宾馆去，让我们最美丽的日本女仆侍奉德高望重的乔先生，我要用最高级的日本料理宴请乔先生。

几个卫兵拥上前来，架起了乔德秀的胳膊，让他的脚不能落地，高高地擎着他，把他架上了马车。马车调转头，飞驶而去。马车去的不是大和宾馆，而是旅顺大狱。

乔先生走了，主心骨也就没有了。

乔兰找到了稻本，稻本正在沐浴。他沐浴已毕，在腹部缠上了洁白的布带，穿戴停当。

乔兰说，你告诉我，你来到我们村庄的第一天，你就一直在为今天抢我们的家园，抢我们的土地做准备，是不是？

稻本说，对不起，乔先生……

我不是你的先生，你也不是我的学生。

稻本说，中国有句俗话，只有状元的先生，没有状元的学生。你是个好先生，如果我参加科举，我会成为那个头名状元……

后藤新平一挥手，竹下田带着日本人，还有中国的狗腿子们冲进了小莲泡村村民们的家里，将他们吃的用的统统抛到了屋外。

就在这时，稻本出现了，稻本光着上身，他的腹部缠着洁白的布带，他的手里拿着那把将军赠予的军刀。他走到了后藤新平跟前，端坐到地上，戴着洁白手套的双手高高举起了寒光闪闪的军刀，他说，总督先生，当我手软，切不断命脉时，你给我补上一刀。拜托了……

后藤说，稻本君，你我都是效忠天皇陛下，效忠我们的国家，我不明白，你为什么要采取这种方式……

稻本说，我的使命已经完成了……

稻本发出一声低吟，手里的军刀刺进了他的腹部。殷红的血从洁白的布带里面渗了出来……他坚挺着，坚挺着，他嘴里念叨着，就把我葬在这儿，葬在这儿……一刻钟的光景，稻本倒下了。倒下时，他嘴里还咕哝着一句，葬在这儿……

稻本没有埋葬在小莲泡村，是竹下田为他收的尸骨，火化后，放进了纳骨祠。后藤命令，还是要将稻本的牌位供奉到神社里面去，因为他是有爵位的人。稻本用心良苦，他试图以自己的行为来改变这一他未曾想到的结果。可是行吗？就像一滴淡水滴进了盐堆里面，那盐会溶解吗？入侵者有入侵者的行为方式，无论是在战场上，还是在稻田里。

来自日本稻香村的农民们并没有急着安顿居住，他们聚集在村口，举行了一个仪式，竖立起一块石碑，石碑上面刻着福岛将军的题词，“今日之苦，明天之乐”。从今天开始，日本农民开始在中国的土地上种植他们的稻谷……

这是一段逝去的往事，关东州稻香村村民是日本政府在二十世纪初向中国迁徙的最早的一批移民。而引发日本决策者制定这项国策的，正是一个普通的日本警察种植的稻谷。据史书记载，移民的第一年，天大旱，莲花河河水干涸，稻谷几近绝收。第二年，莲花河发大水，海水倒灌，水田的稻谷也几近绝收。到了第三年，关东州遭遇蝗灾。铺天盖地的蝗虫把稻田里的稻谷几近吃光，几近绝收。其中有一年，风调雨顺，稻谷大获丰收，开镰的前一天，突发大火，熊熊的大火烧尽了成熟的稻谷。有的日本人也感慨道，不是自己的土地，即便耕种，也得不到收获。日本政府发动全面侵华战争之前，二十世纪三十年代初，尽管日本政府对移民关东州的日本农民给予了许多优惠政策，但移民仍宣告失败。山口县稻香村的日本农民有的就地改行做了小商小贩，也有的重新回到了日本国内山口县老家稻香村去种稻谷了。关东州是日本人最早的移民试验区，虽然以失败而告终，但却引发了后来多少年日本人大规模地向中国东北地区的迁徙。

日本人没有长久居留，但稻谷却在小莲泡村延续生长了下去，一茬稻谷一代人，人非当年的人，稻谷亦非当年的稻谷。如今，秋高气爽之际，走进小莲泡村，依然能闻得到成熟稻谷的清香。当年福岛安正题写的稻香村那块石碑成了文物，安放在县博物馆里。而如今这里出产的稻米都打着稻香村的品牌，市场销路很好。早些年，一些老人们经常说起发生在稻香村的那些往事。这些年，再也无人说起。大家只知道这儿的稻米清香有韧性，而且营养价值很高，价钱更高，但却无人知晓稻香村大米的故事……

老来情味向诗偏

张瑞田

二〇〇九年，我在青年文学月刊社工作时，因为小说《记忆红薯》我与徐铎有了第一次的近距离接触。《记忆红薯》刚刚发表，即被《中篇小说选刊》选载。徐铎是一个很有质量的作者，在后来接触当中，我发现，他的书画功力好生了得。我便邀请他参加过几次全国性的手札展、作家学者书画展。我感觉，徐铎真正用心的，还是在他的文学创作上。二〇一〇年，他的长篇小说《大码头》被中国作协列为重点创作项目，这部作品出版之后，反响不小，不仅版权被买断，而且又再版发行，在纯文学极度不景气的当下，真的难得一见。二〇一二年，徐铎的创作进入了癫狂状态，他完成了长篇小说《留在城里的知青》的创作，也出版了长篇历史专著《古今沧桑话金州》，还完成了长篇小说《一九六〇年的爱情》的写作。更不可思议的是，这一年里，徐铎写完了六十万字的《美女母亲许英莲》（暂名）的初稿。哪一部作品都是沉甸甸的，可谓泣血之作。此时我才知道，徐铎出身悲苦，他的人生经历也充满了艰辛。他本身有残疾，可以想象，他所付出的代价有多大。有人很疑惑，到了花甲之年，创作的欲望和能力应该衰退才是，可徐铎却是另外一番表现，他似乎进入了又一个创作的高峰期，完成的都是一部又一部的长篇大作。徐铎自己笑谈，可能他是属于那种开化得比较晚的人，人到老年，脑子才刚刚开窍。徐铎也与我谈起过他的创作，许多年来，他自知没有多少灵性，于是，就踏踏实实地写自己的小说，而且以长篇小说为主。因为自己并无别的优势，他的优势就在于阅历，年头久远，积累厚实，不能满而不溢，确实到了迸发之时。据我所知，坚持本土写作的徐铎除了挖掘殖民文化这片土壤，他的眼睛也盯着大海，大连是被大海簇拥的城市，当年，徐铎也是写大海起家的。多少年来，大海一直是徐铎关注的题材，去年，他完成了一部以大海为题材的长篇小说。英国作家毛姆的观点，一个作家究竟能走多远，关键取决于他有没有形成自己的独特性。我想，徐铎是一个有个性的作家，他的与众不同之处就在于他的每一部小说，都是一个精彩的故事。小说是叙事艺术，徐铎在创作时，其实就是讲他自己的故事。

几年来，徐铎虽然致力于长篇小说的写作，其实，他也从未放弃过中短篇小说的写作。几年来，徐铎发表的中短篇小说也有几十篇，而且与从前不同的是，他的中短小说质量也很高。《理直气壮就好》，写的是一个脑子缺“弦”的人，他恪守的是中国传统，为了能让过世的娘看到光景，他背着母亲的照片登上国际航班到了日本。为了能让母亲的遗骨入土为安，他将母亲的骨灰埋葬到城市的街心公园的花坛。徐铎给人的感觉是一位忠厚朴实的兄长，可没想到，他小说中呈现的幽默感能让人的笑声中带着辛酸，带着悲凉。最后，主人公将母亲的大照片悬挂到了镇政府的大楼上，无论走到哪里，他总是理直气壮。他身穿西装，头上戴的却是一顶军帽。还有被《小说选刊》选载的那篇小说，《幸福的后半生》，写得也很精彩，一个一辈子端惯了公家饭碗的人，经历了下岗，他寻求的生存之路，钻的全是政府的空子，他用小市民式的机智，也为自己谋得了很好的生存之路。我们的体制，存在着许多漏洞。吴幸福这类人群，可以不求上进，可以不做贡献无所事事，照样可以生活得很幸福。

徐铎写中篇小说应该是强项，他是写中篇小说起家的，写得也精彩。这两年，他的中篇小说，除了被选刊选过，中篇小说《记忆红薯》获得了辽宁文学奖。《大船“倒”了》这部小说，写的是一条破败的船，在茫茫大海上航行，打鱼似乎并不重要，掌舵的人绞尽脑汁想的是让这条大船在海上倾覆的计策。因为船老大欠下了巨额赌债，到他船上打工的人，几乎都是身负命案的逃犯。船主设下了一个险恶的阴谋，那就是让这些逃犯与这条破败的船一起，葬身大海，为他换取巨额的保险费。大船在风浪中航行，船老大的心纠结着，他的内心，他的灵魂也在经历着痛苦的煎熬。死到临头，他要让这些逃犯们享受到最好的人生乐趣，于是，只要到了一个码头，他就会让这些逃犯恣意玩乐，尽情吃喝。真正到了大船要“倒”了（海边人的习惯，称船翻了为“倒”了）船老大向逃犯们讲出了实情，到了最后时刻，逃犯们没有躁动，反倒很平静，逃犯们把生的希望给了一个无辜的年轻人，这个年轻人也终于活了下来……徐铎的小说创作达到了一个高度，他写人物入骨三分，将人物的性格与命运推到了极致，让读者的心也一直悬着，一起饱受作品中的情节煎熬。中篇小说《替天行孝》写的是一个从对越自卫反击战战场上下来的连长，为了牺牲的战友们，他兑现自己的承诺，替战友们为父母尽孝。因为转业以后去的那家工厂倒闭了，他只好开出租汽车，每年腊月，他都要拉着儿子一起，到战友的家里，去看望他们的父母。一个作家内心必须要具备的，就是悲天悯人的情怀。徐铎是这样一个作家，对于以前亲身经历的，或者收罗到的生活中的素材，只要能感动他的，他都加以细心珍藏。为写《替天行孝》，他与参加过对越自卫反击战的老军人多次交流，也做过许多功课。他甚至通过广播，寻找过这位可敬的军人。

以我对徐铎的了解，他目前仍然属于创作的高峰期，他的每一部作品问世，都有一个提升，这是难能可贵的。也许年龄大了，他的心情心境能安静下来，他从来也不愿意当那种文学活动家，他就是做一名真正的写作者。写作是快乐的，徐铎有着不幸的童年，这也是他必定要成为作家的先决条件。他的人生经历悲苦而凄惨，他一路跋涉，从他脸孔看到的，却是灿烂的笑容。霍桑说得好，过去的是历史，未来的是希望。我知道徐铎写作时的状态，他常常沉浸在作品的情节之中，常常与书中的人物同喜同悲。我看好徐铎，因为除了文学创作之外，他那一笔精妙的文人画，那一笔地道的书法，呈现的都是传统文人的风骨。老来情味向诗偏，徐铎跟我说过，从前，他的心还挺杂乱，如今过了花甲之年，心也能沉静下来了。一颗厚实的心稳重下来，将会积蓄巨大的能量，掀起一个个滔天巨浪。徐铎跟我说过，他正在写的两部长篇小说，过两年再推出来，相信要比现在写得好许多……不管风吹浪打，胜似闲庭信步。我看好我的朋友，我相信大器一定晚成。

图书在版编目（CIP）数据

替天行孝/徐铎著. —大连：大连出版社，2014.10
（“字码头”读库）
ISBN 978-7-5505-0765-4

Ⅰ.①替… Ⅱ.①徐… Ⅲ.①中国文学—当代文学—作品综合集 Ⅳ.①I217.2

中国版本图书馆CIP数据核字(2014)第199066号

替天行孝
TITIAN XINGXIAO

出 版 人：刘明辉
策划编辑：刘明辉 张 波 卢 锋
责任编辑：李 萤
封面设计：林 洋
版式设计：张 波
封面绘图：王天用 洪 羽
责任校对：杨 钟
责任印制：阎 骋

出版发行者：大连出版社
地址：大连市西岗区长白街10号
邮编：116011
电话：0411-83620442 0411-83620941
传真：0411-83610391
网址：http://www.dlmpm.com
E-mail：dlszhangbo@163.com
印 刷 者：大连美跃彩色印刷有限公司
经 销 者：各地新华书店

幅面尺寸：130 mm×195 mm
印　　张：11
字　　数：210千字
出版时间：2014年10月第1版
印刷时间：2014年10月第1次印刷
书　　号：ISBN 978-7-5505-0765-4
定　　价：29.00元
